KRIMINELLE

RAZOR BUCH 3

HENRY ROI

Übersetzt von
ADELHARDUS LANGE

XI. SCHNELLER IST BESSER

Sprengkörper sind gefährlich. Aber ihre Nützlichkeit und ihr Spaßfaktor sind für mich viel schwerwiegender als das Risiko. Ich bin schon etwas eingerostet, meine letzte Bombe habe ich vor vier Jahren gebaut. Zum Glück braucht es keinen Zerstörungsexperten, um einen schlechtqualitativen Plastiksprengstoff herzustellen. Man braucht nicht mal ein fundamentales Wissen über Chemie. Alles, was man braucht, ist die fortgeschrittene Fähigkeit, eine Maus zu klicken und ein Rezept zu lesen.

Während Shocker und Bobby zu Ace gingen und den Geek anstachelten, Diep mit seinem Cyper-Voodoo zu verfolgen, beschloss ich, dass es an der perfekten Zeit war, meine Kamikaze-

Drohne für die nächste Mission vorzubereiten. Patty leistete mir draußen Gesellschaft, der Himmel wurde dunkel, die Luft kühl, Möwen krächzten über dem Strand jenseits der Straße. Wir liefen zu Blondies Truck, eifrig, etwas zu tun, um uns von dem abzulenken, was wir gerade gesehen hatten.

Patty blieb stehen und bewunderte Demonfly. Die schwarze Drohne lag auf der Ladefläche des Ford. Ihr Rumpf, die Flügel, das Landungsgestell und ihr Propeller waren alle demontiert und so angeordnet, dass alles knapp zwischen die Seitenklappen gequetscht war. Etwa ein Meter Flügel und Schwanz schauten hinten raus. Patty grinste, die Ansicht eines Flugzeuges in einem Truck war für sie lächerlich. „Krass. Selbstgebaut?"

„Ja." Ich nahm meine Schlüssel aus der Tasche, drückte auf den Autoschlüssel, was die Beifahrertür öffnete. Big Guns hatte sein zehn-Gallonen-Plastikmülleimer auf dem Boden liegen und zwei große Mülltüten voller Besonderheiten auf den Sitzen. Ich nahm alles raus und legte es auf den Bürgersteig.

„Wie viele Bomben hast du gemacht?" fragte sie, als sie sich umdrehte und die Inhalte der Taschen begutachtete, während ich sie öffnete und anfing, Teile auf dem Boden zu sortieren.

Ich lächelte ein wenig. „Genug um es zu schaffen, uns nicht in die Luft zu sprengen."

Sie nickte anerkennend, dann steckte sie die Hände in ihre Taschen und entgegnete, „Die einzigen Sachen, die ich aufblasen kann, sind Ballons, Automotoren und Männer."

„Na dann." Ich nahm den Mülleimer und stellte ihn vor sie. „Du bist qualifiziert, meine Assistentin zu sein. Verschütte auf keinen Fall etwas."

„Alles klar."

Sie kniete sich hin und ich nahm eine der Plastiktüten, um ein Loch reinzufingern. Mich nach vorne lehnend, kippte ich die Inhalte in den Eimer. Schaumerdnüsse, die kleinen aus Styropor die Versandunternehmen benutzen, flossen aus dem Paket raus, in den Eimer, ihre Federleichtigkeit erlaubte es, ein paar, über den Rand fliegen zu lassen. Patty schmiss sie geschickt in den Eimer. Das sind die Polymere des Rezepts," sagte ich.

„Hä?"

„Der Plastikteil."

„Das hättest du einfach sagen können. Du musst keinen Scheiß erfinden." Sie grinste den Schaum an.

„Doch klar. Scheiß erfinden hat mir schon viel Geld eingebracht."

Ich hob einen ein-Gallonen Kanister mit Colemans Laternenflüssigkeit und drehte die Kappe ab. „Das wird das Plastik abbauen. Es wird sich mit den anderen Zutaten vermischen und verbinden, während es etwas Volatilität aufbaut."

„Okay..." Sie schaute mir zu, wie ich den Kraftstoff mit bestürzten, aber aufmerksamen Augen über den Schaum goss, ihr Kopf war damit beschäftigt, alles ins Gedächtnis einzuordnen.

Bist du sicher, dass du diesem Chick zeigen willst, wie man eine Bombe baut? sagte mein Unterbewusstsein. *Du kennst sie nicht mal.*

Ich runzelte einen Moment lang introspektisch die Stirn. *Shocker vertraut ihr. Die Biestfrau vertraut nicht schnell. Und,* meine Augen wurden groß, mein Sinn für Realität verschlechterte sich allmählich, permanent, aber nicht unbedingt auf eine schlechte Art, *ich vertraue Shockers Urteilsvermögen.*

Die Stimmen zwischen meinen Ohren schwiegen ab da, sodass ich mich wieder auf meine Aufgabe vor mir konzentrieren konnte.

Der kalte Kraftstoff löste den Schaum sofort auf, der mit einem dumpfen, kohlesäureartigen Zischen vom Rand schwand, kleine Blasen formten sich, dann schmolzen sie, die Polymere wechselten aus ihrem festen Aggregatszustand und integrierten sich in die flüssige Masse. Ich füllte es in den ganzen Colemans Kanister, stellte es beiseite und nahm einen Löffel mit langem Griff. „Rühren?"

„Sicher." Sie nahm das Utensil, setzte sich in den Schneidersitz vor den Mülleimer und rührte das dicke, dunkle Petroleum-Plastik. Sie rümpfte die Nase vom beißenden Kraftstoffgeruch, betont durch die übelriechende, giftige Note des Plastiks. Nach ein paar Minuten war der Schaumstoff komplett aufgelöst, ein drittel des Kanisters mit einer brennbaren Flüssigkeitsbase.

„Als nächstes," Ich grinste, meine Zähne fühlten sich extrascharf an, „Schwarzpulver."

Sie gab mir einen unsicheren Blick. *Sollte ich mit diesem Typen eine Bombe machen? Ich kenne ihn nicht mal.*

Ich griff eine große Dose schwarzes Schießpulver und öffnete sie. Der Phosphorgeruch ließ mich meinen Kiefer anspannen. Ich leerte die Dose in den Mix, Patty rührte langsam. Ich nahm noch eine Dose...

Schießpulver war einfach zu besorgen. Waffenläden und Supermarkt verkauften es für verkaufen es für alte Frontlader und Hobbywaffen. Sie dokumenticren, wer es kauft und große Einkäufe werden vom Sicherheitsdienst verfolgt.

Man weiß nie, wann irgendein Anarchist oder gruseliger Typ das Bedürfnis entwickelt, ein Gerät zu bauen und ihrem inneren Verwüstungsdämon nachzugeben.

Die chemische Signatur jeder Sendung war unterschiedlich, auch wenn nur geringfügig, so einzigartig wie ein Fingerabdruck. Der Sicherheitsdienst kann nachweisen, wo das Pulver herkommt, auch wenn alles, was sie haben, Überreste der detonierten Bombe sind. Als wahrhaftiger Experte bei dem Thema, unternahm mein Viet-Kumpel Extramaßnahmen, damit man die Ladung nicht zu uns zurückverfolgen konnte. *Bestimmt hat er Hong dazu gebracht, eine Herde Penner zusammenzutreiben und sie zu bezahlen, um in verschiedenen Läden Dosen zu kaufen.*

Ich schmunzelte, „Penner sind toll."

Nachdem ich zwei Kilo verpulverte Großartigkeit reingeschüttet hatte, hatte sich die Flüssigkeit von dunkelbraun zu rabenschwarz gewandelt, der Mülleimer war nun ein paar Zentimeter über der Hälfte befüllt.

„Was jetzt?" fragte Patty, ihr Interesse am Projekt stieg mit jeder Minute. Ihre Unterarme beugten sich, als sie mehr Kraft aufwenden musste, um die dicke Substanz zu rühren.

Ich stand dar mit eingestützten Händen, sah

zu, wie sich die Mischung zusammenfügte und wartete, bis die Masse homogen wurde, bevor ich die letzte Zutat hinzufügte. „Putz."

„Putz," sagte sie langsam. „Ist das überhaupt brennbar?"

„Nicht einfach so. Es hat Elemente, die die Bindung ergänzen, aber hauptsächlich verbindet es bloß alles zu einer formbaren Konsistenz."

„Aha." Sie hatte eine Vorstellung von dem, was ich redete. Sie zeigte auf die Mischung. „Das sieht so vermischt aus wie es geht."

Ich nickte zustimmend, drehte mich um, hob eine große Tüte Putz hoch und puhlte ein Loch rein. „Wir fügen das stückweise hinzu," sagte ich ihr. „Rühr es rein. Wenn alles ein gleichmäßiges Grau angenommen hat, ist es fertig."

„Okay."

Sie rührte langsam, aber fest, die dicke Mischung war schwer zu bewegen, während ich das weiße Pulver in kleinen Mengen hinzugab. Es brauchte etwa 250g Putz und gute zwanzig Minuten Rühren, bis ich zufrieden war. Ich stellte die Tüte ab und gab ihr an, dass sie aufhören konnte.

Sie wischte sich mit dem Ärmel über die Augen, stand auf und entstaubte ihren Hintern. „Mann. Ich schwitze." Sie schaute auf unsere Kreation runter und grinste plötzlich. „Ich bin beim Kochen eine Versagerin und hasse die Vorstellung von mir in der Küche einen Rührteig vermischend. Aber ich muss sagen, dass mir das hier soweit gefallen hat." Sie schaute mich an und ihre Augen machten einen verrückten Tanz. „Wie jagen wir es in die Luft?"

Mein Grinsen spiegelte ihres, seitwärts und dämlich, mit unverantwortlicher Verspieltheit. „Entweder, A, Zündschnur." Ich hockte mich hin und rupfte eine dunkelgrüne Drahtrolle in Plastik verpackt raus. „Oder, B, elektrische Ladung." Ich ließ den Draht los und nahm ein kleines elektronisches Gerät und eine Rolle 18-Gauge Kabel. „In diesem Fall denke ich nehmen wir den Miniblitz."

„Ich mag Blitze," sagte sie mit demselben Grinsen.

„Ich auch." Ich zeigte ihr das elektronische Gerät. „Das ist ein Aufwärtstransformator. So ziemlich der Hauptteil eines Tasers. Eine kleine Spannung hier zugefügt," Ich zeigte auf ein Eisenteil mit Kupferwindungen im Zentrum. Ein zuckerwürfelgroßer Transformator auf der zehn-Zentimeter Platine, wird ein magnetisches Feld erzeugen, das eine Spannung im größeren Transformator erzeugt." Ich zeigte auf ein Eisenteil neben dem ersten, ein Transformator der Größe zweier D-Batterien.

„Also sind die beiden Transformatoren gar nicht richtig miteinander verbunden?"

„Nicht durch Kabel oder festes Material. Nur magnetisch."

Sie schnippste ungeduldig mit den Fingern. „Erklär das."

Mein Mund verdrehte sich, während ich meine Antwort organisierte. Die Menschen, mit denen ich normalerweise hierüber diskutiere, wissen genausoviel oder mehr als ich über dieses Thema – Blondie und Pete Eagleclaw. Und ich bin kein Lehrer. Achselzuckend beschloss ich, dass ich ihr, da sie mir half, etwas erzählen musste. „Eine kleine Spannung geht durch den kleinen Transformator, was ein magnetisches Feld erzeugt. Das Feld umfasst den größeren Transformator. Weil der größere Transformator größere Kupferdrähte hat, erweitert es den magnetischen Einfluss, was eine viel größere Spannung erzeugt, als jene, welche dem kleineren Transformator zugefügt ist. Zzzz..." Ich schnipste mit den Fingern. „BZZT! Getasered, Bitch."

„Du meinst BOOM." Ihr Gesicht war gummiartig im Ausdruck, im einen Moment tief nachdenkend, im nächsten clownartig.

„Richtig."

„Wie wirst du es verkabeln?"

„Zeig ich dir."

„Könntest du. Es ist schon zu spät, um meinen Terroristenentwurf zu stoppen."

„Heh."

Ich stand auf und ging zurück in Blondies Truck und griff die Gerätetasche von hinter dem Sitz. Die Craftsman Segeltuchtasche beinhaltete alle möglichen Geräte und Krimskrams. Ich stellte sie auf den Sitz und öffnete sie.

Mit einer Kneifzange und einem zweieinhalb Zentimeter langen Splint ging ich zur Ladefläche des Trucks rüber, wo Patty rumstand und Demonfly anschaute. „Halt das mal eine Minute," sagte ich und gab ihr den Splint. Sie schaute ihn neugierig an. Ich ging an die Arbeit.

Ich entwirrte ein ein-Meter langes Kabel und knipste es, die Rolle ließ ich auf den Boden fallen. Ich benutzte die Zange, um die Isolierung abzuschneiden, sodass das Kupfer grell auf sowohl dem positiven als auch dem negativen Ende glänzte. Ich nahm ihr den Splint ab, nahm ein Ende des Kabels und drehte die abstehenden Kabelstränge um den Splint, das negative Ende auf einer Seite, das positive auf der anderen.

„Wofür ist das denn?" fragte Patty.

Ich zeigte auf den Splint. „Das wird in den Explosivkörper gepresst. Der Transformator wird fünfzigtausend Volt reinsenden. Der Splint ist in etwa 0,1 Sekunden überhitzt und zerplatzt zu Plasma, was den Explosivstoff anzündet."

Ihr Mund war halb geöffnet vor Staunen. „Mmm-hmm." Sie runzelte die Stirn und wedelte mir mit der Hand zu, *Rede weiter*.

Ich zeigte und Patty nahm den Aufwärtstransformator und gab ihn mir. Ich verband das andere Ende des Kabels mit dem großen Ausgang des Transformators. Mit dem hinter uns gab ich ihn Patty und lehnte mich über die Ladefläche und öffnete Demonflys Motorkappe und das Panel über dem Flügelverbindungspunkt. Ich legte die Alublechteile vorsichtig auf den Boden und fletschte die Zähne; ich hatte die Panels selber handwerklich geschmiedet. Sie auf das Beton legen verstieß gegen Jahre verwurzeltem Protokoll.

Als würde das wirklich was ausmachen, rief mein Unterbewusstsein dazwischen. *Ha! Diese Panels werden sehr bald mehr als nur ein paar Kratzer abbekommen.*

„Ja, ja, ja," murmelte ich.

„Gar keine schlechte Arbeit für einen Idioten," erklärte Patty, die Alublechteile, die Demonflys Rumpf ausmachten, musternd.

Der Motor war nicht viel größer als der eines Rasenmähers, aber hatte zwanzig mal so viel Kraft. Die 120PS Rotoren spiegelten kein Licht, von demselben nichtreflektierenden Schwarz bedeckt wie die Motorsteuerung, ein kleiner Computer so groß wie ein Pop Tart. Das „Hirn". Mit den Gedanken bei den Schemata der Elektrosysteme, war meine Antwort zu ihr spät und geistesabwesend. „Das heißt *Ich*-diot."

Ich fühlte ihr dämliches Grinsen auf die Seite meines Kopfes gerichtet. „Was machst du jetzt?"

Ich schaute sie an. „Es braucht eine ferngesteuerte Energiequelle, um dieses Teil hochzujagen." Ich legte meinen Finger auf eine große Spule, die auf dem zentralen Querträger, ein großer Drehhaken daran angebracht, welches vom Zentrum des Flugzeugs runterhing. „Das beinhaltet die Ladung und kann sie ferngesteuert lösen. Ihre Energiequelle sollte gut genug funktionieren, die Spule anzuzünden." Sanft entnahm ich das Kabel dem Drehhaken.

„Okay, ist es genug, oder nicht? Und was für Ladung?" Sie starrte auf den fünfzehn Zentimeter langen mechanischen Haken, der mit dem Drehhaken verbunden war. Sie schnappte realisierend nach Luft und lächelte. Sie nickte und zeigte clever. „Das ist das Gewichtszentrum der Drohne, oder?"

Ich grinste sie an. „Jap." Dann sagte ich verteidigend, „Es ist genug Spannung."

Ich nahm ihr das Gerät weg und verband den kleinen Ausgang der Spule mit dem Energiekabel des Drehhakens. „Wenn ich jetzt den Ladelösknopf drücke, wird es die Spule abschießen, anstatt den Haken wegzuschießen."

„BOOM."

Wir teilten ein Lachen, welches komisch wurde und unsere Gesichter wurden wieder ernst. So viel Spaß es auch machte, Bomben herzustellen und Zeugs in die Luft zu sprengen, das „Zeugs" könnten in diesem Sinne auch Menschen sein, mit Verwurzelungen, die auf viele andere Auswirkungen haben könnten. Diese Menschen würden wahrscheinlich keine Minute Schlaf verlieren, wenn *wir* hochgejagt werden würden, aber trotzdem. Ich denke, wir sind auf derselben Wellenlänge, wenn es darum geht, von der Ernsthaftigkeit abzukommen.

Zusätzlich zu den Gedanken an den Niedergang unserer unehrenhaften Ziele, verarbeiteten wir immer noch die Situation mit den Kindern und Blondies Eltern.

„Okay. Das wurde gerade real," murmelte Patty. Sie schaute in den wolkigen, mondbeleuchteten Himmel und atmete ein. Ich schaute mich um, gerade erst realisierend, dass irgendwann während des Bombenkochens das schwindende Sonnenlicht durch die Flutlichter der Garage ersetzt

wurden. Sie gab mir einen Ellbogen. „Was für Ladung? Lass es mich nicht aus dich raus duschen."

„Das ist ranzig."

„Keine Ausreden."

Mit mehreren Kabelbindern aus der Werkzeugtasche sicherte ich den Transformator im
Flugzeug und positionierte ihn sicher ins Zentrum des Querträgers, um das laterale Gleichgewicht des Flugzeugs nicht zu stören. „Gras."

„*Gras?*" Ihre Augen vergrößerten sich mit
ihrer Statur. Sie drehte sich zu mir, die Arme
ausgebreitet. Ihre Finger zappelten. Sie fragte
leise, mach-keine-Scherze, „Ihr habt Gras?"

Ich hörte auf zu arbeiten und wandte ihr ein
grüblerisches Auge zu. „Ja. Rauchst du?"

„Oh Mann. Oh *Mann!* Rauch ich???" Sie
ließ die Arme fallen und warf ihren Kopf zurück
mit einem Blick des Verlangens. „Pah! Ich war
seit Ewigkeiten nicht mehr stoned. Scheiß Hohe-
priesterin des Gold Gyms da drin ließ mich
schwören, nüchtern zu bleiben, während ich die
Kinder hatte." Sie bewegte ihren Kopf zur Seite
und starrte auf das Haus.

Ein schrecklicher Gedanke befiel mich. *Man
sollte bei Kindern nüchtern sein?* Ich drehte
mich um und schaute auf das Haus, ich stellte
mir meine Freundin darin vor, mit der Biestfrau

quasselnd über Männer und Gefühle und Kinder und Schwachsinn. *Wenn wir ein Kind haben, heißt das dann, dass ich... nüchtern bleiben muss?*

„Sicher nicht," sagte ich laut, meinen Kopf abweisend schüttelnd.

„Hat sie!" bestritt Patty. Sie nahm einen Atemzug und richtete ihr lockiges Haar, dann schaute sie sich verstohlen um. Sie lehnte sich nah an mich und sagte in einem komplottartigen Flüstern, „Was sagst du dazu, dass wir listig einen anzünden? Ein oder zwei Züge und mir geht's gut."

Ich fütterte die Seite des Kabels mit dem Splint durch den Rumpf in das Motorfach. „Blondie hat's"

„*Neeiiin,*" wimmerte sie. Ihre Lippe schaute heraus. Die großartige Frau war niedergeschlagen.

Ich lachte. „Das wird Dr. Gorman bestimmt sagen, wenn er gerade hochwertigen Jointgeruch aus ihrem Zimmer riecht."

Desinteressiert murmelte sie, „Ja, wahrscheinlich."

„Kopf hoch. Nach dem Job feiern wir. Vertrau mir." Sie schaute mir in die Augen. Ich sagte, „Du wirst mir zustimmen, dass sich das

Warten gelohnt hat, sobald du Blondies Feen-
staub probiert hast."

„Naja," sie wurde munter. „Da es so einen
coolen Namen hat..."

Ich drehte mich um, kniete mich hin, nahm
den Mülleimer aus Plastik und legte ihn hinten
auf den Truck. Dann apportierte ich ein Paar
Latexhandschuhe aus der Werkzeugtasche und
zog sie an. Der Explosivstoff war dick und
schwer, wie Ton. Ich packte ihn straff um die
Enden des Motors und formte es, sodass die De-
tonation in der dicken Aluminiumhülle explodieren würde, die hunderte von plasmatischen
Splittern auf den Feind zuschleudernd. Eine ef-
fektive, sehr große Schrapnellbombe. Es würde
alles in einem sieben-Meter-Radius zerstören.

Zufrieden, dass die Aufteilung auf beiden
Seiten ausgeglichen war, nahm ich das Kabel
hoch und presste den Splint tief in den Explosivkörper hinein. Ich packte noch etwas Masse
straff darauf.

„War es das?" fragte Patty als ich die Panels
zurück auf Demonfly packte.

„Das wars."

Ich zog die Handschuhe aus, ließ sie in einen
Mülleimer fallen und begann, unsere Schwei-
nerei sauber zu machen. Die euphorische Entlas-
tung, die ich normalerweise nach dem

Anfertigen eines solchen Objekts habe, kam nicht so wirklich. In der Vergangenheit waren meine Fähigkeiten dafür da, Geld zu machen und die Geräte, die ich herstellte, wurden dafür benutzt, Strafverfolger zu besiegen. Niemand wurde ernsthaft verletzt und schon gar nicht getötet. Das Instrument der Zerstörung, welches wir soeben zusammengesetzt hatten, war für einen anderen Zweck da, einen, der mich zum Helden oder Massenmörder machen konnte. Oder zu beidem. Die gemischten Gefühle waren eine richtige Bitch zu verkraften.

Wann zur Hölle hast du Gefühle bekommen??? fragte mein Unterbewusstsein erneut. Und erneut hatte ich keine Antwort.

Mit Pattys Hilfe dauerte das Aufräumen nur Sekunden. Wir stopften alles in einen Sack und legten es hinten in den Ford. Während wir ins Haus hineinliefen fragte sie mich, „Hast du schonmal jemanden getötet?"

Die Art wie sie fragte, ihre Betonung und Wortwahl, war gar nicht urteilend, fast so, als hätte sie selbst schon mal getötet.

Ich schloss die Vordertür und drehte mich mit einem faszinierten Blick um, um ihr zu antworten.

Mein Kiefer knallte zu bei dem Geräusch eines unmenschlichen Schrei der Frustration.

~

„Find sie!" schrie Shocker ihren Ehemann an.

„Ja Schatz," sagte Ace ruhig, die Augen hell mit der Reflektion des riesigen Schirms des großen schwarzen Wreckers. Seine Hände rasten hochbeschäftigt über die dünne Tastatur.

Shocker stolzierte hinter seinem Stuhl hin und her, die Arme verschränkt, dann mit geballten Fäusten in die Luft gestreckt. Muskulöse Flügel sprossen von ihrem Rücken, klappten ein und kippten runter. Sie fletschte die Zähne, schnaubte grölend, griff ihren Pferdeschwanz und ruckte fest daran. „Als Nolan und Jasmine gekidnappt wurden, hast du sie mit einem verfickten Navy Satelliten gefunden. Um Gottes Willen! Du *musst* Carl und Tho finden können!"

„Ja Schatz."

Ich schaute Patty mit einem scharfen Blick an. *Jasmine auch?*

Ihre Augen wanderten von mir auf den Boden, den Mund geschlossen. Ich ließ es sein.

Bobby schaute hoch als Patty und ich reinliefen, der weiße Teil seiner Augen überdimensional hell in der dunklen Ecke des Baus. Er saß in einem Plüschlehnstuhl, der wie ein Kindersitz aussah. Wir nickten einander zu, dann schaute er weiterhin dem Geek und der Biestfrau zu, tief in Gedanken.

Der riesige Computer stand auf einem breiten Schreibtisch aus dunklem, altaussehendem Zedernholz. Der Bildschirm war mindestens vierundzwanzig Zoll, auf seinem schwarzen Rahmen prangten Anschlüsse und Digital-Messgeräte, von denen nur er wusste, wie man sie benutzt. Hinter dem Bildschirm waren zwei Festplatten-Stapel, die aussahen, als gehörten sie zum Set von *Alien vs. Predator*. Schwarz, scharf und abgefahren im Design summten sie mit Power, hornförmige Lüftungen, die den hochklingenden Ton des fließenden Wassers im Kühlungssystem nachhallten. Grüne, rote und gelbe Lichter flackerten und blinkten bedeutungsvoll.

Der Geek hat das Ding gebaut... Wie nannten sie ihn? Einen Superschurken.

Das ist mal ein hammergeiles Gerät!

Ich bekam Gänsehaut, als ich über die Fähigkeiten dieses Computers nachdachte. Wir könnten mit dem Ding eine Milliarde Dollar stehlen und ein paar Länder übernehmen. Ich seufzte wehmütig und schüttelte den Kopf.

Oder, wir könnten vielen Menschen helfen.

„Beides," murmelte ich.

„Beides was?" fragte Patty neben mir. Sie schaute Shocker besorgt an.

Ich schaute sie an. „Ich will meinen Kuchen und ihn auch essen."

Sie schaute auf den Computer, dann auf Shocker und Ace. „Ich bezweifle, dass dir in der nächsten Zeit jemand einen Kuchen backen wird."

Ich seufzte, „Ja."

„Razor."

Ich drehte mich um und erbleichte fast vom intensiven Blick, den Shocker mir gab. „Ja?"

Sie stellte ihre Fäuste in ihre Hüften und verengte ihre Augen. „Mach was immer du musst, um deine Gedanken in Gang zu schalten. Zieh eine Line, dreh eine Runde auf deinem Bike, riech an Blondies Unterwäsche. Was auch immer. Aber *schalte deinen Arsch in den Gang!*"

Mein erster Gedanke war, wütend zu reagieren und auf sie loszugehen. Niemand redet so mit mir. Ich nehme Zeug in *meiner* Zeit. Was meine Akzeptanz dem gegenüber rätselhaft machte. Ich schüttelte den Kopf, ahmte ihre verlangende Pose nach und sagte verachtungsvoll, „Eine Line. *Pfff.*" Ich hob mein Kinn spöttisch hochnäsig an. „Ich würde mehr als eine erbärmliche Line ziehen. Sei realistisch."

Ihre Nasenflügel flatterten. Patty kicherte.

Ich zeigte ein breites, entwaffnendes Grinsen, das sagte, *Chill verdammt*. Ich drehte mich um, um Ace anzusprechen. „Okay. Lass hören, was du bis jetzt hast."

Ace sprach, ohne seine Augen vom Bildschirm abzuwenden, seine Finger tippten dauerhaft. „Ich synchronisiere meine Bots. Mit diesem Netzwerk habe ich genug Bandbreite und Rechenleistung, um auf Satelliten und Datenbanken der Regierung zuzugreifen. Wir werden dieselben Systeme anzapfen können, die das FBI benutzt, um Schwerverbrecher und Terroristen zu verfolgen. Aber wir haben viel mehr," er schaute seine Frau an, „Pferdestärke. Es sollte nicht mehr viel länger dauern." Er schaute auf einen Zähler, der Prozentzahlen anzeigte. „Wir werden uns die Einrichtungen viel besser anschauen können."

Er zeigte auf die Geschäfte, die auf dem Bildschirm aufgelistet waren. Bilanzen, Besitz und Personal waren unter spezifischen Überschriften detailliert. Ich sagte, „Wir müssen es einschränken."

Ace schaute mich an, dann blickte er zu den anderen. „Ich habe mir die Bewegungen von *Anh Longs* Spionen in der Tiger Society angeschaut. Die meisten ihrer Aktivitäten scheinen sich in legalen Geschäften abzuspielen. Aber manches davon war definitiv illegal." Er berührte den Bildschirm des Wreckers und bewegte einen Finger über verschiedene Firmennamen, um sie hervorzuheben. „Ich haben drei Geschäfte gefunden, die ernsthaft tief im kriminellen Kanal verwickelt waren."

„Was für Kriminalität?" hakte Patty nach.

„Drogen und Prostitution fürs Erste."

„Oh, mmm." Patty winkte es weg.

„Äh," sagte Ace. „Banknotenfälschung. Bei einem wurde eine Razzia durchgeführt, weil er Kinder in einem Süßigkeitenladen angestellt hatte. Ich denke, wenn diese Orte solche Geschäfte schon fördern..."

„Könnten sie als Sklaven benutzt werden," donnerte Bobby boshaft aus seiner dunklen Ecke.

Wir drehten uns um, um den Ebenholz-Muskelberg anzuschauen. Er starrte auf den Wrecker, Bedrohung pochte in seinem breiten Kiefer. Gestört. Shocker lief zu ihm rüber, legte eine Hand auf seine Schulter und seufzte feminine Beruhigung. Der weiße Teil seiner Augen rollte hoch, um sie anzuschauen. Sein Seufzen klang wie das Brüllen eines entfernten Löwen.

Ich schlug Aces Schulter und zeigte auf den Computer. „Der wahrscheinlichste Ort. Welcher ist es?"

Er wandte sich vor der Anfrage. Offensichtlich wollte er sehr detailreich über seine Analyse reden und wie er die Daten abgeglichen und hochgerechnet hat, bis er ein Resultat über den wahrscheinlichsten Ort erreicht hatte, bla, bla. Blondie tat das auch immer. Manchmal hatte ich dafür einfach keine Geduld. Ich rollte mit einem Finger.

Er runzelte die Stirn, *Du bist scheiße,* dann sagte er, „Dieses Labor." Er tippte zwei mal auf den Bildschirm. Alle hervorgehobenen Namen verschwanden, bis auf einen: Immunity Visions.

„Warum?"

„Die Sicherheitsangestellten. Die Hälfte von ihnen sind Ex-Militärs." Er tippte. Die Seite, die erschien, zeigte detaillierte Listen von Sicherheitsausrüstung, Kameraaufnahmen und elektronische Schlösser für Bewegungssensoren und Concertina-Draht Zäunen. „Auf Papier ist es ein echtes Geschäft." Er sagte „echtes" mit einem Augenrollen. „Irgendeine obskure Einrichtung sponsert es. Ich werde durch ihre Finanzen gehen und mehr herausfinden, aber ich habe gerade genug Beweise, um zu wissen, dass sie definitiv ein großer Bestandteil eines schlechten Kreises sind. HIV-Untersuchung erfordert nicht so viel Sicherheit." Er blinzelte zum Bildschirm.

„Es ist ernst genug für mäßige Sicherheit. Aber nicht all das."

Ich sagte, „Kannst du ihr System austricksen und ein paar Türen für uns öffnen?"

Eine Seite seines Mundes hob sich langsam an, ein Auge zugekniffen. Er wedelte anmutig mit dem Kopf, wackelte mit seinen Fingern und sagte, „Den Outcomputer outcompeten." Er schaute sich um. „Natürlich müsste ich vor Ort sein. Und das ist das Problem."

Ich kratzte stirnrunzelnd mein Ohr. „Ich kann dich dahin bringen."

„Wenn du wüsstest, wo es ist." Er zeigte auf die Liste mit den Geschäften. „Alle Adressen sind aufgelistet, außer die der Immunity Visions. Ich habe nach den Mitarbeiteraufzeichnungen gesucht, nach den Lieferunterlagen. Ich habe auf dutzende Arten versucht, sie im 'Net zu verfolgen. Keine Ergebnisse. Kein Hinweis auf die Lage des Labors. Und laut GPS-Aufzeichnungen, war keiner von *Anh Longs* Männern an einem Labor. All ihre Bewegungen sind erläutert. Jeglicher Hinweis auf den Ort wurde gelöscht, und zwar sehr sorgfältig, wenn das, was ich bis jetzt entdeckt habe, irgendein Anzeichen ist."

„Vietech," grunzte ich. „Der Typ sollte einen neuen Job finden."

„Oder vielleicht einfach einen neuen Boss," sagte Bobby und erinnerte uns an *Anh Longs* Plan.

Ich nickte. Es war sehr gut möglich, dass Vietech das alles nur aus Angst vor Diep machte. Und er würde sehr wertvoll sein für jeden, der die Tiger Society übernimmt. „Vielleicht. Wir werden sehen, was Blondie denkt." *Wir werden sehen, ob wir sie davon abhalten können, ihm den Arsch zu versohlen...*

„Wie finden wir das Labor?" fragte Patty.

Shocker trat vor und massierte vorsätzlich ihre Faust. „Mit allen möglichen Mitteln."

Ich fühlte eine plötzlich aufleuchtende Glühbirne über meinem Kopf. „Oh ja! Eddys Notizen. Vielleicht, nur vielleicht..."

Ich sauste aus dem Raum, joggte aufgeregt nach draußen zu Blondies Truck und öffnete die Tür. Die Mittelkonsole war tief und beinhaltete mehrere Chapsticks mit Geschmack, einen weißen Spitzen-BH und fünf Manila-Ordner. Ich nahm die Unterlagen und rannte wieder rein.

„Hier." Ich gab jedem einen Ordner. Bobby schaltete eine Lampe neben seinem Stuhl an. Wir lasen eine Weile in Stille, nichts über ein Labor oder irgendwelche Hinweise für irgendwas finden könnend.

„Scheiße," beschwerte sich Shocker, während sie die letzte Seite ihres Stapels umblätterte.

„Was ist mit diesem Typen?" sagte Patty. Sie hielt eine Seite von Eddys handgeschriebenen Notizen hoch und las daraus vor. „Sylvester Masterson. Biochemischer Ingenieur." Sie senkte das Papier. „Klingt nicht wie ein asiatischer Gangster."

„Wo lebt er?" fragte ich, den Ordner in meinen Händen schließend.

„Slidell. Es sieht danach aus, dass dein Coach ihn notiert hat, weil er wiederholte Treffen mit den Gangmitgliedern hielt, die er verfolgte."

„Okay, was könnte ein biochemischer Ingenieur wollen von einer Gang, die Geschäfte macht mit Drogen, Erpressung und Menschenhandel?" fragte sich Shocker. „Drogen?"

„Menschen," sagte Bobby in einem tiefen Donnern, Emotionen zurückhaltend.

Das gab jedem eine Pause. Es war etwas weit hergeholt, aber möglich, mit dem was wir bis jetzt über diese Menschen wussten. Ich meine, Sylvester *musste* irgendwo in einem Labor arbeiten, oder? Und mit wie vielen biologischen Laboren könnte die Tiger Society verbunden sein?

Ace war abwesend. Er murmelte, „Humanes

Immundefizienz-Virus. Immunity Visions betreibt klinische Studien, die höchst reguliert sind..." Dann, „Wer würde sich anmelden, um mit HIV infiziert zu werden?"

Shocker sagte, „Vor ein paar Jahren gab es im Norden ein Labor, welches ein Baby erfolgreich von HIV 'geheilt' hat. Andere Labors sprangen auf den Zug auf. Könnt ihr euch all die Gemeinschaftswichser vorstellen, wie sie sich um die Heilung streiten und Gesetze brechen?" Sie schauderte. „Ich wette, Dieps Partner sind dazu bereit, zu betrügen, um den eine-Milliarde Preis als erstes zu gewinnen."

Das mussten wir alle erstmal verdauen. Ich sagte, „Also ist es möglich, dass sie Leute kaufen, um an ihnen Experimente durchzuführen. *Möglich*. Lass uns nicht zu viele Hypothesen aufstellen. Es könnte genausogut eine Drogenfabrik sein, die Bio-Bauern als Deckung nutzt."

„Das würde die ganze Security erklären," sagte Ace.

„Auf jeden Fall wollen sie nicht, dass jemand herausfindet, was sie da machen, was auch immer es sein mag," sagte Shocker. „Aber wir werden es herausfinden. Es ist ein guter Ort, um anzufangen. Wir werden Türen eintreten, bis wir sie finden." Ihre Augen glitzerten vor Wut und Trauer. Sie legte den Ordner auf den Tisch und massierte ihre Faust noch mal. Sie sagte Ace, „Finde Sylvester."

„Ja Schatz." Der Geek wandte sich dem gigantischen Wrecker zu wie ein Meister des Cyberversums, der mit Leidenschaft an seine Arbeit geht.

~

Ich beschloss, Blondie noch nicht von ihren Eltern zu erzählen. Sie war in keiner Lage, mit dem Stress umzugehen und wenn alles gut lief, würden wir sie draußen haben, bevor Blondie es herausfinden konnte.

Sie würde mich später dafür bestrafen. Ich werde damit einfach umgehen müssen. Ihr Sachen verschweigen war etwas, was wir nicht machten, das war eine Regel. Und diese eine Regel zu brechen würde schwere Sanktionen mit sich tragen.

Ich stieß einen Seufzer aus. „Scheißregeln."

Ich fokussierte mich auf den beschleunigenden frisierten Wagen vor mir, nicht fähig, Shocker und Patty auseinander zu halten durch die getönte Heckscheibe des El Camino. Ein Blick in den Rückspiegel zeigte die Drohne auf der Ladefläche des Ford von einer Plane bedeckt und Aces Scion dicht an mein Heck auffahrend. Hinter den hellen Scheinwerfern waren der lange Kopf des Geeks und Bobbys breite Schultern kunstvolle Silhouetten. Die Interstate 10 war verstopft vom Verkehr. Sattelzüge, Limousinen, kleine LKWs und ihre ungeduldigen Fahrer konkurrierten um die Fahrbahnstellung, eine große Verschiedenheit an Lichtern durchquerte die sternenlose Nacht.

Ich fluchte in Gedanken. *Ist das ein Sturm?* Über das Lenkrad lehnend, schaute ich zum schwarzen Himmel hinauf und beschwerte mich, „Drollig. Einfach verfickt entzückend."

Unsere Rennmotoren spiegelten unser leidenschaftliches Verlangen. Wir schafften es nach Slidell, Louisiana, in etwa vierzig Minuten. Ace hatte mehrere Adressen für diesen Sylvester-Typen gefunden, die meisten alt, eine aktuell. Rate mal, welche wir ansteuerten.

Unser Auto fuhr von der Interstate runter, Shocker führte uns zu einer Tankstelle. Ein Van fuhr von den Säulen weg, als wir auf den Platz fuhren. Der Ford und der El Camino ließen den Bürgersteig vibrieren, die ganze *Luft*, die rohen, großen PS-Blöcke schüttelten das Metallgehäuse der Pumpen, reflektierendes Licht schimmerte auf den zitternden Fenstern des Geschäfts. Ich bremste hinter der Biestfrau, schaltete den

Motor ab und stieg aus. Ich streckte mich und gähnte.

Aces Scion brummte vor uns und parkte vor dem Geschäft. Der Boxermotor unter seiner Haube verbrauchte weniger Treibstoff als meine Suzuki. Ich konnte ihn nicht sehen, aber irgendwie wusste ich, dass sein Gesicht vor Selbstgefälligkeit strotzte, weil er Tankstellen überspringen konnte und wir nicht. Er und der Muskelprotz rollten ihre Fenster runter und blieben im Auto.

Das Geschäft hatte dicke Stahlbarren, die das kugelsichere Glas bedeckten, eine dieser Situationen, in denen Leuten den Laden nicht betreten durften, weil die lokalen Junkies und Schläger so zahlreich und anfällig für tägliche klau-jemandes-Scheiß Rituale waren. Diese Läden stachelten meinen inneren Wolf immer an. Tag oder Nacht, jeder, der am Bezahlautomaten stand konnte einfach so überrumpelt und ausgeraubt werden.

Grinsend bei dem Gedanken an Shockers Reaktion bei einem Überfall, schaute ich ihr und Patty beim Betreten des Geschäfts zu. Patty sauste ihre Hüfte an Bobby vorbei. Shocker machte vulgäre Bemerkungen zu ihrem Mann über seinen „Grasfresser auf Rädern", dann wendete sie sich einer kaugummischmatzenden Angestellten zu und grüßte Bobby im Vorbeigehen, woraufhin er eine frivole Geste entgegnete.

Als ich darauf wartete, dass die Pumpen angingen, fokussierte ich meine Sinne auf die Umgebung. Der Verkehr toste auf den nahegelegenen Highways und Gemeindestraßen, unheimliche Dopplereffekte ließen mich immer an schnelle Sturzwellen denken. Bewegungen an der Seite fielen mir ins Auge und ließen mich den Atem anhalten. Ich entspannte mich enttäuscht als zwei schwarze Kinder von etwa zwölf Jahren aufgemotzt ins Licht hineinliefen. Sie trugen grellrote Jerseys mit dicken, glänzenden Goldketten, knackige, neue Jeans und saubere Basketballschuhe. Definitiv nicht gekleidet für einen klau-jemandes-Scheiß Job.

Oh Mann, dachte ich, dann sinnte ich in Bewunderung, *Junge Typen sind im Spiel und gewinnen.*

Mein Lächeln schwand. Scheinbar aus dem nichts rasten zwei Polizeiwagen auf den Platz und umzingelten die beiden Kinder zwischen ihren Scheinwerferlichtern. Ein übereifriger Agent sprang aus jedem Auto raus und machte sich bereit, ihre Verdächtigen zu verfolgen. Die Kinder erstarrten, ihre Augen weit, und entscheidend, ob sie abhauen sollten. Offenbar hatten sie nichts dabei, für das sie wegrennen sollten. Sie machten es allen einfach, gingen zu einem der Cruiser und legten ihre Hände auf die Motorhaube, sehr erfahren mit der Routine.

Kopfschüttelnd drehte ich mich um, als die Pumpen anklickten. Ich begann, den Tank des Ford aufzufüllen. Shocker und Patty redeten immer noch mit der Angestellten. Es klang so, als wollte Patty einen Drink oder einen Snack und die Angestellte war zu faul, aufzustehen und ihn zu holen.

„Wenn ich reinkäme, würde ich das Scheiß- teil selbst holen!" schrie Patty plötzlich.

Die Angestellte, ein spindeldürres, schwarzes Mädchen mit Braids, die auf ihrem Kopf zusammengebunden waren, bewegte ihren Nacken Seite-zur-Seite und bewegte ihre Hände mit langen Fingernägeln eloquent. Dumpfes, un- verständliches Kreischen kam aus ihrer Ecke.

„Das ist Schwachsinn!" focht Patty an. „Ich seh es genau da!" Sie zeigte in den Laden.

Mehr argumentative Bewegungen und Krei- sche von der Angestellten. Shocker verschränkte die Arme und schaute sich den Schlagabtausch einen Moment an, dann drehte sie sich um und ging zurück zu ihrem El Camino um zu tanken, düster murmelnd.

„Was ist los da drüben?" fragte die Biestfrau

mich eine Minute später auf die Cops zeigend, die die Kinder dazu gebracht hatten, ihre Schuhe auszuziehen, deren weiße Socken auf dem Bürgersteig dreckig wurden. Sie nahm die Tankkappe ab und führte den Tankschlauch ein, während ihr Blick zwischen ihrer Aufgabe, den Cops und Pattys vergeblichen Versuch, einen Schokoriegen zu bekommen, hin- und herwechselte.

„Scheint so, als hätten sie Langeweile und wollten jemanden belästigen," sagte ich.

Sie nickte, den Kindern mitfühlende Augen zugewandt. „Jemand sollte den Kindern sagen, dass sie so gekleidet nachts nicht rumlaufen sollten. All der Bling-Bling macht sie zu Zielen für die Polizei."

Ich lehnte mich gegen ihren Truck und lächelte sie an. „Hör da mal einer! Du redest wie eine Kriminelle."

„Was auch immer." Sie schnaubte. Die Tanks voll hingen wir die Düsen ein.

„Krieg deinen magersüchtigen Arsch raus da, Pferdehaar!" schrie Patty wütend.

Einer der Cops zeigte auf sie und lachte.

Die blonde Riesin trat vom Fenster zurück und warf eine furiose Kombi. „Ich zeige dir wie wir 'Country-Arsch Mississippi Hos' mit Louisiana Bitches abrechnen."

Die Angestellte stand jetzt und schrie un-aufhörlich zurück.

„Ja klar. Als ob sie zum Vorschein kommt." Ich schaute auf die jungen Gauner zurück. Die Cops waren fertig mit ihrer Erpressung, nichts gefunden. Einer der Jungs diskutierte mit em-pörten Kapriolen und verlangte zu wissen, wes-halb sie in die Jugendarrestanstalt mussten, sie hatten nichts falsch gemacht.

Shocker hatte bei dem Austausch denselben Ausdruck wie ich: Wut. Diese Typen wurden ohne Grund geschnappt. Es gab keinen Beweis für Kriminalität. Sie planten wahrscheinlich, diese Kinder auszuführen, bloß damit sie ihre Ketten und Uhren behalten konnten, Tausend in Gold, die sie als „gefunden" im Eigentums-raum angeben konnten. Und es gab eine potenti-elle Straftat, die Patty gleich begehen würde, gegen die die Cops nichts taten, außer darüber zu lachen. „Jemand sollte *sie* belästigen." grölte Shocker, auf die Polizeibeamten starrend.

Ich schaute auf die Angestellte, auf die Cops, eine Lösung für beide Probleme überle-gend. Patty stolzierte mit geballten Fäusten und einem stürmischen Gesicht auf uns zu. Abrupt stehenbleibend, starrte sie ihre Freundin an und sagte, „Kannst du glauben, dass sie mich eine Country-Arsch Mississippi Ho genannt hat?"

„Ja," antwortete Shocker. Sie nickte dringend auf den El Camino. „Steig ein. Was
würde Jasmine sagen, wenn sie dich in einem
Kampf wegen eines Schokoriegels sehen
würde?"

Pattys Wut schwand, ein dämliches Grinsen
verdrängte den düsteren Blick. Sie nahm einen
entspannenden Atemzug und kicherte. Sie begann, zum Beifahrersitz rüberzugehen und
klopfte auf ihren Bauch. „Sie würde sagen, dass
ich keinen Schokoriegel brauche." Sie presste die
Lippen zusammen. „Und dass ich aufhören soll,
gemein zu sein."

Ich hielt sie auf. „Warte. Kannst du Auto-
matik fahren?"

Sie schaute auf den Ford. „Ja..."

Ich nickte mit dem Kinn in Richtung der Polizisten. Sie hatten den Kindern Handschellen
angelegt und schoben sie grob auf den Rücksitz
eines Cruisers. „Ich muss mich schnell um etwas
kümmern."

„Keine gute Idee," sagte Shocker, dann
schien sie ihre Meinung zu ändern. Sie seufzte.
„Wir haben nicht genug Zeit."

Ich schaute sie an und verschränkte die
Arme, *Ich kann mir das nicht entgehen lassen.*
Dann grinste ich, *Außerdem, ich habe einen
PLAN.*

„Scheiße," murmelte sie, dankte ab und öffnete ihre Tür.

Patty grinste fröhlich und ging auf den Ford zu als wäre er Bobby, nackt und mit Hersshey's Kisses bedeckt.

„Keine gute Idee," murmelte ich. „Nope."

Patty rutschte auf den Fahrersitz. Ich schloss die Tür und erinnerte sie, „Bombe hintendrauf." Dann drehte ich mich um, um nonchalant auf den Laden zuzulaufen. Ich musste mich beeilen, konnte aber nicht rennen. Die Cops standen vor ihren Crusiern und posierten mit den Händen an den Holstern. Schnelle Bewegungen würden ihre Aufmerksamkeit erregen."

Ich kroch um die Seite des schmutzigen Ziegelgebäude und sprintete, sobald ich außer Sichtweite war. Ich hockte mich an der Ecke hin, auf der Seite, auf der die Cops standen, zehn Meter weit weg. Ich schaute sie von meiner dunklen Ecke an. Die Agenten waren weiß, stark muskulös, auch wenn leicht übergewichtig und glattrasiert. Ihre Stoppelfrisuren glänzten in den Lichtern der Tankstelle. Ich schaute die Jungs im Cruiser an. Einer erwiderte meinen Blick. Ich hob einen Finger, *Alles gut,* und bereitete mich darauf vor, zum Auto zu sprinten, mein Herz raste, verstärkte Schläge schlagend, als mich die Herausforderung überrollte. Meine Beine waren vorbereitet, mein Rücken, meine Arme und meine Fäuste locker. Die Polizisten redeten weiter, von mir wegschauend. Ich stellte mich zum Losrennen auf... Und mein Handy vibrierte.

Ich grub es aus meiner Tasche und schaute auf den Bildschirm. Es war Blondie. „Babe?" antwortete ich. „Ich bin gerade etwas beschäftigt."

„Was machst du gerade?" Ihr Ton war besorgt, ihrer betäubte Stimme fehlte jegliche deutliche Aussprache.

„Was denkst du? Kinder retten." Ich seufzte verträumt. Ich flippte das Haar von meiner Stirn und schnalzte mit der Zunge. „Denn das ist was ich jetzt mache."

„Ich habe kein gutes Gefühl... Was immer du machst, du musst aufhören."

Ich stellte sie mir im Krankenhausbett vor, ramponiert, bandagiert und wunderschön, und wünschte, dass sie an meiner Seite war. Ich erzählte ihr, was ich geplant hatte.

Sie seufzte. „Du machst es wieder."

„Huh?"

„Die Untugend in der Tugend versteckt..."

„Oh, jetzt geht's los..."

„Das furchtlose Dominieren von Hindernissen gibt dir die Fähigkeit, ein guter Anführer zu sein," machte sie weiter mit einem weiteren Zitat, welches meine Fehler im Entscheidungentreffen aufzeigte. Sie hatte jede Woche ein Neues. „Aber es kann auch Kriminalität und Gewalt ermöglichen." Sie pausierte, um einen Effekt zu erzeugen. „Und Talent verschwenden."

„Okay, okay. Ich gebe es zu: Ich bin ein gewalttätiger Krimineller. Na und? Du auch."

Sie war verärgert, *Du begreifst es nicht.*

Ich redete weiter. „Was wir verschwenden ist Zeit. Wenn du hier wärst... Egal. Schatz, es tut mir leid, aber ich muss auflegen. Böse Liebe." Ich legte auf und grinste, weil ich schon wieder eine Regel mit strengen Sanktionen überschritten hatte.

Verfluchte Frau. Verfluchtes *Psychology Today.*

Ich werden ihre blonden Schamhaare dafür verdrehen, dass sie mich so abgelenkt hat! Dann, *Gefährde ich die Mission mit diesem Manöver???*

Ich reichte hinter mir und öffnete die Scheide an meinem unteren Rücken. Meine vertraute Rasiermesserklinge rutschte sanft in meine Hand, schwer mit Vorhaben. Erneut aufgeregt, stellte ich mich auf meine Fußballen und sprintete weg aus der dunklen Ecke ins Licht, Steine knirschten dumpf unter meinen Füßen, das Geräusch wurde vom belebten Verkehr hinter den Cruisern überdeckt.

Die Polizeiwagen waren in der Form eines

Dreiecks geparkt, die Schnauzen nur einen Meter voneinander entfernt, die Agenten standen vor den Scheinwerfern, ihre Schatten wurden auf den Bürgersteig geworfen. Unbemerkt rutschte ich an die Seite des näheren Autos und bewegte mich ohne Pause weiter, um den Vorderreifen zu schlitzen. Der Vorderreifen stieß ein lautes *Psss!* aus, welches ihre Aufmerksamkeit auf sich zog. Die Schnauze des Cruisers sank langsam. Einer der Cops fluchte. Beide gingen um das Auto, um einen Blick darauf zu werfen. Ich war schon auf der anderen Seite des zweiten Autos, das mit den Jungen hinten drin, schlich in die offene Tür und schloss sie ruhig. Ich schaltete die laufende Maschine in Drive.

Warum lassen Cops immer ihre Tür offen und den Wagen an? Sie betteln drum.

„Hey!" schrien die Cops, als ich das Gaspedal runterdrückte, manisch grinsend und den Platz zwischen Tankstelle und Straße mit langem, wunderschönen Michelin-Gummi anmalend.

„Das ist das dritte Mal, dass ich einen Cruiser von euch blöden Wichsern klaue!" schrie ich aus dem Fenster, gerade so eine Kollision vermeidend. Mehrere Wagen bremsten, um dem verrückten Cop auszuweichen.

Einige Leute würden heute die Polizeiwache anrufen und sich über #617 beschweren.

„Ha!"

„Ja! Ja! Fick diese schäbigen Cops!"

„...mit meinem Sack in ihren Mündern, zermahlend."

Die Kinder auf dem Rücksitz hopsten hoch und runter, mit mir zusammen schreiend.

Ein paar Sekunden später sah ich den El Camino und Ford hinter uns und blau-weiße LED-Lichter des Scion hinter ihnen. Ich schaltete das Polizeiradio aus und schaltete auf FM-Radio. Ich fand einen guten Song und drehte auf volle Lautstärke. Ich fühlte mich elektrisiert auf die beste Art.

„I got a million ways to get it, chose one / bring it back, bring it back / now double your money and make a stack." Jay Z's Beats dröhnten durch die Fabriklautsprecher. Ich tanzte mit meinen Schultern und meinem Kopf und wedelte mit einer Hand über dem Lenkrad.

Die Jungs sangen mit. „I'm on to the next one, on to the next / I'm on to the next one, on to the next!"

Ich bemerkte, dass die jungen Streuner mit ihren Handschellen unter ihre Füße geschlüpft waren, sodass ihre Hände jetzt vor ihnen waren. Ich hielt an einer vollen Kreuzung an, Autos an beiden Seiten von uns. Nach links schauend, lachte ich einem schwarzen Paar zu, welches tölpelhaft auf die Rap Stars in meiner Obhut starrte. Sie schauten mich an und ich zuckte mit den Achseln, *Was???*

Die Jungs hielten ihre Köpfe direkt ans Fenster, grimassenziehend, haltungsvoll rappend. „Hold up, freeze, hey! / somebody bring me back some money please, hey!"

Sie bouncten gegeneinander. Alle Fahrer und Vorbeigänger der Kreuzung schauten dem Polizeiwagenkonzert zu. Manche gestikulierten guter Natur, aber die meisten schauten ungläubig, verblüfft von dem ungewöhnlichen Anblick. Während ich auf die Ampel wartete, nahm ich mein BlackBerry raus und nahm die Rapper und ihr Publikum auf.

Die Kinder hatten keine Ahnung, wer ich war oder wohin ich sie mitnehmen würde, und offensichtlich war ihnen das sehr egal. Sie wussten sicher, dass wir nicht zur Jugendarrestanstalt fahren würden. Und das hier machte Spaß. Was war also sonst noch wichtig?

Die Adresse, die Ace für Sylvester gefunden hatte, war in einer Nachbarschaft mit reich gestylten Häusern. Ich parkte den Polizeicruiser vor einem großen, steinernen, einstöckigen Gebäude mit unverhältnismäßigem Garten. Ich stieg aus, öffnete die Hintertür und ließ die Kinder aussteigen. Der El Camino und Ford grunz-brüllten bis sie hinter uns bremsten, die betäubenden Auspuffgeräusche übertönten den Scion, als er heranfuhr. Unbesorgt darüber, den Verkehr zu blockieren, parkte meine Crew in der Mitte einer ruhigen, unberührten Straße. Die Mädchen stiegen aus und schauten sich in der oberen-Mittelklasse Gegend um. Sie liefen zum Polizeiwagen rüber.

„Ich werde mich um sie kümmern," sagte Shocker zu den jungen Streunern. Sie grub in den Kragen ihres langen, schwarzen Ärmels und holte eine Kette mit einem Schlüssel raus.

„Warum haste uns in diese Weißen-Hood gebracht Mann?" fragte einer der Kinder mich.

Der andere lächelte das heiße, trainierte Chick, das seine Handschellen abmachte, charmvoll an. „Ja," sagte er. „Und warum hält Babygirl einen Schellenschlüssel versteckt?"

Shocker lächelte ihn an, die Augen glitzernd. Sie gluckste wohlfühlend, drehte sich um und machte dem anderen Jungen die Handschellen los.

„Wir haben euch hergebracht, um zu lernen," sagte ich. Ich nickte zur Biestfrau. „Und sie hat einen Schlüssel bei sich, weil sie eine berühmte Kriminelle ist. Ihr habt sie vielleicht schonmal gesehen auf *America's Most Wanted*.“

Die Jungs schauten sie mit unbewusst offen hängenden Mündern an. Sprachlos.

Ich formte meine Zeigefinger und Daumen zu einem Herzen und sagte Shocker, „Siehst du? Kriminelle kriegen Respekt.“

Sie blies einen Atemzug aus, machte auf der Ferse kehrt und stolzierte weg, um mit Ace zu sprechen. Die Jungs versuchten überhaupt nicht, zu verstecken, wie sie ihr beim Weggehen hinterherstarrten.

Bobby näherte sich. Groß, breit, gewaltig. Sein Oberkörper blockierte die Sonne und stellte mich, die Jungs und den halben Polizeiwagen in den Schatten. „Jugendliche,“ donnerte er mit tiefer Stimme. Sein Brustkorb bewegte sich wie eine hüglige Steinplatte als er seine Hände einstützte. Mit einem finsteren Blick sagte er, „Wisst ihr, warum diese Cops euch belästigt haben?“

Die Jungs konnten mit mir Witze reißen und mit Shocker flirten, aber sie hielten die Klappe und hörten dem riesigen schwarzen Mann zu. Ihre Augen waren groß, als sie sich nach hinten lehnten, um zu ihm hochzuschauen, von ihrer Frechheit von vorhin war nichts mehr zu sehen. Grinsend ließ ich den großen Muskelprotz

seinen Vortrag halten und ging zur Tür, um an-
zuklingeln. Shocker und Ace standen einen Moment später hinter mir.

Lichter gingen an und erhellten die beglaste
Tür und den Ziegelgehweg mit Geranien an den
Seiten, der sich immer noch am Leben hielt. Ein
kurzer Mann mit beginnender Glatze und Brille
in Boxershorts öffnete die Tür.

Ich stirnrunzelte gedanklich beim Anblick
seines haarigen, schwabbeligen Brustkorbs und
Bauchs, analysierte seinen Charakter, dann
schaute ich ihm in die Augen. Sie waren
schwarz, perlartig, wie die eines Schweins.
„Sylvester?"

„Ja. Mmm-hmm. Wer seid ihr?" Er öffnete
die Tür komplett und sprang alarmiert weg, als
er den Polizeiwagen sah, während die Streuner,
Bobby und die Autoshow die Straße blockierten.
„Was ist los?" fragte er ängstlich.

„Eine Party bei Sylvester," sagte Patty, als sie
hochlief. Sie wirbelte einen Arm über ihrem
Kopf. „Das ist los." Sie schaute urteilhaft an ihm
hoch und runter, die Augen enttäuscht zerknit-
tert, bei seinen engen Boxershorts anhaltend.
„Unglücklich," seufzte sie.

Sylvester wurde pink im Gesicht. „I-ich verstehe nicht, was passiert. Warum seid ihr hier?
Wer seid ihr?"

Ich reichte durch die Tür, griff seinen Nacken und zerrte ihn nach draußen. „Jemand da?"

„Nein. Niemand." Angespannt, entspannte er sich ein wenig, als ich ihn losließ und schaute sich verwirrt zu allen um.

„Wo ist das Labor?" fragte ich sanft.

„Er sprang noch mal. Mich anstarrend, flackerten seine Augen von Seite zu Seite und er leckte sich die Lippen. „Ein Labor?" Er schaute sich zwischen den unfreundlichen Gesichtern um, windend.

„Nein." Ich kniff meine Augen etwas zusammen. „*Das* Labor."

Er blickte nach unten und murmelte mit bebender Stimme, „Ich bin sicher, dass ich nicht weiß, was ihr meint." Er fing an, zu zittern.

Wundervoll. "Schau Syl, wir wissen, für wen du arbeitest und wie gefährlich sie sind. Haben sie dir oder deiner Familie gedroht?" Ich legte eine Hand auf seine Schulter und redete aufrecht. „Ihr müsst euch keine Sorgen mehr um sie machen. Wir stellen ihren Betrieb ein."

„Permanent," fügte Shocker hinzu. Ihre kämpferische Haltung gab ihrem Wort schweres Gewicht.

„Mann, Scheiße. Ich *weiß* es nicht," wimmerte er. „Es tut mir leid. Ich kann euch nicht helfen." Der Mann sah bereit aus, seine Blase zu entleeren.

Also gut... Ich wandte mich Ace zu. „Sein Handy."

„Klar." Der Geek schlich sich zwischen uns durch und schielte Sylvester an. „Entschuldige." Er ging rein und kam ein paar Minuten später zurück mit einem blauen Android. Er grinste es an. „Passwortgeschützt. Aha."

Wir schauten fasziniert zu, wie Ace in seinen vielen Taschen kramte und mehrere elektronische Geräte rausholte, die meisten selbstgemacht. Er sortierte die Kabel und murmelte zu sich selbst. Er fand, wonach er suchte, ein USB-Kabel, welches in das Handy passen würde, dann entband er das modifizierte Galaxy *Note* von der Seite seines Beins und verband es mit dem Handy.

Das Tablet hatte nicht die benötigte Rechenleistung, um einen 5-stelligen Code zu knacken. Aber sein Wrecker hatte das. Das *Note* war per Quantenverschränkung mit der Monsterausrüstung verbunden, benutzerdefinierte Software von Ace programmiert, was ihm erlaubte, die Energie von dem fremden Hard-Drive Stapel in seiner Hand zu erlangen.

Ace arbeitete am Tablet, seine langen Finger tippten schnell auf dem Touchscreen. Er pausierte, die Lippen zusammengekniffen, einen Videospielsong summend, von unserem Voyeurismus unbeirrt. „Da wären wir," murmelte er fröhlich. Er steckte sein Tablet und die Kabel weg und scrollte systematisch durch das Handy. Er lächelte, seine Kiefer stachen wegen eines verkniffenen Lachens raus. Er schaute Sylvester an. „Deine chemischen Formeln sind lückenhaft. Schaue dir nochmal deine Exponenten an." Er schaute überrascht hoch, als die Mädchen in Gelächter ausbrachen. Er ignorierte sie, dann schaute er mich mit einem ernsteren Gesichtsausdruck an und räusperte sich. „Der GPS-Account hat alles, was wir brauchen."

„Partytime," sagte Patty. Jeder drehte sich um, um die blonde Riesin anzuschauen. Sie wackelte mit den Augenbrauen. „Was machen wir mit Syl'? Er könnte seinen Boss anrufen."

„Wir können darauf vertrauen, dass er schweigt." Ich streckte meine Hand zu Ace raus. Er gab mir das Android. Ich scrollte durch das Menü, wählte die Galerie aus und swipte durch Fotos einer Frau und einem kleinen Mädchen, den Schirm in einem Winkel, in dem Sylvester ihn sehen konnte. „Schöne Familie. Deine Frau und Tochter?"

„Schwester und Nichte," sagte Ace.

Ich senkte meine Stimme unheilvoll. „Vielleicht statte ich ihnen einen Besuch ab und sage Hallo wenn sie da sind."

„I-ich werde nichts sagen." Sylvesters Augen zitterten, vergrößert durch seine dicken Brillengläser. Seine Stimme bebte. „Werde ich nicht! Du musst mir glauben."

Shocker starrte mich an. *Das hättest du nicht machen brauchen.* Mit einem mitleidigen Blick machte sie einen Schritt auf Sylvester zu und sagte mit einer warmen Stimme, „Niemand wird dir oder deiner Familie etwas tun. Jemals. Wir halten die Menschen, die dich gezwungen haben, für sie zu arbeiten, auf. Verstehst du? Es endet heute nacht."

Er brach zusammen, der Kopf hängend. Schniefend nahm er seine Brille ab und wischte sich die Augen.

„Ganz richtig Dickie," sagte Patty. „Diep hält eine Ich-gehe-pleite-Party. Wenn er dir ein Check schuldet, äh, naja, kriegst du den nicht."

„Es ist nicht nur Diep," krächzte er.

„Wer besitzt es?" fragte ich.

„Gierige Unternehmer Wichser." Sein Gesicht errötete vor Wut, plötzlich war er mehr als willig, zu kooperieren. „*Bösartige* Unternehmer Wichser." Er schaute uns mit Entschlossenheit an und mit noch etwas viel Kraftvollerem und Motivierendem: Hoffnung. „Diep und seine

Leute erbringen Dienstleistungen für die Geschäftsleitung. Wenn etwas schiefläuft, kriegt Diep den Scheiß ab und die Leitung leugnet jedes Wissen darüber."

„Sie leugnen es, während sie ihr Geld zählen." Shocker mochte Unternehmen nicht.

Sylvester schaute sie an. „Du würdest die Gräueltaten nicht glauben können..." Er schniefte fest, dann schrie er fast, „Sie sind *bösartig*. Ich bin ein *Wissenschaftler* um Gottes Willen!"

Dienstleistungen. Hmm... Ich schaute Shocker an. Sie erwiderte meinen Blick und sagte, „Sicherheit. Und Leute, zum Experimentieren."

„Nicht nur Leute." Sylvester zitterte wieder, diesmal vor Wut. „*Babys.* Sie infizieren Babys für geheime Drogenexperimente."

~

Bobby beendete seinen Vortrag damit, dass er die jungen Streuner davon überzeugte, einem älteren Paar bei der Hausarbeit zu helfen und den Älteren in der eigenen Nachbarschaft zu helfen, ohne ihnen dafür etwas zu berechnen. Sie schienen zu verstehen, warum das wichtig war. Die grauhaarige alte Dame und der glatzköpfige alte Mann, die gegenüber von Sylvester lebten, waren dankbar für ihr Angebot, die Einkäufe reinzutragen. Sie waren sicher erfreut von all der Gesellschaft in der Straße, als sie auf ihre Auffahrt fuhren. Sie versuchten uns zu bestechen mit Tee, Gebäck und Abendessen, damit wir alle bleiben würden. Meine Crew lehnte mit Bedauern ab (ich lehnte einfach ab). Sie versprachen, den Jungs was zu Essen zu geben und sie nach Hause zu fahren.

Wir gingen weg, um uns mit Big Guns in New Orleans zu treffen und fuhren an der Tankstelle mit der faulen Angestellten und dem Außer-Betrieb Polizeiwagen vorbei. Die Polizisten waren weg, die Angestellte war immer noch da. Sie schaute auf, als der El Camino auf den Platz auffuhr und zwischen den Säulen und dem Laden anhielt. Sie schrie, als Pattys fleischiger Arm aus dem Beifahrerfenster herausragte mit einer Glock 9 mm in ihrer Faust und sechzehn Kugeln auf das Plexiglas abfeuerte. Die Kugeln prallten harmlos ab. Kugelhülsen fielen auf den Bürgersteig, klanglos bei unseren Auspuffgeräuschen.

Von meinem Parkplatz auf der anderen Seite der Pumpen aus konnte ich die Braids der Angestellten sehen, als sie abgingen, während sie über die Theke kletterte, ihre Schreie schrill zwischen den Schüssen. Ich verkrampfte vor Lachen, dann fuhr ich Shockers schwarzen Markierungen nach als der El Camino wegraste in einer welligen Rauchwolke, ihr Profil meine Markierungen, die ich vorher mit dem Polizeiauto gemacht hatte, überlappend.

Wir ließen den Copwagen unter einer Brücke stehen. Die riesige Obdachlosen Community dort war überglücklich. Männer und Frauen in schmutzigen Kleidern attackierten den Cruiser mit alten, rostigen Geräten, ihr Lächeln mit Zahnlücken glänzte im orangenen Glanz der Flammen. Sie rissen die Räder und Reifen vom Wagen ab, die Elektroteile heraus, dann gingen sie unter der Haube an die Arbeit. Ace war so freundlich, das Verfolgungsgerät des Autos auszuschalten. Ich fand einen 200g Beutel Mr. Goodbars im Handschuhfach und machte Patty zu meiner neuen besten Freundin. Sie stand neben mir und mampfte Schokolade, während ich mir selbst zu einer Shotgun und einer kugelsicheren Weste im Kofferraum verhalf.

Die Penner winkten freudig, als wir fortgingen. Ich fuhr aus Slidell raus mit dem Gefühl, dass wir das Dorf zu einem etwas besseren Ort gemacht hatten.

~

Unglaubliche Feuchtigkeit und eine klamme, unter-dem-Meeresspiegel Luft kam in den Ford hinein als wir die Außenbezirke der großen Stadt New Orleans betraten. Zwanzig Minuten Leiden im Verkehr brachten uns zu diesem Meet-and-Greet. Mein Freund *und Anh Longs* Söldner standen um einen großen, fensterlosen Van in einer schmalen Allee zwischen einem Restaurant und einem Hotel. Unsere Wagen passten gerade so dahin. Wir stiegen aus, liefen zu ihnen rüber und nickten den Viet Kriegern *Wie geht's* zu.

Big Guns hielt mit mir Händchen. Ich stirnrunzelte ihn an, dann schaute ich auf die Dächer, die drei Stockwerke hoch türmten und begutachtete die Geschäftsausgänge. „Warum hast du uns in diesen Mordkasten gebracht? Es gibt keinen guten Fluchtweg." Ich schaute verdächtig auf die Söldner zurück. Sie waren Verräter in der Dragon Family. Wenn Diep wüsste, dass sie jetzt hier waren, könnte er all seine Probleme ganz einfach lösen.

„Du weißer Bastard." Sein silbernes Grinsen reflektierte Licht, das über mein Gesicht und Shirt leuchtete. „Dafür sind wir bereit. Die Besitzer sind Royal Family." Er nickte auf ein Geschäft zu, dann auf das andere. „*Meine* Royal Family. Und die Cops dieses Reviers kriegen genug Royal Family Geld in ihre Spendendose." Er verschränkte die Arme, seine Adern aufge- wölbt in seinem dicken Nacken. „Lass die Si- cherheit in meinem Garten meine Sorge sein, *my chang*," Weißer. „*Du ma*, Razor."

Ich lächelte und sagte, „*Cac tao*," du mich auch.

„Wir sind bereit," erinnerte er mich.

„Gut."

...Mitarbeiter in Bereitschaft, bereit, uns bei der Flucht zu helfen, wenn etwas passiert. Mein Unterbewusstsein kannte den Viet Underboss sehr gut. *Und sie wissen nicht, wem sie weshalb helfen.*

Ich schaute auf die Männer, die der Dra- chenältere hierher hatte fliegen lassen von seiner Base in San Francisco. Acht extrem fitte, schwarzhaarige, gelbbraune Kämpfer schauten auf mich und meine Crew mit Totenstille zu- rück. Sie trugen schwarze Kampfuniformen mit Schulter- und Beinhalftern mit Waffen, die im Van waren. Diese Typen waren Killer, erfahren im grausamen Geschäft des Todes. Niemand wusste, was sie schon alles für Jobs für *Anh Long* erledigt hatten. Sie waren moderne Ritter, ange- stellt, wenn die Helfer des Viet König Schutz brauchten.

Ich drehte mich um, um meine Crew anzuschauen. Shocker begutachtete die Männer mit abgeneigten, nach unten zeigenden Mundwinkeln. Ace sah unbehaglich aus; sein gruselig schlaues Hirn war leicht angespannt von Bildern, die die meisten von uns nicht intuitiv erkennen konnten. Patty sah enttäuscht aus, vielleicht, weil sie nicht auf asiatische Männer stand. Bobby schaute mich an und nickte in Akzeptanz für die Situation, *Ich bin dabei,* und eine großartige Präsenz auf meinen Schultern, meinen Nacken anspannend.

Unter Druck arbeite ich am besten. Vor diesem Sommer habe ich noch nie eine Crew angeführt. Jetzt führe ich ein Team Elitesoldaten an. Nicht nur war ich ihr Boss und gab ihnen Befehle, denen sie ohne Rückfrage folgen mussten, ich war für ihre Leben verantwortlich. Der Plan, mit dem ich sie beauftragen wollte, könnte sie alle umbringen. Ihre Familien könnten niemals erfahren, was mit ihnen in dieser tödlichen Nacht passiert ist.

Ich beschloss, nicht zu freundschaftlich mit ihnen zu werden. Kriegsführer werden oft abgelenkt, wenn sie Männer verlieren, die sie kennen und mögen. Diese Männer werden meine Spielfiguren sein, kalt und unbarmherzig benutzt, um den Feind abzulenken, während ich *meine* Ritter positionierte... Aber damit sie mir mit blindem

Gehorsam folgten, musste ich dafür sorgen, dass sie mich als größer als das Leben ansahen, kompetent, schnelle Anpassungen anzubringen, damit unsere Maschine so glatt wie möglich nach vorne rollte. Sie antworteten auf Mut und Selbstbewusstsein, Entschlossenheit, einen Job fertig zu sehen.

Das Leben schrumpft oder wächst in Proportion zu dem Mute der Person.

Sie mussten sehen, dass meiner zu universellen Proportionen angeschwollen war. Es war zu schade, dass wir keine Zeit für eine schnelle Übungsmission hatten, um Vertrauen und Zusammenarbeit aufzubauen und uns auf einanders Stärken und Schwächen einzustellen.

Da ich einen sofortigen Weg brauchte, sie meiner Führerqualitäten zu beweisen, machte ich das einzige, was ich konnte. Ich wandte mich ihrem inneren Neandertaler zu.

Ich forderte sie auf der Stelle heraus.

Meine Schultern zusammenziehend, starrte ich die Söldner an. Sie starret skeptisch und unvertraulich zurück. DieGeräusche der Kunden des Hotels waren dumpf und willkürlich, die Allee ansonsten leise, meine tiefe, grölende Stimme klar hörbar. „Wenn jemand hier denkt, er könne diese Gruppe besser anführen als ich, ist jetzt die Zeit, das zu beweisen."

Shocker und Patty schritten weg von mir und stellten sich an die Seiten von Bobby. Ihre angestrengten Augen schnitten die Soldaten an.

Die Männer bewegten sich in ihrem Van, den Gang einlegend, knarrend. Ein paar schauten auf einen etwa dreißig Jahre alten Mann mit breiten Schultern. Wir schauten einander in die Augen. Seine schneidenden, epikanthischen Augen erinnerten mich an lange, spitze Messer. Er war offensichtlich der Boss Hog ihrer Crew. Er schaute spöttisch an mir hoch und runter. Ich konnte sehen, dass er die Herausforderung nach generellen Prinzipien annehmen wollte, die Entscheidung, wer anführt, egal.

Ich erlaubte meinem inneren Wolf, herauszukommen, meine Eckzähne entblößt, meine Nackenhaare aufgestellt, zeigte ich ihm, dass ich nicht irgendein Straßenschläger war, der ein bisschen kloppen konnte. Die Wut in meinen Augen war nur ein Hinweis, ein Grunzen aus einer Kammer voller vulkanischer Energie. Er blinzelte als er sah, wie tief es war. Er konnte etwas Unmenschliches unter der Oberfläche lauern sehen, ein Organismus, der an einen bodenlosen Tank der Aggression anzapfen konnte. Ein Tier, das ihn überlisten konnte, mit ihm spielen.

Seine Augen blieben an der Biestfrau haften, von der ich wusste, dass sie einen ähnlichen Blick hatte. Er gab ihr ein komisches Zucken, blinzelte, unsicher, wie er die Präsenz einer Frau mit einer Aura noch dynamischer als die meine, erfassen sollte.

Heh. Selbe Reaktion wie ich, als sie mich das erste mal mit dem scharfen Blick angeschaut hatte.

Der Mann hatte es geschafft, sein Starren von Shocker abzuwenden und schaute hinter sie auf Bobbys Granitmasse. Er presste die Lippen gedanklich aufeinander.

Er schaute mich wieder an und nickte. „*May chi tuong,*" Du führst an.

„Hungh," grunzte Big Guns zufrieden. Er legte eine Hand auf meine Schulter. „Wie ich bereits sagte..."

Ich nahm einen Atemzug, um ausgeglichen zu bleiben, drehte mich um und winkte Ace nach vorne. Der Geek lief rüber und hielt sein Tablet hoch, sodass wir es sehen konnten. Auf dem Bildschirm sahen wir eine Satellitenansicht eines kleinen Orts neben einem Sumpflabyrinth. Er zoomte auf ein Gebäude, welches scheinbar im Sumpf schwamm. „Glaubt es mir oder nicht, aber das hier ist das Labor," informierte er uns. „Es liegt auf ein paar Bargen."

Ich nahm ihm das Tablet weg, drückte meine Finger auf dem Bildschirm zusammen und wischte sie auseinander. Der Bargenkomplex stellte sich scharf, die Auflösung war unglaublich. Das Bild war im Tageslicht aufgenommen, also nicht live. „Wie alt ist das?"

„Das ist von vor ein paar Stunden." Er nahm das Tablet wieder zurück. Seine Finger tänzelten über den Bildschirm. Das Fenster veränderte sich, es zeigte nun eine Nachtansicht im infraroten Spektrum. Die Stockwerke auf den Bargen waren grün und grau, die hellen Lichter grün. Rote und orangefarbene Punkte wanderten um den Komplex. Flutlichter in der Umgebung zeigten undeutliche Umrisse des Kais und Zauns. Er schaltete wieder zum Tageslichtbild um.

„Ist das Google Earth?" fragte Patty nach. Die Viet Söldner kamen näher, ihre Gesichter immer noch ausdruckslos, auch wenn es mir vorkam, als wollten sie auch über die Quelle der Bilder Bescheid wissen.

„Nein..." antwortete Ace. Er schaute auf seine Frau. Sie gab ein fast unbemerkbares Schwingen ihres Pferdeschwanzes.

Es ist kein Google Logo auf dem Bildschirm zu sehen, bemerkte mein Unterbewusstsein, aufgeregt, weil wir gerade jemandes multimillionen

Dollar Satelliten benutzten, ohne ihre Erlaubnis. *Er benutzt sein Botnet...*

Blondie sagte, dass Aces Netzwerk mehr als fünfzigmillionen PCs und Laptops verbindet und die Rechenleistung aus den Häusern der Menschen weltweit auslieh. Die Computerbesitzer würden niemals herausfinden, dass sie infiziert worden waren. Das Resultat des Netzwerks ist, eine Rechenleistung gleich oder größer als die der top Supercomputer dieses Planeten zu erreichen.

Genial. Was kann Superschurke noch mehr machen???

Ace tat so, als hätte er Pattys Frage vergessen. Er räusperte sich und hielt sein Tablet so, dass ich es sehen konnte.

Jede Barge hatte drei Stockwerke, rechteckig und symmetrisch. Die unteren Stöcke waren mindestens dreißig Meter, vielleicht neunzig Meter lang. Es sah aus, wie ein treibendes Casino. Alles, was es brauchte, waren ein paar disorientierende Lichter und betrunkene Zocker.

Der Komplex war weiß und grau, auf ihrem höchsten Punkt waren mehrere Antennen, kleine Satellitenschüsseln und ein Doppler-Array angebracht. Moor und Wasser umzingelte es wie ein Graben, der umkreisende Zaun ragte aus einem dicken Holzstapel etwa zwanzig

Meter weit weg. Auf den Stapeln, in Richtung des Labors und dem Moor in allen Richtungen, waren Kameras. Laut der Rechnung, die Ace gefunden hatte, wurden die Kamera durch Bewegungssensoren aktiviert und hatte hochqualitative Nachtsicht.

Du meinst, sie würden sich zu Tode langweilen mit all den Pelikan-, Möwen-, Meeräsche- und Alligatorvideos?

Ich bewegte meine Finger über den Bildschirm, um die Sicht zu ändern. Vor dem Labor war ein breiter Kai, der am Anfang einer schmalen Straße mündete. Ein Tor und ein Wachposten sicherten den Eingang des Labors. Auf der rechten Seite, fünfundvierzig Meter entfernt, war ein bausteinartiges Haus auf Stelzen. Es war groß, möglicherweise fünf Schlafzimmer. Ich zählte sieben Pickups und drei Beiboote auf Anhängern an den Stelzen geparkt, mehr Boote waren an einem kleinen Kai hinter dem Haus angedockt. Quartiere der Sicherheitsleute.

„Alles klar, Leute." Meine Augen rannten vor und rück über den Bildschirm, mein Hirn auf vollen Touren. „Unser Job ist der Folgende..."

~

Achthundert Meter westlich des Labors war ein Dorf. Es war eigentlich bloß ein großes Fischercamp mit ein paar Läden, aber existierte lange genug, um seinen eigenen Platz auf der Landkarte zu rechtfertigen. Leichter Regen verdunkelte unsere Haare, als wir aus unseren Wagen stiegen hinter einem Köderladen mit Schindeln verkleidet. Der Donner knallte in der Ferne, rollende Echos, die sich über den Mississippi-Geräuschen im Osten auflösten. Moorige, erdliche Luft wehte in unsere Gesichter und mit ihr der energetische, brummende Druck, den man fühlt, wenn man so nah am Golf während eines anbahnenden Unwetters ist. Die Nacht ohne Mond, der Köderladen und Boden waren fast schwarz, hellgelb glänzend an Stellen, die von unserer Innenbeleuchtung angestrahlt wurden.

Der Sturm wurde intensiver, die Erde wurde zu Schlamm. Unsere Fußstapfen matschten vom El Camino zum Van zum Ford zum Scion. Meine Crew zog die Kevlar Anzüge an. Patty nahm die kugelsichere Weste, die wir geboostet hatten, mit einem verwerflichen Blick an. Sie schmollte; wir hatten keinen Anzug in ihrer Größe. Versuchend, höflich zu sein, bot ich ihr Blondies an. Die riesige Frau hielt eine drohende Faust in die Luft und sagte, „Was? Du nennst mich schlank?"

Ich zeigte ihr mein #1 Good Guy Gesicht. „Nein. Ich würde dich niemals beleidigen."

Ich packte alles aus meinen Taschen in meinen Anzug und fand eine nette Überraschung: Adderall. Das Letzte meines Vorrats. Sie hatten Fusseln aus der Tasche an sich, aber es war dunkel, und was ich nicht sehen konnte, würde mich nicht anekeln. Ich legte eine in meinen Mund und schluckte es mit einem Haufen Spucke runter. Dann erstarrte ich.

„Oh-oh..." Die Pille, die ich gerade geschluckt hatte, war nicht Adderall. Es fühlte sich größer an. Und der Nachgeschmack...

Idiot. Mein Unterbewusstsein gab ein gedankliches Gelächter. *Das war eine Pilzpille!*

„Stimmt was nicht?" fragte mich Shocker. Sie sah großartig aus in ihrem Anzug, den EEG-Helm hielt sie an der Seite. Wie eines dieser Krieger-Chics aus *Starship Troopers.*

„Doch." Ich entschied mich, dass es gescheit war, meine falsche Drogeneinnahme zu verschweigen.

Es war nur eine Psilocybin-Pille, meine gewöhnliche Dosis war vier, also wie schlimm konnte es sein? Ein paar Anzeichen. Ein paar unerklärliche Lacher. Es würde ihnen nicht auffallen. Sie denken bereits, dass ich verrückt bin.

Achselzuckend ignorierte ich Shockers Du-

Verheimlichst-Etwas Blick und lief zum Van rüber. Big Guns hatte sich einen ähnlichen Kampfanzug angezogen wie seine West Coast Kollegen. Pistolen, Messer und Magazine waren an jedem Mann angebracht, ihre Schultergurte hielten Maschinenpistolen und Sniper mit Laservisieren. Big Guns Lachen war chromatisch als er ein langes, gigantisches Gewehr aus dem Kofferraum seines Vans holte.

Diese Waffe war mir neu. Big Guns erzählte niemanden von den Projekten, an denen er arbeitete. Er würde einfach eines Tages auftauchen und sie auspacken. Im einen Moment würden wir chillen, reden, im nächsten würde er eine enorme Pistole riesiger Handwerkskunst auf den Tisch legen. Oder ein Messer. Oder eine Bombe.

Oder eine selbstgebaute Gewehr-Kanone.

„Das ist verdammt nochmal eine riesige Waffe," sagte Patty, die Stiefel matschend blieb sie neben mir stehen. Sie bewunderte das Meisterwerk verträumt.

Der Viet-Underboss grunzte belustigt. Er hob das Monstergewehr an, lehnte es an seine Schulter und sagte, „Zwanzig Millimeter Kanone." Er streckte es weit über seinen Kopf, eine Regenkappe über dem Ende des Laufs. Er reichte zurück in den Van, holte eine metallerne

Munitionsbox raus und öffnete sie. In der Box waren Kugeln, die wie Miniaturraketen aus sahen, fünfzig Stück, dicke Kupferköpfe zu scharfen Spitzen zugespitzt, die Hülsen fünfzehn Zentimeter lang, mehr als Zentimeter im Durchmesser. Er steckte eine in den Schacht und schloss die Bresche. Er füllte eine Cargotasche mit den Mini-Raketen; seine Tasche dehnte sich aus von dem Gewicht.

Ich hatte die Waffen meiner Wahl bereits an mir: Meine linke und rechte Faust, in Alligatorhaut eingewickelt. Meine Rasierklinge steckte an meinem unteren Rücken. Als Variation nahm ich einen Compoundbogen mit. Derselbe, mit dem Blondie mich besiegt hatte an dem Tag, an dem wir nach Gulfport gezogen sind. Seit unserem Wettbewerb hatte sie ihn immer in einem Köcher mit Übungspfeilen in ihrem Truck aufbewahrt. Du weißt schon, nur für den Fall, dass ich ihren ärgernden Erinnerungen an meine Niederlage nachgab. Ich habe die Anzahl aus den Augen verloren, wie oft sie mich angestachelt und herausgefordert hat, offensichtlich und unterschwellig, allerdings weiß ich, wie viele Ausreden ich noch habe.

Null.

„Dann sollte ich mal anfangen, zu üben," grunzte ich, dann lächelte ich. Ich nahm den

Köcher von hinter dem Sitz und hing seinen Gurt über meinen Kopf unter meinen Arm. Ich hob den Bogen auf und schloss die Tür des Trucks.

Ace war fast fertig mit den Händen seiner Frau, als ich mich dem Scion näherte. Sie standen im Schlamm, im Regen mit grimmigen Gesichtern. Der Geek sah aus wie eine ertrunkene Ratte, seine blonden Spikes verfärbt und an seinen Schädel klebend. Die Biestfrau sah aus wie, naja... eine Biestfrau. Diese beiden waren bereits in solch einer Situation. Die Art, wie er ihre Hände verband, sagte alles. Sie kannten Feinde von ernster Bedeutung, haben gegen sie gekämpft und haben sie besiegt. Ihre Fäuste sahen gruselig aus in ihrer Knöchelform. Die härtenden Wickel kombiniert mit den Schlagringen ließen sie *tödlich* aussehen. Die Pistolen, die unter ihren Armen gehalftert waren, würden die meisten Leute beängstigen, aber sie waren sehr viel weniger gänsehauterregend für jemanden, der Seek and Destroy im Kampf gesehen hatte.

Ace war fertig und lehnte sich nach vorne, um sein Mädchen zu küssen. Sie umarmte ihn kurz, wortlos, dann drehte sie sich um und knallte ihre Fäuste fest aufeinander, *Kling!* Sie folgte mir zum Ford. Bobby, Patty, Big Guns und die Söldner versammelten sich, als ich die Plane von Demonfly abdeckte.

„Wie will Ace in die Nähe des Teils kommen, ohne gesehen zu werden?" fragte Patty mich. Sie schob die Pistole in der Seite ihrer Jeans ein wenig, eine-45 Smith & Wesson, von Big Guns ausgeliehen.

Ich schaute sie an, dann die Söldner, dessen neugierige Augen sagten, *Du hast uns unsere Rolle im Plan erklärt... Was wirst du machen???*

Ich beschloss, dass ich es ihnen besser zeigen als sagen konnte. Ich dachte an Patty und sagte, „Sein Auto." Ich ignorierte die stillen, skeptischen Blicke, drehte mich wieder zum Ford und holte einen Flügel von der Ladefläche. Die drei Meter lange aerodynamische Karbonfaser gehörte zu meiner besten Naturharzfaserarbeit. Die Fläche bekam einen Windhauch ab, wodurch ich taumelte, bevor ich es abstellen konnte. Ich holte den anderen Flügel raus und stellte ihn auf den ersten.

„Sein Auto," sagte Patty als sei ich behindert. „Er wird einfach zum Wachposten fahren und sagen, 'Hey Jungs! Ist es okay, wenn ich mich in das Computersystem des Labors hacke?"

Ich nahm den Propeller raus und stellte ihn auf die Flügel. „Nein. Ich werde die Fragen stellen."

Sie schaute Shocker mit ausgestreckten Händen an, *Was ist mit diesem Typen?*

Shocker hob eine Schulter und machte kleine Augen, *Mach einfach mit.* Sie zeigte auf ihre Uhr.

Ich zuckte mit dem Kopf in Big Guns Richtung. Er kletterte auf die Ladefläche und hob Demonfly an. Bobby und zwei Söldner halfen ihm. Wir stellten die Drohne auf den Boden neben den Köderladen, nicht in den Schlamm.

„Okay. Ja. Du bist verrückt Mann." Patty konnte nicht still bleiben. „Ich-" Sie wurde leise. Ein laufender Motor und rollende Reifen stoppten einen halben Meter vor ihr. Sie blinzelte komisch, die Augen weit aufgerissen suchte sie in der leeren Luft nach dem Auto, von dem ihre Sinne ihr sagten, dass es da war. Mehrere Sekunden vergingen, bevor sie es endlich gefunden hatte. Sie quietschte vor Verwunderung.

Die Abwesenheit von Licht ermöglichte dem Scion, sich in der Umgebung zu tarnen. Der Regen, der auf das Dach und die Motorhaube plätscherte, tat nichts, um den fast-unsichtbar-Effekt zu ruinieren; die Panels stellten den Regen in hoher Auflösung dar. Das Auto sah aus, als wäre es schlammiger Boden, Luft und Regen, die Illusion veränderte sich alle paar Sekunden während die Kameras und Prozessoren die Bilder ersetzten. Aces lachendes Gesicht tauchte auf, als hätte sich ein Fenster im Raum-Zeit-Kontinuum geöffnet und die Struktur der Realität verändert. Die geschwärzte Inneneinrichtung vollendete das Werk. Die Fahrerseite hatte Mikroprojektoren, die gemischte Bilder auf das Glas projizierten. Das Fenster war ganz runtergekurbelt und der Geek hielt eine kleine Kamera raus, um Pattys bestürzten Blick aufzunehmen. „Köstlich," sagte er.

Shocker sagte ihrer Freundin und ihrem Mann „Cheese" und lachte dann fröhlich.

Anh Longs Söldner murmelten sehr leise miteinander auf vietnamesisch. Ich verstand Teile davon und grinste bei ihrem abergläubischen Ansehen für unseren Superschurken. Ich machte mich daran, Demonfly zusammenzubauen für ihre Kamikaze-Mission.

Ich hatte die Drohne für schnellen Auf- und Abbau entworfen. Stecken und spielen. Die Flügel waren einfach aufgebaut und in den Rumpf einzustecken. Eine Reihe Verschlüsse klickten laut und kennzeichneten so die Veränderung, die soeben getätigt wurde. Big Guns kümmerte sich um den linken Flügel. Wir brachten die Verschlüsse an, drückten dabei und schafften es, beide Flügel anzubringen, ohne das Flugzeug umzukippen.

Ich fühlte ein unangenehmes Stechen. Das letzte Mal, das ich einen Job ohne Blondie ausführen musste, wuchs mir kaum ein Schnurrbart. Ich wollte, dass sie, meine Partnerin, diejenige war, die mir hierbei half. Ich *brauchte* sie. Ich weiß, dass mein Selbstvertrauen und meine Leistung darunter leiden würden, wenn sie nicht da wäre, damit ich vor ihr angeben konnte.

Kennst du das Gefühl, dass etwas wichtiges und besonderes fehlt? Ich habe davon in Magazinen und Talk Shows gehört, aber fand es immer lahm, wie etwas, womit sich Menschen mit Gefühlen plagen ließen. Ich habe es noch nie erfahren. Bis jetzt. Und ich muss dir sagen-

Es ist mir scheißegal.

Über verdrehte, blonde Schamhaare grunzend, reichte ich in die Ladefläche und griff ein Fahrwerk raus. Aus dem Aluminium stach eine kurze Achse mit Drehpunkt mit Gokarträdern raus. Big Guns hob Demonflys Nase hoch und grunzte leise. Ich brachte die Befestigungen und die Räder unter dem Rumpf des Flugzeugs an, knapp unter den Flügeln. Er brachte die Vorderseite runter und den Schwanz hoch. Genau unter dem Seitenruder brachte ich ein einzelnes Rad an, einige Zentimeter kleiner als die Vorderreifen. Es schwankte, eine Funkion, die nötig war, um auf und abseits der Pisten zu lenken.

Als letztes kam der Propeller dran. Auch er klickte laut in den Verschluss. Ich drehte ihn und fühlte die Kompression des Rotationsmotor. Grinsend hörte ich auf den Auspuff. Er war keineswegs leise.

„Problem, Mister President?" fragte Shocker über den Wind sprechend. Sie wischten Wasser aus ihren Augen und schielten auf die Drohne. Regentropfen perlten auf ihren Narben, auf denen viel Salbe war, aber kein Flor. Sie sah erschreckend aus. Und super badass.

„President?" Patty sah verwirrt aus.

Shocker erklärte. „Of the United Streets of America."

Die Söldner hörten mit. Gekicher wurde von einem Donnerschlag übertönt.

Ich schaute Shocker an und zeigte auf Demonfly. „Das Ding hat keinen richtigen Dämpfer. Nur kleine Prozessoren. Wir brauchen, wenn möglich, eine Piste, die direkt auf das Labor zugeht, damit der Auspuff in die gegenteilige Richtung zeigt."

Sie nickte und ging weg, bevor ich fertig war. Es gab zwei Feldwege, die sich vor dem Köderladen kreuzten. Einer führte zum Baumarkt, der andere hörte vor einer Schiffswerkstatt außerhalb auf. Shocker schaute in die Richtung des Labors, welchen sie als Referenzpunkt nutzte, dann suchte sie nach einem guten Spot. Ich vertraute ihr, dass sie sich darum kümmerte und lief zum unsichtbaren Scion rüber. Ich ertastete den Türgriff und stieg ins Auto.

„Gut, dass ich mich nicht fürs Leder entschieden habe," sagte Ace meinen durchweichten schwarzen Lederanzug anschauend. Er zuckte mit dem Kopf in die Richtung seiner Frau. „Leder hält in ihrer Nähe auch nicht lange." Er grinste voller Stolz. Ich fühlte das verdammte Stechen wieder.

Da ich fand, dass der Moment mehr nach einem großen Hund rief als nach einer Bitch, schüttelte ich meine Jacke aus.

„Hey!" beschwerte sich Ace. Er reichte über mich, öffnete das Handschuhfach und nahm einen Stapel Pizza Hut Servietten raus, um die Wassertropfen von der unfassbaren Elektronikanlage im Dashboard und der Konsole abzutrocknen.

Ich sagte, „Sorry. Bereit, das Ding fliegen zu lassen?"

„Klar." Er tippte auf einen großen Touchscreen, wo normalerweise das Radio sein sollte. „Ich habe Demonflys Programm hochgeladen. Geile Software."

„Blondie hat es programmiert." *Stech...*

„Ich empfange ein deutliches GPS-Signal von ihr. Ist die Bedienung universell?"

Ich nickte. Alle autonomen UAVs hatten ähnliche Flugsteuerungssysteme.

Er wurde eifrig. „Wie meine Lieblingscomputerspiele."

„Mit dem Unterschied, dass die Menschen, die in Computerspielen sterben nur Nullen und Einsen sind."

„Wahr." Er starrte auf den leeren Bildschirm, plötzlich ernst.

Ich drückte auf seine Schulter. „Lass uns fliegen."

Ich stieg aus, Shocker sah mich und gestikulierte, *Spot gefunden.* Big Guns und ich hoben jeweils eine Seite der Drohne und trugen sie über den Schlamm, der Biestfrau zu einem engen Bürgersteig folgend, der einen flachen Hügel runterführte. Am Ende war ein großer Kai mit einem Pavillon und einem Dock voller Booten. Ich schielte durch die krasse Finsternis. Mehrere der Boote waren Kajütboote oder Hausboote.

„Sehr gewitzt heute. Fick dich," verfluchte ich das Schicksal.

„Was denn jetzt?" sagte Shocker. „Das ist der einzige Spot."

Ich zeigte. „Es könnte jemand in einem der

Boote sein. Wenn Demonfly nicht abhebt, könnte sie in das Dock stürzen."

„BOOM," sagte Patty.

Ich schaute sie sauer an. Sie zuckte mit den Achseln. Shocker sah besorgt aus. Sie sagte, „Wir haben nicht genug Zeit, all diese Boote durchzugehen. Entscheide dich."

Ich stand einen Moment dar und dachte darüber nach. Bobby und die Männer stellten sich hinter uns auf, den Bürgersteigstreifen und das Dock betrachtend. Sie wussten, dass es eine riskante Entscheidung war, Sie waren diszipliniert genug, sich daraus zu halten. Die Mädchen aus der anderen Seite nicht.

„Mach es," drängte Patty.

Shocker widersprach ihr. „Was, wenn sie abstürzt und explodiert?" Sie wandte sich mir zu. „Wird sie explodieren oder muss sie detoniert werden?"

Ich blickte auf Patty und sagte Shocker, „*Falls* sie abstürzt, wird sie nicht explodieren." Ich kratzte meine Wange und schaute auf die Boote. „Wahrscheinlich."

Shocker schaute mich mit ihrer irritierten, skeptischen Braue an.

„*Arrgh.*" Ich winkte Big Guns zu, dass er mir einen Kopfhörer gab. Die Söldner hatten ein Kurzwellenradiosystem, das uns erlauben würde, ohne Mobilfunkmast oder Satelliten zu kommunizieren, um so das Risiko, vom Wetter beeinflusst zu werden, zu verhindern. Viel besser als die Bluetooth-Geräte, die meine Crew hatte. Ich steckte das Kopfhörerteil in mein Ohr und murmelte, „Patty ist mager. Test. Test. Mr. President ist im Geschäft."

„Bin ich nicht," quietschte die blonde Kriegerin lachhaft angegriffen, ihre Stimme lautklar in meinem rechten Ohr, der Wind blies in mein linkes.

„Starten wir?" Ace vibrierte in meinem Ohr. Ich stellte ihn mir behaglich und trocken im FR-S vor, darauf wartend, *Demonfly Kamikaze* zu spielen.

„Eine Sekunde."

Ich lief zur Drohne rüber, öffnete das Seitenpanel und steckte das ECU ein. Dann betätigte ich einen Schalter daneben. Der Plastikschalter leuchtete grün auf und eine halbe Sekunde später summte die Kamera, die hinter der Stütze aufgebaut war, der Gyroskopmotor resettend für was auch immer für Anordnungen Ace aktuell eintippte. Die Elektromotoren in den Flügeln und dem Schweif summten, die Laschen und Seitenruder zuckten. Die Kraftstoffpumpen pumpten vor und eine rote Leuchte am Schweif begann, zu blinken. Bereit.

Ich lehnte strich mit einer liebevollen Hand über das fliegende Dämonchick, *Werde dich vermissen...* Ich stand auf, die Augen auf das Dock gerichtet. „Diagnose?"

„Alles gecheckt," sagte Ace.

„Starte sie."

Er bestätigte. Einen Moment später drehte das winzige Luftschraubengetriebe den Propeller. Er drehte sich langsam und zuckend, dann verschwamm er, als der Motor einen Arbeitshub erhielt und auflebte, ein schnurrendes Brummen. Die Rotorblätter schossen den Regen rau in unsere Gesichter. Die Mädchen stießen erschreckte Laute aus, Shockers mehr schmerzhaft als überrascht, ihr zartes Gesicht wurde bestraft. Sie drehte sich mit dem Rücken zur Drohne und bewegte ihre Hände zu ihren Wangen.

Die Auspuffröhren kamen aus den Seitenpanels knapp hinter den Flügeln. Das hoch angebrachte einzelne Rotorblatt machte Geräusche, die einem japanischen Rennfahrrad ähnlich waren. Ich feierte in der 125 PS Dissonanz und wollte sie unbedingt ein paarmal aufheulen lassen, um zu sehen, wie eine lange Flamme aus den Röhren brannte. Demonfly hatte keine Bremse. Sie versuchte, den Hügel runterzurollen. Und ich konnte ihr nicht erlauben, weg zu gehen ohne ein richtiges Aufwärmen zu spielen.

Ich seufzte widerwillig und ließ es sein. „Abflug."

„Wir heben ab," antwortete Ace albern. Shocker drehte sich wieder um, finster auf Demonflys Rücklicht blickend.

Ich wusste, dass Ace auf den Dashboardbildschirm schaute und den gepflasterten Weg und das Dock durch Demonflys HD-Kamera, das schwarze Wasser dahinter. Er wischte mit dem Finger über den Bildschirm, um mehr Gas zu geben. Das schnurrende Brummen des Flugzeugs wurde zu einem haarvibrierenden Schrei, dass die Drohne mit viel mehr Kraft als nötig nach vorne trieb.

„Ups," kicherte Ace. „Empfindlich." Er gab langsam nach.

Ich blieb still und schaute Shocker an. Es sah danach aus, dass sie sich buchstäblich die Zunge zerbiss, sie wollte ihren Mann verfluchen, aber war nicht bereit, ihn abzulenken. Selbst ihre Nähte sahen mürrisch aus. Er hatte ein paar wertvolle Sekunden, bevor die Drohne abhob.

Idiot, fiel mein Unterbewusstsein ein. *Du hättest die Drohne abheben lassen können. Aber neeiin. Lass das einen Typen machen, der sie noch nie geflogen ist. Riskiere den Plan, für Zusammenarbeit. Riskiere es, die BOMBE auf einem der Boote hochgehen zu lassen...*

Ich fühlte ein geisterhaftes Nicken meines Kopfes, dann, *Idiot*.

„Zeig etwas Teamgeist, du pessimistischer Wichser."

„Hä?" sagte Ace. Ich stellte mir sein verwirrtes Schielen vor.

Ich fühlte alle Augen auf mir. Habe ich gerade Teamgeist gesagt? Ich fühlte mich wie eine Cheerleaderin mit gelähmten Gelenken.

Demonfly kreischte den Hügel runter, die Todesfeenschreie der Propeller in der unermesslichen Weite des Sturms aufgenommen, schalldämpfende Winde drückten die Auspuffnoten wild herum. Als die Drohne dreißig Meter vom Dock entfernt war sagte ich, „Zieh hoch."

„Nicht genug Geschwindigkeit! Zu viel Abwind!" sagte Ace schnell.

„Zieh hoch verdammt!" schrie Shocker panisch.

Zehn Meter, fünf Meter...

Demonfly schien für einen Sturz bestimmt, dann hob ihre Nase an, die Räder verließen den Bürgersteig, kurz bevor sie von den Dockstufen abgerissen worden wären. Die kleine schwarze Drohne segelte über eine kleine Yacht, zerstörte eine Amerikaflagge, die aus einem Pfahl herausragte und verschwand im Sturm.

Ich stieß einen erleichterten Schrei aus. „Fuck ja! Woo-hoo, Bitch!"

Die Mädchen jaulten Jubel. Shocker schnurrte Ace an, „Gut gemacht Liebling."

Er antwortete nicht, aber ich konnte sein selbstgefälliges Anlaufen in der Stille erfreuend hören. In meinem Brustkorb und meiner Kehle bauten sich Emotionen auf. Ich unterdrückte sie schonungslos.

Ich fühlte Big Guns Hand auf meiner Schulter. „So weit so gut," sagte er. Er wusste, dass ich keine Erfahrung hatte, ein Team wie dieses anzuführen. Aber er wusste auch, dass ich einen Auftrag besser als jeder andere koordinieren konnte. Wenn ich sage, dass ich es schaffen kann, vertraute er meinen Fähigkeiten und machte sich an seine Aufgaben mit der Annahme, dass wir hinkriegen würden, was wir vorhatten (und das taten wir jedes Mal). Er wusste, dass wenn ich etwas nicht konnte, ich es sagen würde und den Job an jemanden abgeben, der es konnte. Aus dem Grund erzählte er Anh Longs Jungs nichts, von meiner Unerfahrenheit in Team-Aufträgen.

Ich nahm meinen Ohrstöpsel raus und fragte mit tiefer Stimme. „Was ist deren Meinung soweit?"

Big Guns grunzte lachend und nahm auch

seinen Ohrstöpsel raus. „Ich lasse sie denken, was sie wollen."

„Und?"

Brillantes Silbergrinsen. „Sie mögen die Mädchen und respektieren sie. Aber sie sind bei Ace und Bobby misstrauisch." Er gestikulierte, *Ich weiß nicht.* „Zu schlau, zu groß."

„Und über mich?"

Noch ein Grunz-Lachen. Seine Augen schlossen sich vor Humor halb. „Sie denken, du bist *my chang khang dien,*" ein verrückter weißer Junge, „aber kompetent."

Wir grinsten zusammen und gaben uns einen Fistbump. „Bushido Motherfucker."

„*Mai doi,*" wie immer.

Ich wandte mich meiner Crew zu und nickte ermutigend. Dann schaute ich die Viet-Krieger an und bellte, „Machen wir uns an die Arbeit!"

Ich nahm meinen Bogen von Patty, meinen Helm von Bobby und eilte schnell joggend weg, durch den Schlamm geradewegs auf das Labor zu platschend.

～

Fünf Minuten später duckten wir uns hinter Büschen, die um eine überflutete Bucht standen. Wir waren neben einem Sicherheitsquartier des

Labors. Ich war tatsächlich froh um den Regen, da wir sonst gegen massenweise Moskitos hätten kämpfen müssen. Im Haus auf Stelzen waren mehrere Lichter angeschaltet. Ein Generator polterte dumpf von irgendwo unten, zwischen den Windstößen hörbar. Zwei Lichtpole im Garten beleuchteten alles innerhalb eines fünfzig-Meter-Radius. Es war niemand in Sicht, aber das mussten sie auch nicht sein; die Kameras, die am Stelzenhaus angebracht waren, würden alles sehen, was gesehen musste. Aber nicht von so weit weg, nicht in diesem Sturm.

„Ace, rede mit mir." Ich verlegte meinen Fokus auf den Sicherheitsposten. Das kleine Stahlgebäude hatte ein glimmendes Leuchten im Fenster in unserer Richtung. Ich konnte gerade so einen bewegenden Schatten drinnen erkennen, er sah aus, wie ein koffeinierter Kopf, der zu Musik nickte. Neben dem Posten war ein dickes Stahltor breit genug, dass ein LKW durchpasste. Die Lichter dahinter zeigten den stämmigen Kai, der zum Labor führte und erhellten den ihn umkreisenden Zaun extrem.

Aces Stimme brummte tief in meinem Ohr. „Ich bin geparkt, nicht weit vom vorderen Tor entfernt."

„Bleib da. Wir gehen gleich rein." Warum auch immer kicherte ich dämlich. Ein Lachen hielt meine krumme Gesichtsform danach aufrecht.

„Äh..." sagte Ace.

„Was hast du vor?" Shocker stupste meinen Arm an.

Ich drehte meinen Kopf. Sie und Patty saßen auf ihren Fersen und schauten mich verdächtig an. Bobby hockte sich hinter sie, größer und dunkler als die Büsche. Super Ninja. Seine Augen schwebten im Pechschwarz.

„Wow." Ich blinzelte und strengte mich an, mich noch auf ihn zu konzentrieren. Shocker fand meine Rippen mit ihrem Ellbogen. Ich schaute sie an und kicherte, „Nichts. Ich habe nichts vor." Ich schaute auf das unruhige Gewitter. „Wie geht es meinem Baby, Ace?"

„Sie kreist oben, dreißig Meter hoch. Noch ein bisschen höher und der Wind wäre zu stark."

Ich stellte mir die dunklen Wolken auf seinem Dashboardbildschirm vor, die Blitze aufleuchtend, und fühlte eine euphorische, durch-die-Luft-fliegen Sensation, die meinen Atem ersetzte. Ich brauchte keine Luft; Ich *war* Luft. Ich stand auf und taumelte gegen Shocker. Sie schubste mich weg und grunzte irritiert, dann stand sie auf und versuchte, mich festzuhalten. Ich machte auf der Ferse kehrt und tänzelte hinfort. „Ich. Was Vorhaben..."

Ich schaute sie nicht an, aber trotzdem bemerkte ich, wie Shocker ihre Arme verschränkte und ihren Kopf schüttelte. In einem entnervten Grunzen sagte sie, „Scheiße. Er hat etwas genommen."

Ich wirbelte umher und fragte mich, wie zur Hölle sie das so deutlich sagen konnte, genau neben mir, während sie fünf Meter weit weg war. Ich fühlte mich wie ein Hund, der seinen Schwanz jagt und lachte idiotisch, sobald ich herausfand, wie sie das machte. „Duh." Dann, „Coole Hintergrundfilter in diesen Ohrstöpseln."

Mein Gesicht fühlte sich unmöglich leicht an. Ich rieb mir die Wangen, den Regen, der über meine Finger und Lippen floss, bewundernd. *Meine Haut besteht zu einem Großteil aus Wasser... es hält den Regen draußen... draußen von in mir drin... wasserabweisendes Wasser...* Ich sprang auf, als meine Fingernägel auf etwas hartes stießen. Ich seufzte erleichtert. *Meine Zähne...*

„He-he-he-he!" Ich kicherte wie Butthead. Das Grinsen fühlte sich an, als würde es meine Lippen über meinen Schädel stülpen und mein Gesicht falschherum drehen. Es war wundersam. Sogar wesentlich. *Notwendig.* Ich sagte über mein Lächeln, „Ein Lächeln ist wie eine

Unterhaltung. Tatsächlich, das Lächeln eines Fremden kann deine ganze Laune beeinflussen."

„Was zur Hölle ist falsch mit dir?"

Ich schaute zu meiner Linken und zuckte vom bösen Zombie-Chick weg, das mich finster anblickte. Ich schaute finster zurück. Ihr Gesicht sah zermalmt aus, dicke Regentropfen perlten runter. Die Narben auf ihren Wangen, ihr Kinn und ihrer Stirn nahmen meine Aufmerksamkeit auf sich. Die schwarzen Fäden fingen an, sich zu krümmen, wurden lebendig und bewegten sich in ihr Fleisch rein und wieder raus. Die Schnitte winkten offen, pink und rauh, und die Kabel wussten es irgendwie, sie waren sich davon *bewusst*, und rasten auf die Stelle zu, um die Naht wie eine Untertagebelegschaft zu reparieren. Ich spannte mich jedesmal an, wenn sich ein Schnitt öffnete und wurde noch angespannter, als ich fühlte, wie die Drähte durch ihre Haut piksten, um sie zu schließen. Die empathieverleihende Halluzination brachte Punkte in meinem Gesicht zum Brennen und Jucken. Es war faszinierend. Eklig und sehr cool. Es *kratzte* und fühlte sich wundervoll an.

Ich stellte mich in eine schmerzhafte, abblockende Haltung und schaute mir die Action mit meinem angenehm fratzenhaften Grinsen an.

Ich sagte, „Wenn man jemanden anlächelt

und ein Lächeln zurückbekommt, fühlt man sich verbunden."

Bam!

Das böse Zombie-Chick schlug mich. Und die Sicht war verschwunden.

„He-he-he-he!" Aber ich grinste noch. „Heh-heh!"

Ich rieb mir das Gesicht und klatschte die mikroskopischen Moskitos, die meinen Kiefer bombardierten, weg. Mein Lächeln wurde von tausenden winzigen, flimmernden Rüsseln zerstochen.

Ich sagte, „Stell dir vor, dass du in ein Land reist, dessen Sprache du nicht kennst. Ein Lächeln spricht tatsächlich für dich."

Shocker nahm ihren Ohrstöpsel raus, dann griff sie eine Handvoll meines Haars und ruckte meinen Kopf runter. Sie nahm meinen Ohrstöpsel raus und schaute mich penetrant an. In einem tiefen Grölen, welches nur wir hören konnten, sagte sie, „Was hast du genommen?"

Mein Grinsen wurde noch breiter. „Psilocybin."

Sie kniff ihre Augen fest zusammen und zuckte zusammen. Minitracer folgten ihren schließenden Augenlidern, die mit einer langsamen Bewegung zusammenrollte. „Warum?"

„Unfall. Aber es ist okay."

„Ist es? Das kann ich nicht erkennen."

„Ich zeig's dir, mit diesem Lächeln." Ich zeigte auf meine entblößten Zähne. „Ein Lächeln kann echt oder fake sein. Es kann kommunizieren oder verwirren, deine Laune anheben oder sie in den Keller bringen. Aber die eine Sache, die ein Lächeln niemals sein kann, ist bleibend." Ich hob einen Finger und kramte mein Handy raus. „Außer auf Bildern." Ich legte meinen Arm um ihren Nacken, zog sie nah an mich ran und machte ein Bild.

Sie schubste mich weg. Ihre Augen leuchteten auf, die Tracer wendeten sich. Für einen Moment hatte sie sechs Paare Augenlider, jedes klar und doch verschwommen, ihre Augen unmöglich hell in der Dunkelheit. Sie brannten mit einer Farbe, die ich nur als verrückt haselnussbraun beschreiben konnte. Sie seufzte und versuchte, etwas Verständnis zu zeigen. „Gibt es etwas, was du dagegen machen kannst?"

Mein Grinsen wurde schmerzhaft breit. „Blondie."

Yeaaah, mein Schwanz wedelte. *Lasst uns das machen!*

Hey! Wo zur Hölle warst du? dachte ich.

Mein Schwanz krümmte sich zu einem Fragezeichen und brachte ein Achselzucken hervor.

„Nein du Idiot. Drogen. Hast du was von,"

sie klappte bestürzt eine Hand um, „dem Scheiß?"

„Nein." Ich steckte mein Handy weg und erinnerte mich an etwas in meiner Tasche. „Aber ich habe etwas, was genauso gut ist." Ich holte ein halbes Dutzend Adderall raus und schaute sie genau an, um sicher zu gehen.

Sie blickte hinter sich. Ich schaute auch. Die Büsche raschelten gewaltig im lauten Wind und offenbarten alle möglichen trippigen Formen. Tiefschwarze Gespenster reichten nach meiner Crew und den Söldnern, schwarz-gräulich glänzend, umschmeichelten ihre Köpfe, Arme und Waffen, sie verbindend.

„Aufmerksamkeit!" fauchte Shocker.

„Hä? Oh. Adderall. Amphetamine." Ich presste die Lippen aufeinander. Dann, „He-he-he-he!"

„Werden sie dich ernüchtern?" Sie schüttelte den Kopf. „Ich meine, dich weniger dämlich machen? Wenn du nicht funktionieren kannst, sind wir am Arsch, genauso wie Carl, Tho und die Eltern deiner Freundin."

Mein Adrenalinpegel schoss in die Höhe. *Die Mission. Die Kinder. Ihre Eltern... Ich kann keinen Mist bauen. Leute brauchen mich.*

Meine Sicht verschärfte sich. Ich nickte. „Sie werden wirken."

„Sicher? Du musst dir sicher sein."

Ich entblößte meine Eckzähne. „Sausen ist Glauben." Ich kippte die Pillen runter.

Wir steckten unsere Ohrstöpsel wieder ein. Ich sagte, „Entschuldigt Jungs. Ich hatte ein paar technische Schwierigkeiten. Wir sind noch da." Wenn ich mich stark genug konzentrierte, wurde meine Sicht klar. Ich konnte mit den Tracern umgehen und das pulsierende, hartnäckige Lachen im Bauch, das versuchte, auszutreten, war eine hilfreiche Energiequelle.

Gut, dass du nur eine Pilzpille genommen hast. Mein Unterbewusstsein schüttelte seinen Phantomkopf. *Idiot.*

„Team Blau." Ich zeigte auf die Söldner und Big Guns. „Team Rot." Ich zeigte auf meine Crew. „Ihr kennt eure Aufträge. Team Blau, auf eure Positionen. Rot, wartet auf das Zeichen."

Big Guns stand auf und schlich durch die Büsche. Die acht Viet Söldner folgten in einer dichten Linie. Sie erreichten die Straße und schwärmten aus, schnell auf den Kai zu, der parallel zur Straße vor dem Haus verlief. Ihre Stiefel und Ausrüstung machten keine Geräusche im Sturm. Regendecken schlugen auf den Bürgersteig, das Moorgras und Sumpfwasser, Mutter Natur voll im Geschäft ohne sich um unser Bemühen zu kümmern. Team Blau ver-

schwand aus meiner Sicht, das Gefälle der
Straße entlanggleitend, die Stiefel im Moor, der
steigende Kai hinter ihnen.

„Blau auf Position," grunzte Big Guns in
mein Ohr.

„Okay." Ich schaute Shocker an und nickte.
Ich konnte fühlen, dass sie sich um Ace sorgte
und um die Kinder und um das Risiko, welches
wir alle eingingen. Ich blinzelte und ein Busch-
gespenst flog raus und umhüllte sie. Die tinten-
farbige Schwärze bewegte sich umher und einen
Moment später manifestierte sich eine mensch-
liche Form neben ihr. Der feminine Schatten
war nicht der ihre – es gab kein Licht für
Schatten – wurde aber doch zu einem Klon,
komplett mit Pferdeschwanz und Brüsten nach
ihrem Bild. Muskulöse Flügel sprossen aus ihren
Rücken hervor und breiteten sich aus, boomend
wie ein großes Segel, das Wind fängt. Der Brustkorb der Gestalt zeigte plötzlich ein Namens-
schild. SORGE leuchtete in hellleuchtendem
Gelb. Ich kniff die Augen zusammen und Sor-
gens Gesicht fiel in einen riesigen, unmöglichen,
finsteren Cartoon-Blick hervor. Eine Violine er-
klang von den Büschen hinter ihr, ein trauriger
Akkord, der hoch anfing und tiefer wurde, als
Sorges finsterer Blick tiefer sank. Sie machte

mich traurig und machte mir Sorgen. Ich bot Ermutigung an.

„Viele unserer Gesichtssignale reflektieren unser Verlangen, uns gut über uns zu fühlen und unsere Verbündeten anzuziehen. Ein Lächeln kann einem dabei helfen."

Sorges Blick brachte einen noch tieferen Akkord hervor. Ich schüttelte den Kopf und versuchte, einen Sinn darin zu finden.

Patty schritt zu mir rüber und schubste mich. „Du sagtest, Blondie hatte es. Du lügende Penisfalte. Du hast ohne mich geraucht, oder?"

Ich schaute sie an. „Nein. Ich habe die falsche verdammte Pille genommen."

Shocker schaute Patty gruselig an, dann mich und machte ein unausgesprochenes Versprechen für zukünftiges Zanken.

Ich schaute mich um nach Sorge. Sie war verschwunden, durch einen hellen, weißen Streifen ersetzt.

Bobbys Cheshire Grinsen kam näher, sein Leder und Kevlar umkapselte die immense Materialisierung zwischen den Mädchen. Seine Stimme hatte solch ein Tiefe, dass ich einen Moment dachte, der Donner redete mit mir. „Sollten wir nicht schon ein paar Bösewichte verprügeln?"

Patty schaute mich listig an.

„Was?" Bobby starrte sie an.

Der Regen hatte ihre Locken an ihren Nacken geklebt. Sie schielte durch der Regenguss mit einer Bereitschaft, die meinen Brustkorb aufschwellen ließ, stolz, dass sie in meinem Team war. Sie zeigte mit einem Daumen auf sich selbst. „Normalerweise bin ich der Bösewicht."

Ich grinste sie an. Dann blinzelte ich, als die Büsche mal wieder meine Aufmerksamkeit auf sich lenkten. Sie erstellten noch einen tintigen, eigenschaftslosen Klon, diesmal pink und grau, in Pattys Form. Eine gigantische Kriegerfrau mit BEREITSCHAFT auf ihrer Shirttasche. Ich folgte der Halluzination auf die Straße, sie führte mich zu Aces Auto.

„Fünf Meter, ein bisschen links," sagte uns Ace.

Meine ausgestreckte Hand fand sein Auto. „Es wird keine Minute dauern," sagte ich ihnen. Sie duckten sich hinter den unsichtbaren Scion. Ich joggte ins Licht auf den Sicherheitsposten zu.

Als ich in fünfzehn-Meter Nähe war, ertönte ein lautes Piepen. Eine Art Bewegungsmelder. Das Fenster verdunkelte sich, als ein Gesicht raus in den Sturm spähte. Mein von Pilzen verdorbenes Hirn nahm einen lebhaften Ausdruck des Mannes wahr, einer von breitäugiger Paranoia. Seine riesigen Augäpfel drehten sich langsam in ihren Höhlen, schleifend wie ein abgenutztes Kugellager. Rote, verschnörkelte Adern schwollen an. Die Augen, die ich sehen konnte, von denen ich aber nicht sicher war, ob sie auf mich fokussiert waren, blinzelten dann laut, zwei Türen, die wiederholt zuschlugen.

Das Gesicht verschwand, der Typ kramte einen Moment herum. Er erschien draußen mit einem Gewehr und einer Regenjacke. In die Jacke hineinzuckend richtete er die Waffe auf mich und lief raus vor das Tor. „Identifizieren Sie sich!"

„Ich bin der große blonde Biberjäger!" kündigte ich an, während ich meine Stimme so projizierte, als redete ich eine große Menschenmasse an. Einen abgefahrenen Moment lang erhob sich tatsächlich ein Publikum hinter dem Mann, undeutlich, geisterhaft. Ihre vagen Gesichter schauten mich entzückt an, dann verschwanden sie.

„He-he-he-he!" Mein Lachen war pure Dämlichkeit. Die grüblerischen Stimmen, die in meinem Ohr quatschten, ließen mich nur lauter lachen.

Ich stieg auf einen hohen Bordstein, der vor dem Posten war und verbeugte mich bedeutend. „Ich komme mit meinen Freunden, Sorge und

Bereitschaft, um deine Stellung im Leben zu beurteilen!"

Der Mann schüttelte den Kopf, legte das Gewehr über eine Schulter, holte ein Walkie-Talkie raus und sprach hinein. Murmel murmel „verdammt verrückt hier draußen." Er konnte mich nicht sehr gut sehen, selbst aus dieser Nähe. Er spürte keine Gefahr, kam trotzdem kein bisschen näher ohne Verstärkung. Ich schaute nach links. Das Stelzenhaus war nun voll beleuchtet, jeder Mann alarmiert und auf dem Weg.

„Ace?"

Die Thermographie zeigt, dass da noch jemand drin ist. Ich zähle sechzehn, die schon draußen und auf dem Weg zu dir sind."

„Schnelle Antwort. Sie wurden für mögliche Gefahr instruiert," murmelte Shocker.

Ich stellte mir das Galaxy Tablet auf Aces Schoß vor, auf dem Bildschirm eine Satellitenansicht des Hauses, infrarote Bilder, die durch die Decke sahen. Die Männer waren durch ihre Körperwärme sichtbar, da sie als gelbe und rote Punkte erschienen. Das Haus und der Garten bestanden aus Grün- und Grautönen und Schwarz. „Du weißt, was zu tun ist."

„Alles klar." Eine Pause, dann, „Der Letzte ist raus. Köpfe hoch."

„Team Blau bereit," sagte Big Guns. Ein paar

der Söldner murmelten schnell ein paar Gebete auf vietnamesisch, das erste, was ich sie reden gehört hatte, seitdem wir die Ohrstöpsel drin hatten.

Ich blickte mit zusammengekniffenen Augen in den Himmel. Ein schwarzer, gottloser, bester-Tracer-aller-Zeiten raste aus dem Sturm runter und krachte in die Stelzen unter das Haus. Mehrere Männer schrien in der Ferne. Demonflys Flügel wurden sofort abgerissen. Die Drohne stürzte mit lautem Aufprall in den Wachposten. Das Gesicht wegen des Verlustes verzerrend, auch wenn ich es auch spannend fand, legte ich meine Hände auf meine Ohren.

BOOM!

Das hausgemachte Plastik in Demonflys Nase explodierte mit einem blendenden Strahl, welcher sich in meine Netzhaut einbrannte. Das Schrapnell aus dem Kreiskolbenmotor machte Splitter aus dem Wachposten und den Stelzen, die das hintere Ende des Hauses aufrechthielten. Die Lichter für das Haus, den Sicherheitsposten und Laborkähne gingen aus, gingen aber fast sofort wieder an, als sich die Notfallbatterien anschalteten. Das neue Licht zeigte eine riesige Schwarzpulverwolke, die rauchte und dampfte vom verdampften Regen. Als die Schockwelle austrat, flog die Wolke hoch, ein großer, gemeiner, grinsender Pilzkopf (he-he-he-he!). Männer wurden von ihren Füßen gestoßen und in Trucks oder Schlamm geworfen. Die Fenster im Posten vor mir krachten durch die Druckwelle der Bombe, ein starker Windstoß heißen Drucks. Ich zog den Bogen über meinen Kopf und sprang auf den fassungslosen Wachmann zu, während seine Augen am Haus klebten, zusah wie es knarrte und zerbrach, das Krachen echote und das Haus fiel in Teilen zu Boden. Er sah mich nicht kommen. Ich knallte ihm den Bogen in den Nacken und riss das Gewehr aus seinen bewusstlosen Händen.

Kugelhagel brach vom Kai zum Haus hin aus. Die Söldner hielten die Männer, die versuchten, aus der Szene zu fliehen, ohne Mühe auf. Sie rannten durch den Garten, um sich vom kollabierenden Haus zu distanzieren und schmissen sich hinter Trucks und Bootsanleger. Ein paar schossen zurück. Die desorientierende Explosion und schockierende Zerstörung ihres Quartiers in Kombination mit der Realisierung, dass sie von erfahrenen Waffenleuten in die Falle gelockt worden waren, hatte den erwünschten Effekt.

„*Blitzkrieg*, Bitch!" Ich trat den Wachmann, den ich runtergeschlagen hatte, danach sagte ich, „Ace, öffne die Türen."

Ich drehte mich zum Scion. Ich hatte es erwartet, aber ich zuckte überraschend zusammen, als der Geek aus der Luft erschien, genau neben dem Sicherheitsposteneingang. Er rannte rein und steckte das Telefon auf dem Schreibtisch aus. Dann holte er ein kabelloses Gerät heraus, dass an sein Tablet übermitteln würde und steckte das Telefonkabel rein. Sein schlaksiger Körper verließ den Posten rasch, sprang zurück in den Scion und verschwand mit einem festen Bums der schließenden Tür.

Shocker, Bobby und Patty kamen hinter dem Auto hervor, die Körper schienen halbiert, die Beine erschienen eins nach dem anderen von hinter dem Flüssigkristall-Stoßstangenpanels. Shocker hob eine Augenbraue, während sie mich anschaute. „Der große blonde Biberjäger?"

„Wer sind Sorge und Bereitschaft?" wollte Patty wissen.

Bobby kniete sich hin, um sicherzustellen, dass der Wachmann noch atmete und lächelte breit.

Ich ignorierte sie. Das große Stahltor summte plötzlich, das elektromagnetische Schloss löste sich.

„Wirklich? So einfach?" sagte Ace.

„Tor ist offen," sagte ich.

Big Guns entgegnete, „Diese Typen gehen

nirgends hin." Ein lufterschütternder Knall unterstrich sein Statement. Die 20mm Kugel traf einen Silverado von hinten und riss die gesamte Ladefläche ab. Sie krachte in ein Sumpfboot auf einen Anhänger und drehte es inmitten alarmierender Schreie um. Big Guns grunzte erfreut. „Nimm dir Zeit. Du bist an diesem Ende gedeckt."

Ich schaute Shocker an. „Zangenangriff. Du und Bobby nehmen die Front auf mein Signal. Skinny Patty und ich werden die Hintertür eintreten."

Die Biestfrau gab ein düsteres Nicken. Sie holte die zwei Glock 9mm Pistolen aus den Holstern unter ihren Armen raus, schaute Bobby an und nickte mit dem Kopf in Richtung Labor.

„Boss," bestätigte der große Muskelprotz. Seine Muskeln bewegten sich wie verschiedene Tiere unter dem schwarzen Anzug, während er eine Kugel in seine Shotgun drückte – noch eine Gefälligkeit von der Slidell Police – und folgte Shocker durch das Tor den Kai runter.

„Bleib dran!" Ich überreichte Patty das Gewehr. Wir sprinteten um den Sicherheitsposten, auf den schmalen Kai hinter dem abgerissenen Haus zurennend. Unsere Schuhe hämmerten auf die rutschigen Holzbretter und blieben stehen bei einem Pfahl mit einem Seil darum gebunden. Patty rutschte aus und fing sich an meiner Schulter auf. „Ich mag Boote," schnaubte sie verärgert in mein Ohr.

Ich grinste auf das Sumpfboot runter und auf die anderen, die auf der anderen Seite des Kais angebunden waren. Ich sagte, „Wenn du lächelst, ziehst du mehr Sauerstoff in deine Lunge. Es kühlt dich ab. Es beruhigt dich und macht dich offen für Möglichkeiten."

„Sicher sicher. Mehr Sauerstoff. Ich lach mich tot. Los geht's."

Sie stieg runter in das Boot, legte das Gewehr auf einen Sitz und setzte sich hin. Ich pulte das Seil über den Pfahl und sprang vom Kai runter, sanft landend, das Aluminiumfahrzeug schwankte von einer Seite zur anderen. Ich kletterte auf den hohen Sitz vor dem Motor, meine Arme vibrierten mit Heiterkeit. Dieses Ding hatte einen kleinen V8 Block mit einem Flugzeugpropeller. Ein winziges Boot mit acht Kolben war verdammt große Klasse. Ich fand den Zündschlüssel und drehte ihn um. Der Motor sprang sofort an, die offenen Röhren spieen Flammen, die den sturmhaften Sumpf temporär in pulsierenden Orangetönen aufleuchten ließen.

Patty benutzte das Gewehr, um uns vom Kai wegzudrücken. Ich griff den Gashebel und

ruckte gut daran, während ich mit dem Ruder-
stab zu meiner Rechten steuerte; der lange
Hebel neben dem Sitz trieb die Laschen, die
hinter dem Motor angebracht waren, an und
stellte die Hauptrichtung des Propellers ein. Das
Boot reagierte und drehte eine schnelle Hun-
dertachzig. Ich ging auf volle Power und feuerte
uns blind auf den Tumult zu, tiefschwarzes
Moor.

Der V8 enttäuschte nicht. Die G-Kraft
drückte mich in den Sitz. Ohne etwas, auf das
sich meine Augen konzentrieren konnten, ver-
schärften sich meine anderen Sinne, manche
wurden von meinem Hirn etwas übertrieben.
Ich konnte fühlen, wie das Sitzkissen sich zu-
sammendrückte, mich aufsaugte, eine *Little
Shop of Horrors* Pflanze aus Aluminium. Gravi-
tative Kraft bindet mich ans Boot, genauso, wie
es das Universum zusammenhält. Es penetriert
uns, breitet sich physisch durch uns aus und hält
uns an der Erde fest. Es war schwer, unsere Geschwindigkeit in der Dunkelheit einzuschätzen,
aber man konnte meinen, dass das Boot schneller
war, als es sein konnte, durch den tobenden
Sturm schwebend in die weitreichende Nacht
hinein, mit einer Geschwindigkeit, die weitaus
höher war als die Fluchtgeschwindigkeit der
Erde, elf Kilometer pro Sekunde. Ich blinzelte

und war plötzlich schwerelos, die schwarze Nacht voller Sterne, Galaxien wirbelten am Rand meiner Sichtweite herum. Mein Raketen-Boot beschleunigte durch einen enormen Golf der Leere, bestimmt für einen schönen, krawattenförmigen Nebel eine Unmenge an Lichtjahren entfernt.

Etwa vierhundert Meter auf dem Wasser trafen wir auf eine kleine Moorinsel. Das nachfolgende Ruck-rutsch-platsch erinnerte mich daran, dass ich kein Astronaut war. Ich drehte uns um.

Die zwei Bargen sahen selbst aus der Distanz imposant aus. Groß und festungsartig hinter dem Zaun und Graben. Feuer war rechts davon ausgebrochen. Der Gastank des Generators ist hochgegangen wie ein Brandstoffbehälter, das flackernde Licht sah riesig und unglaublich *detailliert* aus, als würde die Bargenmasse das Raum-Zeit-Kontinuum drumherum beeinflussen und das Licht umleiten, wie eine Glaslinse das macht. Durch den Gravitationslinseneffekt vergrößert sich das Licht und es kann fremde Formen annehmen oder minutenlange Feinheiten zeigen.

Minutenlange Feinheiten? Gravitationslinseneffekt??? Mein Unterbewusstsein fühlte sich, als hätte ich getrunken. *Wen versuchst du mit diesem Scheiß zu beeindrucken? Scheiß Pilze, jedes Mal, jeder verdammte Space Trip...*

„Space – Weltall!" schrie ich in Richtung des Moors. „He-he-he-he!"

Das Haus war jetzt bloß noch ein Schutthaufen, der trotz des löschenden Regens beständig brannte. Wir konnten die Männer davor nicht sehen, aber wir wussten, dass sie komplett neutralisiert waren; ihre Wagen sollten jetzt zu Trümmern geschossen worden sein, es gab keine Flucht in jegliche Richtung, das Haus blockierte den Weg zu den Booten und es gab kaum etwas, hinter dem sie Deckung nehmen konnten. Alles, was sie mit ein wenig Zuversicht machen konnten, war sich hinkauern und um ihre Leben hoffen, dass ihre Angreifer nicht fortschreiten konnten.

„Wird das funktionieren?" schrie Patty. Sie lehnte sich hinüber nahe dem Bug, ihr Gesicht verdeckend, und begutachtete das Labor und das brennende Haus.

Ich schrie zurück. „Dieser Motor besteht aus zweihundertfünfzig Kilo Eisen. Es sollte wie ein toller Rammbock funktionieren." Ich gab Vollgas.

„Sollte???"

Ich antwortete nicht. Mein Gesicht war komplett betäubt vom Regen, der mit hoher Geschwindigkeit auf mich herabfiel. Ich war sehr stark darauf konzentriert, das Psilocybin zu bekämpfen und den Formen und Geräuschen nicht zu erlauben, aus dem Wasser aufzusteigen und wohlfühlsame Hallos zu winken. Das Sumpfboot toste über das flutende Moor und schoss uns auf den Zaun zu mit achtzig KmH, 85, 90...

Sechzig Meter vom Zaun entfernt rief ich, „Spring!"

Patty war bereit gewesen und verschwand mit dem Gewehr über die Seite. Das Boot raste innerhalb eines Augenblicks an sie vorbei. Ich nahm einen Atemzug und warf mich dann vom Sitz runter, über die Seite und schleuderte ein paar Sekunden gewaltig umher, bevor ich runtertaumelte. Der tobende Sturm und Motor waren plötzlich verschwunden, mein Gesicht ging von gefühlstaub zu kalt in den unreinen Wellen. Meine Hände fanden grasigen Schlamm etwa einen halben Meter unter mir. Ich drückte mich ab, stand schnell auf, das Wasser lief mir aus den Ohren, genau rechtzeitig, um das Boot aufprallen zu hören.

Das Aluminium war kein Gegner für den industrieartigen Sicherheitszaun. Die Vorderseite des Boots schlug auf und verbog sich eine Millisekunde, bevor sich das hintere Ende überschlug und aufkam, scharf nach hinten. Der Motor raste los und ackerte sich durch ein großes Pfahlwerk durch und riss somit das Kettenglied los. Der V8 Rammbock hinterließ ein gähnendes Loch und schlug zwischen den Bargen mit hoher Geschwindigkeit auf, knallend wie eine große Kirchenglocke. Die kinetische Energie zerschmetterte den Motor in hunderte Teile, Metallteile platschten wie aufgeregte Schulen von Meeräschen.

„Geil!" rief Patty und trottete durch das flache Wasser hinter mir.

Ich ging einen Schritt und schwankte. Ich konnte mich nicht gut halten mit den Chemikalien, die durch meinen Körper flossen. Ich schielte durch den unaufhörlichen Regen und fokussierte mich stark auf das Loch im Zaun. Es fing an sich zu drehen, erst langsam, dann schneller, verschwommen wie ein Rad an einem beschleunigenden Auto. Die Lichter auf den Pfählen und Bargen wurden dunkler, als sich das schwarze Loch öffnete, das Wasser und Sumpfgras, alles mit Masse, in sein gähnendes Maul-Wasser und Geröll flogen an mir vorbei, auf das Event zu. Lichtstrahlen bogen sich wie Bänder und flogen ins Loch. Es verdunkelte zu etwas schwärzer als Schwarz, ein extremes Negativ. Mein Körper flog nach vorne, angezogen vom

Traktorstrahl des Quantumstrudels und ich stolperte betrunken durch den Dreck, gleit-laufend als wiegte ich bloß wenige Kilo.

„Alles okay, Patty?" fragte Shocker besorgt. „Was war das für ein Geräusch?"

Ihre Stimme unterminierte mein Summen und bezwang meinen Moonwalk. Verdammt. Das schwarze Loch schwand. Meine Schritte wurden mal wieder mühsam.

„Alles gut," sagte Patty, ihr Atem erhöht. „Razor benutzte unser Boot als Rammbock."

„Der Motor des Boots ist auf den Bargen gelandet," stellte Ace klar, die Tatsachen berichtend. Er stellte fest, wie sich das anhörte und sagte, „Ich habe es gesehen. Es war krass."

„Oh," sagte Shocker, ihre Betonung deutete ein Lächeln an.

„Ein Rammbock?" Bobbys Bass gab mir Ohrenschmerzen. „Es klang eher wie ein riesiger Gong."

„Ein Gong klingt etwas schriller," sagte Big Guns uns. Seine riesige Waffe knallte. Ich stellte mir sein silbernes Gitter im Sumpfgras vor.

„Mmm," sagte Bobby.

Ich beschwerte mich, „Mir geht es übrigens gut. Danke der Nachfrage."

Ich schaute zum Himmel hinauf, zeigte Ace den Mittelfinger, dann griff ich den Zaun und kletterte hoch zum Loch. Mit einer plätschernden Landung sprang ich durch. Die Gegend um die Bargen herum war vertieft worden. Ich schritt durch das Wasser, konnte den Grund nicht mehr ertasten. Ich paddelte wie ein Hund auf die andere Seite und konnte so gerade zur Plattform der Barge hochreichen. Ich zog mich hoch und drehte mich um, um nach Patty zu sehen.

Die braune Kriegerin war den entstellten Zaun hochgeklettert und versuchte, sich selbst und das Gewehr durch das Loch zu bekommen. Sie glitt erfolgreich durch, ließ das Gewehr allerdings fallen. *Dong.* „Scheiße!" rief sie frustriert.

Ein Kichern kam hoch, das sich in eine Butthead Lache verwandelte. „He-he-he-he!"

Ich drehte mich um, um das Labor zu beobachten, Ausschau haltend danach, ob jemand sich an uns heranschleichen würde. „Ace. Schaust du nach unseren Kumpels?"

„Ich habe Schwachstellen gefunden, die uns Zugriff auf die Kameras gewähren. Ich kann allerdings nichts vom Satelliten erkennen."

„Warum?" Ich drehte mich wieder zu Patty.

„Zu viel Stahl. Ich bin ziemlich sicher, dass niemand beim Labor ist. Alle scheinen sich auf den unteren Stockwerken aufzuhalten. Die Kameras zeigen die Arbeitsräume des Labors und

Räume, die aussehen wie Büros, Foyers und sogar eine Bar. Aber es gibt total viel Raum, den die Kameras nicht abdecken."

„Okay."

„Ich sehe etwa zwei Dutzend Laboranten panisch rumrennend, aber nur ein paar Sicherheitsleute. Niemand sieht aus, als sei er der Chef." Er räusperte sich und es kam mir so vor, als verschwieg er uns etwas. „Ich kann so ziemlich jede Tür öffnen."

„Alles klar. Eine Minute."

Ich schaute runter zu Patty. Sie schwamm die sechs Meter zur Berge, die Alligatoren, die von links auf sie zu schwammen nicht bemerkend.

Warte. Alligatoren?

Ich kniff meine Augen für eine Sekunde fest zusammen. Dann öffnete ich sie wieder. Die Alligatoren schienen echt zu sein. Und groß.

„Patty!" Ich zeigte.

Sie war genervt, aber schaute hin. Ihre Augen wurden wie in einem Cartoon groß. Sie kreischte und trudelte mit den Armen, wobei sie Unmengen an Wasser in voller Panik umherschleuderte.

Ich kenne Alligatoren. Als Kind spielte ich an den Bayous. Sie beobachteten sie gerade, die Quelle des Plätscherns in ihrem Revier begutachtend, in der Hoffnung, dass es ein verwundetes Tier war. Oder eins, das nicht sehr schnell schwimmen konnte. Gleich würden sie untertauchen... und angreifen. Ich hatte nur diesen einen Moment.

Ich zog den Bogen schnell über meinen Kopf. Ich holte einen Pfeil aus dem Köcher und sah das Gefieder, die große „Feder" hinten dran, als ich ihn anlegte und das Kabel an meinen Kiefer zog. Ich zielte auf einen der großen, dunklen Köpfe, die sich auf sie zubewegten. Aus dieser erhobenen Position musste ich knapp unter mein Ziel zielen und bewegte es noch eine Haaresbreite nach unten, um die Bewegung des Ziels auszugleichen. Das tat ich mit viel Abwägung, entspannend, wie ich es tat, bevor ich einen Schlag austeilte und atmete aus. Zwischen zwei Atemzügen ließ ich los. Der Bogen *klimperte*, was einen Schock durch meinen Arm sandte. Der Pfeil flog genau, eine schwarze Linie, die sich von mir zu wahrscheinlich hinter den Augen des Alligators erstreckte. Der Kopf des Tiers sank in das Wasser, der Schwanz schwamm kurz auf dem Wasser, wild hin und her wedelnd.

Auch der andere Alligator ging unter.

Ha! Blondie wäre schnell genug gewesen,

beide zu kriegen, kritisierte mein Unterbewusstsein.

Ich grölte, dann sagte ich dem Alligator, „Lass uns tanzen, Baby!" Ich ließ den Bogen fallen und tauchte ins Wasser.

Ich hörte verschiedene entstellte Schreie, bevor das Wasser meine Ohren füllte. Ich öffnete meine Augen. Es war komplett dunkel einen Meter in der Tiefe, die Sicherheitslichter beleuchteten die stürmische Oberfläche gerade genug, um ein trübes Braun zu sehen. Ich manövrierte mich hinter Patty, nahe genug, um sie zu berühren. Ihre Beine traten rasend wild durch das Scheiße-farbene Wasser. Ich tauchte bewegungslos und wusste, dass der Jäger das bewegende Ziel angreifen würde. Sekunden später attackierte das Biest. Ein riesiger, schwarzer Torpedo schoss aus der Tiefe hoch mit der Absicht, die zweibeinige Kreatur, die es wagte, ihr Revier zu durchqueren, zu töten und zu fressen.

Als ich reagierte konnte ich nicht anders, als die tödliche Schönheit des Tieres zu bewundern. Ich griff es knapp unter seinen Beinen und schmiss meine Arme eng um ihn, von Seite zu Seite wedelnd. Mein Kiefer verlor etwas Haut auf seiner schuppigen Haut. Der Alligator brach seinen Angriff ab, um anzufangen, zu verteidigen, er buckelte sich kraftvoll und krallte sich *fucking* hart an meinen Arm. Ich hielt mich krampfhaft fest, schmiss meine Beine um seinen Körper, um die Bewegung seines Schwanzes mit meinen Stiefeln einzuschränken. Der Alligator drehte sich um und krümmte sich, um zu versuchen, den Python, der ihn einschnürte, zu vertreiben.

Zu dem Zeitpunkt, kamen zwei sehr bedeutsame Dinge auf. #1, ich brauchte Sauerstoff. Und #2, die Amphetamine begannen, zu wirken. Weil die Droge so stark wirkte, wurde ich dominant und kümmerte mich nicht wirklich darum, dass ich Sauerstoff brauchte.

Leute, lasst mich euch was erzählen. Ich empfehle euch nicht, zu versuchen, mit hundertdreißig Kilo Leder mit Muskeln und riesigen Zähnen zu kämpfen. Aber ich empfehle euch, eine kleine Dosis Psilocybin mit einer riesigen Dosis Adderall zu konsumieren.

Spek-ta-ku-LÄRRR.

Ich gab einen euphorischen, rasenden Schrei, mein Atem stieß in einer Blasenexplosion nach oben. Ich drückte den Alligator so fest ich konnte. Dann ließ ich los. Das erschreckte Tier floh. Er würde wiederkommen, aber nicht sofort; sein kleines Reptiliengehirn brauchte Zeit, um aus dem Fluchtmodus rauszukommen. Ich schwamm an die Oberfläche und schnappte nach Atem in der Moorluft, nahm noch einen brummenden Atemzug und grinste wölfisch. Ich schwamm zu Pattys ausgestreckter Hand rüber mit mehr Energie, als ich umgehen konnte, meine Sicht äußerst scharf.

Auf der Plattform, vor Regen geschützt, starrten Patty und ich uns einen Moment lang in Stille an. Ich fragte sie, „Hast du schon mal Alligator gegessen?"

Sie schaute mich an, dann wieder auf das Wasser. „Nein. Aber Alligator aß fast Patty."

„Alligator?" sagte Shocker besorgt, dann wurde sie sauer. „Wird einer von euch mir antworten?"

„Zwei Stück. Big Mamma Jammas," sagte Patty ihr. „Sie sahen wie hungrige Dinosaurier aus."

„*Was?* Geht es dir gut?"

„Sicher sicher. Tarzan hier hat den einen mit einem Pfeil getöten und den anderen gebitchslapt."

„Er tat WAS???"

„Ich habe es gesehen," berichtete Ace. „Es war obergeil."

~

„Öffne die Türen." Ich nahm den Bogen und wendete mich zum Labor. „Es gibt noch mehr Tiere zum Bitchslappen."

Patty streckte ihre Faust aus. Ich schlug ein. Sie sagte, „Razor Strahl," und lächelte, *Danke, dass du mir den Arsch gerettet hast.*

Ich nickte ernsthaft, *Kein Ding.*

Der komplette Komplex bestand aus Stahlplatten, dicke Schweißnähte waren unter der grauen und weißen Farbe sichtbar. Gelbe Kreise punktierten die Mauern, an denen Lichter befestigt waren. Große, röhrenförmige Stahlschienen umrahmten jedes Stockwerk. Patty und ich liefen um die Seite und blieben vor einer Tür mit Zahlencodeschloss und Kamera stehen. Patty grinste albern und winkte Ace und wem auch immer, der noch zuschaute. Ace öffnete die Tür. Wir liefen rein, ich hielt den Bogen, den Pfeil angesteckt und angezogen, Patty hielt das große .45.

„Wir sind vorne," sagte Shocker leise.

„Wir sind gerade durch einen Seiteneingang eingetreten," antwortete ich.

Der Raum war groß mit einer tiefen Decke. Auf mehreren Schaltern waren Papierstapel und Computer, die die Schränke dahinter füllten. Wir liefen geduckt rein. Ich deutete ihr an, rechtslang zu gehen. Ich ging nach links. Wir krochen zum ersten Schalter und schwangen unsere Waffen hinter den Schalter, wo sich niemand versteckte. Wir durchsuchten den Rest des Raumes, ohne kauernde Angestellte oder etwas interessantes zu finden. Wir gingen zu einer der beiden Türen. „Koordinaten, Ace," sagte ich.

„Oh. Äh. Durch die Tür. Der Flur führt zum Hauptsicherheitsbüro. Vielleicht könnt ihr da jemanden nach Richtungsanweisungen fragen.

„Süß," sagte Patty.

„Er hat seine Momente," erzählte Shocker ihr.

Ich schaute Patty an und zuckte mit dem Kopf, *Los geht's*. Ace gab seinem Mädchen und dem Muskelprotz Anweisungen, um zu uns zu kommen.

Einen Moment später hörten wir ein tiefes Grunzen von Bobby, ein Kreischen von Shocker – ihr Powerschlag-Schrei – dann Stille. Patty und ich erstarrten, die Finger an unseren Ohrstöpseln.

„Du hast ihn ausgeschaltet," sagte Bobby.

„Was? Er ist in den Schlag hineingelaufen," sagte Shocker verteidigend. „Ihm wird's gut gehen."

Bobby *hmmte* zweifelhaft.

Ace sagte, „Tut mir leid Schatz. Er war nicht im Bild."

Ich schmunzelte und sagte zu Patty, „Wir müssen schneller sein. Ich werde vorrennen. Wenn jemand aufspringt und auf mich schießt, erschieße sie."

Sie grinste einverstanden und hielt ihr Gewehr hoch. „Find ich gut."

„Trägst du deinen Helm?" fragte Shocker mich.

Ich musste tatsächlich nachsehen und tappte mir auf den Kopf. „Nein."

Scheiße, ich habe ihn auf dem Raketenboot gelassen. Dann, *Blondie wird mich dafür zahlen lassen.*

„Keine Sorge," sagte ich ihr mit dem Ton eines Wagehalses. „Ich habe sowas schonmal gemacht."

Sie machte ein verärgertes Geräusch.

Ich ließ die Spannung vom Bogen etwas nach und joggte den Flur runter. Patty folgte mir, die Waffe vor sich haltend. Wir liefen an zahlreichen Türen vorbei, alle geschlossen mit dunklen Fenstern. Am Ende des Flurs war ein riesiger Raum voller Schubkarren. Sie waren mit Boxen befüllt, die Aussahen, als seien Putzsachen drin. Ich rannte ohne zu verlangsamen durch und zickzackte um die Hindernisse

herum. Hinter den Karren erhoben sich geister-
hafte Aufseher, Footballspieler, die danach
trachteten, mich umzutackeln. Der Boden neben
mir wurde grün wie Stadionrasen. Ich hielt den
Bogen wie ein Ball, machte den Spin-Move bei
einem vermeintlichen Tackler, meine Steroid-
durchflößten Beine brachen mit übermenschli-
cher Kraft aus, und genossen das Jubeln der Zuschauer, als ich es in die Endzone schaffte. Ich
schmiss den „Ball" auf den Boden und keuchte
mit dem Kick. Ich bewegte meine Hüften hin
und her mit einem Touchdownjubel und schrie,
„Yea-AAAH!"

„Geradeaus Razor," sagte Ace.

Ich schaute nach oben und sah eine Kamera.
Ich beugte mich runter, um den Bogen und den
Pfeil zurückzuerlangen und lief zu einer Tür mit
der Aufschrift SECURITY darüber. Aus
meinem Augenwinkel sah ich Bewegung, wegen
der ich stehenblieb und mich umdrehte. Ein
Mann stieg hinter einer Schubkarre hervor und
zielte mit einer Pistole auf meinen Kopf. „Bist du
echt?" fragte ich ihn, den Bogen hochhaltend.

Er fing einen harten-Kerl Spruch an. „Du
bist zum falschen-"

Boom!

Pattys .45 ließ sein Gesicht aufbeulen, die
Augen und Wangen grauenhaft rausgedrückt als

die Kugel beide Tempel durchstach. Sie hatte auf den Moment gewartet, an dem er angefangen hatte, zu reden. Ich wich zur Seite aus in der Hoffnung, dass er nicht aus Reflex schießen würde, aber das Fehlen seines Frontallappens nahm ihm diese Fähigkeit. Ich entspannte mich. Hirn, Blut, Haut und Schädelteile waren auf die Sicherheitsbürotür gespritzt und ich rannte darauf zu. Die blonde Kriegerin stand an seiner Seite und puhlte die Waffe aus seinen toten Fingern eine Sekunde, nachdem er knochenlos zu Boden gestürzt war.

„Patty?" sagte Shocker. „Razor? Wer wurde erschossen?"

Patty stand und schaute auf den Mann, den sie getötet hatte, runter. Wir hatten keine Ahnung, wer er war, ob er ein böser Mann oder ein Familienvater war.

Und wir hatten keine Zeit, uns darum zu kümmern...

„Patty???"

„Ihnen geht's okay," sagte Ace ihr. Ich konnte ihn mir vorstellen, wie er das Drama auf den Kameras anschaute, ein mulmiger Ausdruck auf seinem Gesicht.

Ich streckte meine Faust zu Patty raus und nickte.

Ihre Augen wanderten von der Leiche zu

mir. Sie schlug ein und nickte, *Kein Problem.* „Hey, du hast mir Schokolade gegeben. Wir sind jetzt BFF's."

Ich wischte Perspiration von meiner Stirn und schaute auf meine Hand. Es war Blut, frisch ausgetreten aus dem Kopf des auf dem Boden liegenden Typen. Mein innerer Wolf jaulte, mein Herz raste. *Mehr! Mehr! Mehr!*

Eilig wischte ich es an meinem Bein ab, bevor das Bild, dass ich es aufleckte, Realität wurde.

Das Sicherheitsbüro summte. „Ist offen," sagte Ace.

Als ich sie öffnete, hörten wir jemanden auf uns zu rennen auf der anderen Seite des Flurs. Ich wollte unbedingt vorwärts, also zählte ich darauf, dass Patty sich um den Flur kümmerte. Eine Pistole knallte in dem dunklen Raum, die aufleuchtende Gewehrmündung zeigte die Position meines Ziels. Die Kugel streifte meine Seite, das Brennen vom Reiben erinnerte mich an die anderen Prellungen, die mein Oberkörper vor kurzem erlitten hatte. Ich schwang den Bogen wie ein Baseballschläger und zielte einen Meter hinter dem Punkt, an dem das Leuchten war. Meine Bemühungen wurde belohnt mit einem starken Stoß und einem gequälten Schrei. Ich ließ den Bogen fallen, hielt den Bogen fest und stolperte über den Stuhl, hinter dem der Typ hingefallen war. Ich landete auf ihm drauf mit dem Pfeil bereit, zuzustechen.

Im Flur hörte ich ein erschrecktes Kreischen von Patty. Die Biestfrau schrie, „Wir sind's!" Dann grölte sie ihren Mann an, „Verdammt Ace! Wie wär's mit einer Vorwarnung?"

„Ja Schatz," antwortete er entschuldigend.

Meine Crew kam rein und fand die Lichter. Ich blinzelte und schaute auf meinen Gefangenen herunter. Er war etwa in meinem Alter, bleich mit Sommersprossen und hellem, rotem Haar, noch hellroteres Blut lief aus seiner Nase und einer Wunde auf seiner Wange. Er war bewusstlos. Patty schoss nach unten und nahm sich seine Waffe, die sie an ihre Hüfte neben der anderen feststeckte.

Ich stand auf und stellte den Stuhl wieder hin. „Also gut. Da wären wir. Ace, pass auf."

„Ich seh euch," antwortete er mit Gefühl.

Der Raum war klein, mit vier Stühlen vor einem Tisch, vier neuen Hewlett-Packards darauf. An der Mauer über dem Tisch waren sechs große Bildschirme, jeder zeigte Teile des Komplexes und der Umgebung. Ich schaute auf die Computer, dann zu Shocker rüber.

Sie steckte ihre Pistolen ein, nahm ihren Helm ab und hielt eine Schlagringhand hoch.

„Hey, ich bin eine Metallfabrikantin. Mein Mann macht all den Computermist."

Ich lachte. „Maschinenbootingenieur. Blondie macht all die Cybermagie."

Wir schauten Bobby an. Er achselzuckte, seine Trapezmuskeln standen aus seinem Nacken. Er donnerte durch seinen Helm aus seinem Gesichtsschutz, „Ich bemale Autos."

Wir alle drehten uns zu Patty. Sie hob ihre Augenbraue und schaute auf die Computer und Kamera Monitoren. „Schon gut. Ich war Prostituierte und Verurteilte. Das Einzige, was ich mal an einem Computer gemacht habe, ist Werbung auf Craiglist posten."

„Ich liebe Craiglist," sagte ich.

Ace schmunzelte.

„Das ist nicht lustig," schimpfte Shocker.

„Ja Schatz."

Das provozierte noch ein paar Kicherer.

„Ich bin froh, dass ihr euch vergnügt," sagte Big Guns verärgert. „Wir uns nämlich nicht."

Stimmt ja, erinnerte ich mich. *Sie liegen im Moor, im Sturm.* So viel Ernsthaftigkeit annehmend, wie ich konnte, sagte ich ihm, „Es tut mir leid."

„Sicher tut es das." Er feuerte sein Megagewehr ab und grunzte schwer vom Rückprall. Die erschütternde Übertragung unterstützte sein Ärgernis.

„Gib uns fünfzehn," sagte ich. Ich schaute Shocker an. „Ace, hör auf, Witze mit uns zu machen und bediene die Kameras."

Shockers Augen glühten auf. Sie grölte ihren Mann an, „Du weißt, dass wir uns mit diesem Scheiß nicht auskennen."

„Ja Schatz." Der Geek ernüchterte, alle Selbstgefälligkeit und Humor verschwunden. Er räusperte sich. „Ich wollte euch vorhin nicht ablenken. Ich habe etwas gefunden, was ihr sehen müsst, etwas, äh, bestürzendes..."

Wir vier schauten zu den Bildschirmen hoch. Einer wurde für einen Moment schwarz, ein neues Bild erschien. Die Sicht war von oben, die Kamera zeigte von der Mitte der Decke runter einen großen Raum voller Laborwerkstationen und -equipment. Ace ließ die Kamera nach links schwenken. Am Laboreingang waren viele Männer in weißen Laborjacken und grünen OP-Kleidern. Die meisten standen in Zweier- oder Dreiergruppen, andere lagen schlafend oder total gestresst auf dem Boden. Die Tür war von einem schweren Stahltisch verbarrikadiert.

Die Kamera schwenkte wieder. Auf der anderen Seite des Labors waren weitere Arbeiter.

Eine war eine fünziger-Frau in einem schwarzen Anzug. Ihr ernster Ausdruck und enger Pferdeschwanz deuteten an, dass sie hier die Befehle erteilte.

„Ziel," atmete ich genau während Shocker murmelte, „Sie ist es."

Die Frau schaute mit einem streitlustigen, finsteren Blick nach links. Ace drehte unsere Sicht, um auf unseren Interessenbereich zu zoomen. Als das Bild scharf wurde, raste mein Herz doppelt so schnell wie zuvor.

„Oh mein Gott," flüsterte Shocker.

„Das ist abgefuckt," sagte Patty, den Kopf in Unglaube schüttelnd. „Ich bin *Mutter*. Oh nein. *Fuck* nein." Tobte vor Wut, winkte mit ihrer Waffe den Bildschirmen zu und biss sich auf die Lippe.

Bobby ließ ein schnatterndes Grölen raus. Sein Anzug krachte über seine gebündelten Muskeln.

Mein Blut klopfte heiß, verhinderte allerding nicht den Kälteschauer, der in meine Hände und Füße sickerte und mein kraulendes Haar. Ich schaute auf die plastik-Babykrippen mit schwankender Distanziertheit. Es gab dutzende. Ich sagte, „Meint ihr, sie sind alle mit HIV geboren?"

„Keine Chance," flüsterte Shocker. „Die anderen Labors haben Glück, ein paar bereitwillige Mütter gefunden zu haben. Aber so viele?" Sie schüttelte den Kopf und massierte ihre Schlagringfaust.

Mehrere Krankenschwestern liefen durch die Reihen, beruhigend und runterlächelnd hier und da. Hinter den Krippen waren Maschinen, die ich nicht erkannte. Daneben waren Brutkästen. Sie sahen aus wie Aquarien. Darin lag jeweils ein winziges, pinkes Formular.

In der bedrohlichen Stille, die im Raum herrschte, war Shockers Atem hörbar. Eine Träne rollte an ihrer Wange runter und fiel mit einem lauten Platschen auf den Tisch. Das Psilocybin war noch lange nicht aus meinem Körper raus und ich sah, wie sich die Träne ausdehnte, eine lange Linie von ihrer Wange zum Tisch bildete und aufkam mit sichtbaren Schallwellen die echoten, *eh-et eh-et*, und sich dann weich verteilten.

„He-he-he-he!" Ich kicherte, obwohl ich böse war. Ich bemerkte, dass meine Hände weh taten und schaute zu ihnen runter, um sie zu engen Fäusten geballt zu sehen. Ich musste etwas herausfinden. „Wo ist das?"

Ace atmete aus. „Die andere Barge. Zweiter Stock."

„Sie sind tot. Diese Motherfucker sind tot!"

Patty stürmte aus dem Raum raus, die Waffe eng am Körper haltend.

Wir folgten. Shocker und ich holten Patty ein und stellten uns vor sie, um zu erklären, dass wir Körperpanzerung trugen, sie nur eine Weste. Die benachbarte Barge war verbunden, sodass wir nicht nach draußen gehen mussten, um sie zu erreichen. Wir stürmten durch die Hallen, unsere Stiefel hämmerten uns durch die Mensa, einer Lounge mit Essensautomaten und Pooltischen. Als wir eine lange, weiße Halle betraten, berichtete Ace, „Die letzte Tür links."

Patty knurrte und sprintete als erste nach vorne. Shocker hielt sie mit quietschenden Schuhen fest. „So nicht!" Sie drehte ihre Freundin um, öffnete ihr Visier und kniff in Pattys Wange. „Nicht alle da drin sind schlecht. Manche sind es, aber wir wissen nicht, wer. Verstanden?"

Patty blies etwas Luft ab und seufzte. „Nicht töten." Sie griff ihre Waffe und steckte sie sich an die Hüfte.

„Naja, vielleicht müssen wir das. Aber versuch, es nicht zu tun. Es gibt bereits genug Tote." Sie drückte Patty liebevoll ins Gesicht, dann schloss sie ihr Visier.

Diese Unterhaltung hatten wir schon mal,

was? spekulierte mein Unterbewusstsein. *Jemanden im Gefängnis getötet vielleicht???*

Ich schaute mir die Mädchen gespannt an. Mein Hirn suchte nach Mustern, aber extrapolierte sie zu schnell, als dass ich pausieren konnte und sie einzeln betrachten. Das Halluzinogen machte diese Muster sichtbar. Es sah aus, als standen die Mädchen hinter einer Glasscheibe, einem Bildschirm mit scrollenden Gedanken, eintausend Wörter pro Minute tippend. Ich fühlte mich wie ein göttliches Wesen mit all diesen Ideen. Wenn ich wollte, konnte ich einen bestimmten Gedanken anklicken und es auf die Situation übertragen. Aber anstatt diese sinnvolle Funktion zu benutzen, entschied ich mich dafür, Pattys Brüste auf Shockers Körper zu photoshoppen.

„He-he-he-he! *Brüste...*"

Ich runzelte die Stirn, dann, *Das war so falsch.*

„Entschuldigung?" Shocker machte ihr ikonisches Puh-puh-Gesicht.

„He," sagte ich. „Entschuldigung angenommen?"

Ich schaute Bobby an. Er stand hinter der Biestfrau. Hinter seinem Visier glitzerten seine breiten Nasenflügel, seine Augen waren auf das Ende des Flurs fixiert. Er so auf Shockers Bewegungen abgestimmt, dass er sie kaum anschauen musste, um seine eigene Position anzupassen. Er bewachte sie ohne zu zweifeln.

Werde ich jemals so einen Freund haben, außer meines Mädchens? Ich schweifte ab.

Was zum Fick ist das für Dr. Phil Scheiß über den du da gerade nachdenkst?! Mein Unterbewusstsein fand das Gedankenthema nicht sehr verständlich.

Diese furchtbaren Grübeleien gingen durch mein zugedröhntes Hirn, was drohte, den Rausch zu vermindern. Ich grub in meiner Tasche, holte zwei weitere Adderall Pillen raus und nahm sie. „Ummungh," sagte ich Shocker.

Sie starrte auf meine Tasche, dann hoch zu mir. „Wie lautet dein Plan für die Tür?"

Die Frage brachte den Rausch sofort zurück. Ich blickte zu Patty und schmunzelte. „BOOM Paste."

„Oh ja." Patty grinste ein wenig.

An den Hosenbeinen der Kevlaranzüge waren lange Taschen. Ich grub in eine und holte ein Ziploc mit einem faustgroßen Haufen hausgemachter Spachtelmasse drin. Patty holte eine kleine Rolle grüne Zündschnur aus ihrer Tasche und gab sie mir. Ich holte die dunkelgraue Spachtelmasse raus und steckte den Beutel ein. Ich holte mein Rasiermesser hervor, schnitt zehn Zentimeter der Zündschnur ab und steckte sie in die Bombe. Ich steckte mein wertvolles Gerät weg und packte den Rest der Zündschnur ein. Ein Beben nervöser Erheiterung brummte in mir. Mit all dem Geschieße und Gekämpfe und Scheiß hochjagen, würde das hier eine memorable Nacht werden, was?

Ohne Worte folgte meine Crew mir durch die Tür. Es gab zwei weitere, dicker Stahl mit einer Säule in der Mitte. Ich zeigte darauf und sagte Patty, „Schieß drauf."

„Das wird nicht funktionieren. Sie ist verbarrikadiert." Sie schaute mich an, als sei ich ein Idiot.

„Es wird sie von der Tür wegschrecken," sagte Bobby.

„Gute Idee," sagte Ace in mein Ohr. „Ich lass euch wissen, wenn sie zurückweichen."

Patty zuckte die Achseln. Dann beschoss sie die Tür. Die .45 hohle Spitze knallte gegen den Stahl mit einem schockierenden Geräusch, den engen Flur erläutend. Die Kugel war weich, ausgelegt dafür, sich in einem Körper zu verteilen und maximales Trauma zu erzielen, also prallte sie nicht ab.

„Ja, jetzt sind sie weg von der Tür," sagte Ace. Ich stellte mir die Leute drinnen vor Furcht wegspringend und vom Eingang wegtaumelnd.

Ich beschloss, die Säule am Boden zu zerstören. Knieend klebte ich die Bombe um die Säule, machte einen Schritt zurück und gestikulierte Patty, dasselbe zu tun.

Die blonde Riesin hatte ihr Zippo schon draußen. Die Zunge am Mundwinkel gesteckt, kniete sich hin und betätigte das Feuerzeug.

„Warte! Warte warte warte." Ich winkte sie ab. Mit einer ernsten, ritualistischen Konnotation sagte ich, „Wir brauchen etwas Musik."

„*Pfff.*" Shockers Pferdeschwanz wedelte hin und her.

Big Guns schmunzelte, dann antwortete er einen der Söldner, der fragte, ob wir Domino spielten. „Für ihn ist alles ein Spiel," sagte er. „Ein Glücksspiel."

Patty blickte ungeduldig finster drein, die Flamme zauderte vor der Zündschnur.

Bobby sagte, „Rick James hat einen, der-"

„Nein." Shocker stützte ihre Schlagringfaust ein. „*Ich* entscheide diesmal." Niemand diskutierte mit ihr. Sie sagte, „Ace, spiel *Mamma Knows Best* ab."

„Ja Schatz."

Die PA-Anlage füllte die Hallen und Räume mit Jessie Js lebhaften Song. Die britische Popmusikerin schmetterte Noten raus, die jede

Kreatur mit Ohren bestärken würde. „See mamma knows best when times get hard!"

„He-he-he-he!" Ich wünschte, ich könnte ihre Gesichter im Labor sehen.

Patty zündete die Zündschnur an. Wir sprinteten den Flur runter, jeder von uns fand eine Türschwelle, um sich zu verstecken. „Deckt eure Ohren ab!" rief ich.

Flash! BOOM!

Die Explosion war gewaltig und erschütterte unsere Füße. Die Stahlmauern vibrierten mit großartigem Effekt, die Schockwelle angenehm desorientierend. Wir hielten den Atem an und rannten in den herumwirbelnden Rauch. Die Säule leuchtete orange, in der Mitte wo sie zersprengt war, die Gegend drumherum schwarzgetönt. Die Tür war halboffen, der Stahltisch dahinter war gute dreißig Zentimeter zurückgeschoben. Bobby richtete seinen Helm und lud nach mit einem Monster-Kampfesschrei, bevor er seine Schultern gegen die Tür und Säule knallte und sie aufprallte. Der schwere Tisch flog ein paar Meter weit weg, bevor er stehen blieb mit Bobby draufliegend und im vollgerauchten Raum verschwand. Aufeinanderprallendes Fleisch und Schmerzesschreie deuteten an, dass jemand versuchte, uns am Eingang zu hindern.

Der Muskelprotz stellte seinen Fuß auf und drückte gegen die Barrikade an, die Fliesen knirschten unter dem Metall. Patty und ich drückten die Türen auf, die Belüftung saugte die schwarze Wolke aus unseren Gesichtern in den Flur. Als wir angriffen, ging der Feueralarm los. Patty ging links, die Pistole ließ die Krankenschwester eilig flitzen. Die Explosion stimmte mit dem Rhythmus des Liedes überein. Ich nickte mit dem Kopf.

„See, mamma knows best when I feel down / to bring me up and always keep my feet on the ground!"

Mit angelegtem Pfeil zielte ich nach rechts, links und suchte nach jemandem mit einer Waffe. Bobby kam aus dem Nichts und rannte mit dem Helm voran in einen Mann hinein, der versuchte, aus dem Tumult zu fliehen. Der Wissenschaftler wurde von seinen Füßen geblasen, sein Atem zischte, seine Spucke flog umher. Sie knallten mit einem widerwärtigen Bums gegen die Mauer. Bobby lief weg. Der Wissenschaftler nicht.

Ich inhalierte die toxische Luft tief und fühlte die Panik im Raum, so wie ich einen Orgasmus fühlen würde. „Chaos," sagte ich. „Muah-HAAA!"

Die Musik lief weiter. Die Gegner krabbelten weiterhin. Normalerweise würde ich zu solchen lieblichen Geräuschen tanzen. Aber die Symphonie, der Feel-Good-Wert, wurde von den ganzen verdammten schreienden Babys versaut. Scheinbar schrieen sie alle laut.

Dutzende.

Kollektiv übertönten ihre Stimmen die Musik, den Alarm und die Kampfesschreie. Ich fühlte ihr Wehgeschrei in meinen Knochen auf einem wesentlichen Level. Es gab mir Brustschmerzen, wie niemals zuvor. Ich konnte es nicht ausstehen.

Ich grub in meiner Tasche und holte das letzte Adderall raus und fummelte es in meinen Mund. Eine der Gelkapseln zerbrach, sodass das chemische Pulver meine Zunge und Zähne bedeckte. Ich hustete grinsend und wischte mir ein paar Tränen weg. Es schmeckte ziemlich verdammt furchtbar. Ich grunzte, „Nüchtern bei Babys. So'n Quatsch."

Ich ließ den Bogen fallen und wollte Shocker beim Zerstören der Masse helfen. Aber ich schaute rüber und fand sie in einer Pattsituation mit einer Waffe am Kopf eines Babys.

„Warte!" bettelte Shocker, beide Waffen auf den Mann gerichtet, ein grauhaariger Typ mit grauem Bart und einem weißen Kittel. Sie sagte ihm, „Ich werde die Waffen einstecken, wenn du das Baby runterlässt."

Der Mann war über rationale Gefühle hinaus beängstigt, sein Gesicht zwischen Furcht und Hass hin und her wechselnd. Das Baby schrie vor Angst, die Augen fest geschlossen, Schnodder auf seinem unmöglich kleinen Gesicht glänzend. Er hob das Baby mit einem Latexhandschuh an seiner Hand an, für ihn nichts Weiteres als eine Laborratte, und drückte eine Chrom-.380 gegen seine Wange. „Lass mich in Ruhe!" schrie er.

Shocker nickte, die Augen auf das Kind gerichtet. Sie steckte ihre Pistolen ein und streckte die Hände aus.

Ich biss mir in den rechten Handschuh, zog ihn aus und ließ ihn fallen. Ich brauchte ein besseres Gefühl für den Pfeil. Ohne nachzudenken, zog ich an, atmete durch und ließ los.

Das Ziel hatte das Baby losgelassen und zielte die Waffe auf Shocker. Sie tauchte runter wie ein World Series MVP auf die Home Plate. Ihre Finger kamen unter das Baby, konnten aber nicht verhindern, dass der Kopf des Kindes auf den Boden aufprallte. „NEEIIN!" jaulte sie.

In der halben Sekunde, die die Schwerkraft brauchte, um das Baby still zu kriegen, fluchte der Mann und drückte ab. Die Waffe zuckte hoch, als mein Pfeil seine Augenhöhle fand und sein Hirn durchstach. Er wankte und fiel in sich zusammen, die Waffe landete auf Shockers Rücken und rutschte runter.

Sie stand auf und wiegte das Baby in ihren Armen, während sie auf es runterschaute mit ihren tränenreichen Augen. Sie schien nicht zu bemerken, dass Bobby und Patty auf die Laborarbeiter losgingen und sie links und rechts schlugen. Abrupt riss sie ihren Helm ab und warf ihn weg. Helle Strahlen leuchteten aus ihrem wütenden Blick. Ihre Flügel kamen hervor und flatterten kraftvoll. Sie richtete ihren funkelnd bösen Blick auf eine Gruppe Krankenschwestern, die vor einigen Maschinen und Brutkästen zusammengekuschelt standen. „Du!" donnerte sie mit einer Stimme, die nicht von dieser Welt war und zeigte auf ein mittzwanziger furchtsames Chick. Die Biestfrau marschierte rüber und riss die Krankenschwester mit einer Hand an sich. Sie zwang sie, dass bewusstlose Baby zu nehmen. „Kümmer dich um sie."

Natürlich konnte das Mädchen nur jammern, „Jawohl" und versuchte sich nicht ins Krankenschwesterkleid zu pinkeln. Sie schaute auf das Baby runter und ihre Augen wurden alarmierend groß. Sie taumelte unsicher herum und rief Doktor Irgendwer zur Hilfe.

Shocker drehte sich um und sah mich hinter sich. Sie schlug ihre Fäuste aufeinander und grölte, „Mamma knows best." Totale Verrücktheit zeigte sich auf ihrem Gesicht. Ihre Nähte krümmten sich, angestachelt vom Wahnsinn ihrer Besitzerin. Sie schubste meinen halluzinierenden Arsch aus dem Weg und warf sich in einen Haufen Männer, die verzweifelt versuchten, Pattys wildem Angriff zu entfliehen.

Wie verzaubert schaute ich zu. Shockers explosive Momente waren *krank*, eine furchterregend-wunderschöne Mischung hochklassigen Boxens. Ihre Füße traten mit jedem Schlag rechtzeitig auf, ihre kraftvollen Hüften drehten sich, rollend, ihre Schultern rotierten mit peitschender Gewalt, ihre Fäuste gruben nach Rückenwirbeln und pulverisierten was auch immer sie traf. Ich stand versteinert dar, wissend, dass ich helfen sollte, aber ich war nicht bereit, dieses Monstrum bei der Arbeit zu verpassen. Sie knockte vier Typen innerhalb von fünf Sekunden out, brach Kiefer und Rippen, ihre Powerschreie erklangen mit Berserkeremotionen, dann drehte sie sich um und ballerte eine unerbittliche Kombo auf eine riesige Krankenschwester.

Die Krankenschwester, eine Amazone so groß wie Patty, dachte daran, Shocker von hinten zu packen. Aber die Person, die sie anpackte, war nicht bloß eine unbändige Patientin, die ihre Medis nicht nehmen wollte. Der Kampfjunkie hatte die komplette Kontrolle über Shocker übernommen. Knurrend und spuckend wie ein Bärenmarder, hebelte sie ihre Arme in einer einzelnen überwältigenden Linie, als sie Körperteile der großen Krankenschwester abschlug. Die Frau war nach dem ersten Schlag bewusstlos, eine rechte Gerade auf den Schädel, der ihre Stirn aufplatzte und Rotes spritzte. Der darauffolgende Haken auf ihre Rippen, eine rechte Overhand auf ihre Nase, die sie zerkrachte, und den doppelten Uppercut auf ihre Busen waren zu viel des Guten. Die Krankenschwester flog gewaltig nach hinten. Shockers Füße bewegten sich genauso schnell wie ihre Schlagringfäuste, sie hielt ihr Ziel in Reichweite und zerstörte es. Die Frau fiel endlich zu Boden.

„Schneller ist besser!" jubelte ich.

„Wow." Ace war genauso bezaubert wie ich.

Shocker schaute auf die Frau runter. Sie spuckte, „Blöde...*Scheiß*... Pah!" Sie schüttelte ihre Fäuste ab und schleuderte Bluttropfen weg.

Bloß ein paar Minuten warn vergangen, seit wir die Tür aufgeblasen hatten, aber es fühlte sich viel länger an. Ich war genug bei mir, dass ich wusste, dass die Amphetamine meine Zeitwahrnehmung stark beeinflussten. Meine Wahrnehmung für alles. Von dem Dominieren der Biestfrau beeinflusst, kam ein gutanfühlender Rausch durch mich, den ich erst selten erlebt hatte.

Ich sauste durch die Masse, sprang über Männer und Frauen, die schnell, bewusstlos keuchten oder stöhnten und jammerten mit Verletzungen zu schwer für alles außer der Notaufnahme.

„See, Mamma Mamma knows best / see, Daddy Daddy knows best!" sang die talentierte Jessie J.

Ich hörte einen anderen Song. Einen, der uns zu einem viel unheimlicheren Zustand einlud (Ja, *uns*).

Care to accompany me? fragte der Song an, der meine Nervenzellen mit seiner Energie versetzte. Ich konnte nie Nervenzellen sehen, die meine Gedanken bildeten, einen Pfad zum Land der Desaster aufbauend und mir das Ticket gebend, während ich schwebte, übermenschlich werdend, auf den Eingang des Konzerts zu.

Stand in the corner and scream with me / a body full of empty / a head that's full of rage / better believe it!

Mudvayne donnerte in meinem Schädel. Ja!

Halluzinogene machen sooo viel lass-es-mich-Doggy-machen Spaß.

Aufgepumpt, aufgeregt und in meiner eigenen Welt abgehend, ließ ich den Bogen fallen und erlaubte meinem inneren Wolf zu jagen, ohne ihn zurückzuhalten. Ich ging zu meinem Rudel und jagte die räudigen Kojoten DURCH DAS Labor. Unsere Beute jaulte vor Schrecken, fliehend, während sie unsere karnivoren Instinkte reizten. Diejenigen, die aufstanden, wurden sofort wieder runtergeschlagen. Diejenigen, die um Gnade bettelten, bekamen sie, indem sie von einem schweren Schlag verstummt wurden. Die schreienden Babys waren eine grausame Erinnerung an unsere Mission und warum die einzige wirkliche Gnade, die wir diesen Leuten geben sollten, ihre Leben waren, bis auf einen Zentimeter drinnen zusammengeprügelt.

Stand in the closet and scream with me! donnerte meine Pilzsterioanlage.

Bobby trat die Beine eines großen Wissenschaftlers und räumte ihn ab, in zwei andere Wissenschaftler rein, die Patty auswichen. Die schiere Kraft der Attacke war großartig anzusehen. Patty rief, „Yeah Motherfucker!" und rammte die Männer in quietschende, tödliche Positionen.

A mind that's like a fire / driven by the pain / better believe it!

Ich stellte mich zu Shocker. Ihr großer rechter Arm schleuderte weiterhin rechte Overhands, biestige, feminine Schreie untermalten ihre Schläge. Schädel wurden gebrochen. Manche Männer schafften es, sich zu ducken und die Schläge abzufangen. Ihre Hände zerkrachten unter ihrem metallischen Angriff, die Auswirkungen ihrer Kräfte knalte sie außer Balance in meine Reichweite.

Ich blieb zu ihrer Linken stehen. Als alle Ziele sich auf dem Silbertablett präsentierten, stellte ich meinen linken Stiefel auf den Boden in ihre Richtung, prellte Hüften und Schultern, katapultierte meinen linken Haken auf Kiefer und Ohren und nahm ihnen jegliches Bewusstsein, welches Shocker übrig gelassen hatte.

Ever dance beside the devil / taste the barrel of a gauge / ever pull the trigger / the light begins to fade!

Shocker und ich waren ein Volleyball Duo. Sie schlug auf und ich schmetterte den Ball. Die Leute, die von uns weg wankten, hatten nun runde Ballköpfe. Die Bälle drehten sich, um nach ihren Jägern zu suchen und ich sah alle mit „Wilson" markiert an der Stelle, wo eigentlich ein Gesicht hätte sein sollen. Ich blinzelte und rote Bullseyes erschienen auf den Seiten der Bälle. Ich bellte ein idiotisches Geräusch, das als Lachen gemeint war. Einer der Bullseyes bestand aus roten Rolling Stones Lippen und imitierte mein Lachen. Dann, in einem sexy, femininen Ton, sagten sie, „Schmetter mich... Schmetter mich fest!"

Ich verlagerte mein Gewicht auf mein vorderes Bein für einen schnellen Haken. Die Lippen prallten, lachten in Trümmern und spuckten riesige Zähne aus. Dann verschwanden sie. Unsere Beute fiel zu Boden.

Die Ziele, die noch übrig waren, waren eine Handvoll Krankenschwestern, die hinter den Babykrippen kauerten. Eine hatte ein Baby auf einem Untersuchungstisch, schaute nach den Vitalzeichen und wischte sich die Tränen aus dem Gesicht. Shocker und ich starrte sie penetrant an. Unsere verderblichen Blicke lösten Wimmern, Schluchzen und Angstschreie aus. Schweres Atmen brachte mich dazu, nach hinten zu Patty und Bobby zu schauen. Ihre riesige, bedrohliche Anwesenheit machte mich stolz. Wir belauerten den Rest unserer Beute, vier knurrende, gefährliche Individuen, die unverwandt durch die Reihen infizierter Babys liefen, deren lautes Wehgeschrei unseren Zorn nährte.

136

„Wie kommt ihr mit euch selbst klar?" schrie Shocker sie an. „Kein Geld dieser Welt könnte diese Arbeit rechtfertigen!"

OP-Kleidung raschelte, als die Krankenschwestern aufstanden und wegrannten, als wir näherkamen, in Maschinen und Tische hineinkrachend, verzweifelt nach einem Ausweg suchend. Eine blieb in einer Ecke stehen und hämmerte ihre Faust gegen die Mauer. „Silvia! Lass mich rein!" rief sie weiterrammend. „Sil-vi-aaa!"

Shocker stieß einen scharfen Atemzug aus, ihre Füße zwickten sie explosiv nach vorne und sie propellerte eine rechte Bombe, die das Chick auf den Hinterkopf traf. Sie flog in die Ecke, prallte ab, wendete sich und begann, runterzufallen. Shocker zögerte es hinaus und warf eine umwerfende Over-/Undercut Kombo, die etwas zehn Schläge lang war, kraftvolle Schüsse, die mit Maschinengewehr-Geschwindigkeit in den Torso der Frau dröhnten und sie aufrecht hielten. Licht wurde von ihren Schlagringen reflektiert. Shocker hörte abrupt auf, ging zurück und staubte ihre Hände ab. Die Frau landete mit dem Gesicht voran auf dem Boden, *Bam!*

„Problem," sagte Ace.

Ich steckte einen Finger in den Ohrstöpsel,

um ihn tiefer reinzudrücken. Die Babys waren unglaublich laut. „Was ist?"

„Eine Gruppe Männer läuft auf das Labor zu."

„Wo?" fragte Big Guns. „Hinter uns?" Ich stellte ihn mir vor, wie er im sumpfigen Graben stand und sein Gewehr durch die Gegend richtete, um durch sein Zielrohr zu schauen.

„Vom Westen," sagte Ace. „Ich sehe zehn, elf, in enger Formation. Weitere sechs schleichen um den Köderkaden rum."

Scheiße. Unsere Fahrzeuge!

„Alles klar. Ace, mach dich aus dem Staub. Fahr durch sie durch. Team Blau, geht zu den Booten hinter dem Haus. Wir treffen euch da."

Sie bestätigten. Ich schaute mich bei meiner Crew um. Shockers Wut war bei der Nachricht etwas abgedämpft, die Sorge um Ace übertrumpfte den Kampfjunkie. Bobby und Patty beruhigten Babys. Ich lehnte mich nach vorne und griff die Füße der Krankenschwester, die soeben von Shocker KO geschlagen worden war und zerrte sie weg von der Ecke. Ich machte einen Schritt auf die Wand zu und schaute aufmerksam zur Wand. Eine kleine Lücke war sichtbar. Ich schlug hoch und runter gegen die Ziegel und konnte einen hohlen Raum dahinter hören. Nicht fähig, sofort zu erkennen, wie man die Geheimtür öffnete, sagte ich Shocker, „Schieß einfach drauf."

Sie holte die Glocks raus, zielte, zögerte jedoch, als wir eine dumpfe Frauenstimme schreien hörten, „Nicht schießen! Wartet! Bitte schießen Sie nicht!"

Ein Ziegel an der Wand klickte und öffnete sich. Die Anführerin im Anzug, Silvia, schritt mit hoch erhobenen Armen raus. „Wartet. Ich bin raus. Sehen Sie? Nicht schießen." Ihre Stimme war nasal und nervig.

Ich schaute hinter sie. Der Geheimraum war ein kleines Kabinett, dunkel mit einer Falltür im Stahlboden. Ich ging hin und öffnete sie. Die Lichter zeigten einen langen Schacht zum ersten Stock. Auf dem Boden drei Meter unter uns war eine Leiter. „Was ist da unten?" fragte ich Silvia.

„Niemand," sagte sie, ihr Augen strichen nervös umher. Ihre Absätze klackten *klick, klick.*

Ich schaute Shocker an. Sie stirnrunzelte die Frau streng an. Dann sagte sie, „Er fragte was, nicht wer."

„Ich meinte nichts. Da unten ist *nichts.*" Sie versuchte zu lächeln. Es war häßlich, eine Grimasse voller Müll.

Shocker bewegte sich, indem sie eine Pistole in ihren lügenden Mund steckte. Ich griff ihr Handgelenk und schaute sie mit erhobener

Braue an, *Hey hey, ihr Mund muss noch funktionieren.*

Shocker packte ihren Kiefer, *Schnell.* Sie schnappte ihren Arm weg und steckte die Pistolen ein.

Ich drehte mich zu Silvia und zeigte ihr meine Eckzähne. Der Wolf kam ans Licht und sie wich zurück, die Absätze klick-klack. Ich griff ihre Schultern und schubste sie in den Geheimraum, die Musik donnerte wieder in meinem Kopf.

Stand in the corner and scream with me!

„Aaaahhh!" dröhnte ich in ihr Gesicht.

„Aaaahhh!" schrie sie mit mir.

Ich drückte ihr Gesicht auf den Boden neben die Falltür und verlangte, „Wer? Letzte Chance."

Sie windete sich unter meinem Griff. Dann rief sie schrill, „Er!"

„Er." Ich wurde ungeduldig und schüttelte sie ein wenig.

Sie quietschte, „Er. Diep! Diep hat da unten ein Büro!"

~

„Es sind Agenten! Fucking FBI!" sagte Big Guns außer Atem in voller Geschwindigkeit den Kai runterrennend. *„Du ma*, Razor!"

Agenten???

„Ace."

„Ich bin gerade am Köderladen vorbeigefahren. Sie durchsuchen unsere Fahrzeuge," berichtete er.

„Das FBI." Shocker erstarrte, die Vorstellung, ins Gefängnis zurückzugehen durchwanderte ihren Körper, verstellte ihr Augenbrauen und Wangen, ihre Nähte rissen voller Panik. Sie schaute mich an. „Wir müssen gehen. Wir sind nicht mehr die Guten."

Ich sagte, „Wenigstens müssen wir uns nicht mehr überlegen, was wir jetzt mit ihnen machen." Ich nickte meinen Kopf in Richtung der Krippenreihen. „Ich treff' euch bei den Booten."

Sie machte auf der Ferse kehrt, grunzte tief, knallte einen Schlag gegen Silvias Kiefer und brachte die boshafte Bitch zu fall. Dann grölte sie Bobby und Patty an, „Kommt mit."

Der Muskelprotz schaute mich an, bevor er den Mädchen aus dem Raum folgte.

Ich nahm den Bogen und eilte in den Geheimraum. Da ich mich an meine Wade und das letzte Mal, an dem ich solch einen Schacht runtergefallen war, erinnerte, entschied ich mich dafür, reinzukriechen, runterzuhängen und mich fallen zu lassen. Ich lachte bei dem aufregenden Ruck der Schwerkraft, landete weich und scannte den Raum schnell. Wie Silvia sagte, war es ein Büro. Ein großer Schreibtisch mit einem Computer, Bücherschrank und Vitrinen mit einem geschmacksvollen Teppich und einer Couch. Kein Zeichen von Diep.

„Verdammt."

Ich wollte den Typen wirklich fertig machen.

Ich schaute auf seinen Computer und überlegte, die Festplatte mitzunehmen. Dann dachte ich daran, dass der schwanzlose Bastard sie wahrscheinlich geleert hatte, bevor er weggerannt war. „Ace."

„Hey."

„Hast du dir die Festplatten in den Büros anschauen können?"

„Noch nicht. Aber ich lasse gerade ein Scrounge Programm durch das ganze System laufen. Es ist hauptsächlich ein riesiges Datenvakuum, alles aufsaugend, und sie speichern es auf einem Cloudserver. Wir können später reinschauen."

„Großartig. Danke." Es könnte nützliche Info drauf sein für den zukünftigen *Anh Ho*.

Ich betrachtete die Wände und bemerkte

eine große Lücke zwischen den Ziegeln. Ich ging dahin, steckte meine Finger rein und zog. Ein Ziegel rutschte ein wenig auf. Diep muss eilig weggegangen sein und es nicht komplett geschlossen haben. Ich lief durch, in eine dunkle, enge Passage hinein. Es ging nur in eine Richtung. Ich eilte ans Ende und ignorierte die Formen und Farben, die die Wände bedeckten und zu einer hellsingenden Dampfwolke verschwammen.

Die Passage endete mit einer grifflosen Tür. Etwas in Eile, grunzte ich mit ein wenig Aggression und rammte meine Größe 47 Rockports durch den Wichser. KRACH! Die Tür zerfiel in mehrere langen Spalte, nichts mehr außer ein dünnes Wandpanel in einem weiteren engen Flur. Mein Impuls trieb mich voran. Ich hielt den Bogen durch das zerschmetterte Panel und schaute in beide Richtungen. Dann zuckte ich zusammen und starrte in die übelwollenden Augen meines #1 Feindes.

„Diep!"

Keine Frage, er war echt.

„Razor," knurrte er. Er hockte sich neben die halb offene Tür und grölte, „Raz-*orrr!*" dann holte er eine Pistole aus seinem Schulterhalfter und begann, wild auf mich loszufeuern.

Zum Glück war er Linkshänder, musst aber

wegen seines Gipses mit rechts schießen. Die Kugel traf den Boden vor mir und riss eine lange Furche in die Gummimatte. Ich zickzackte auf ihn zu. Ohne-Penis feuerte noch mal und schoss zur Tür hinaus. Ich begann die Jagd, konnte ihn aber unmöglich einholen; er war überraschend schnell und hatte den Vorteil, dass er die Räume und Passagen, durch die ich gerade hindurchlief, alle kannte. Er hätte in jeden reingehen können.

Zwei mal links und rechts später gab ich zu, dass ich ihn verloren hatte. „Auf keinen Fall!" flüsterte ich hitzig. Ich schmiss den Bogen gegen die Wand, seufzte und plumpste hin. Dann zuckte ich sofort wieder hoch und legte einen Finger an mein Ohr.

„Pass auf Boss!" sagte Bobby.

„Nein! Nein!" schrie Shocker bedrängt.

„Komm doch und krieg mich!" forderte Patty heraus.

Panisch ließ ich mich von meinen Instinkten zum nächsten Ausgang führen. Eine Tür öffnete zur Seite der Barge. Ich rannte durch und stolperte fast über die Schiene, änderte meine Richtung und rannte auf das Kai zu, meine Stiefel knallten auf die Stahlplattform. Der Sturm toste weiterhin, aber die Lichter des Kais und das Hausfeuer waren hell genug, um die herzerfrierende Szene zu beleuchten.

Auf der Bank neben dem brennenden Haus kämpfte Shocker verzweifelt, um dem halben Dutzend FBI-Agenten zu entkommen. Patty rannte vor zwei weiteren weg in einer 'erfolgungsjagt um durch Kugeln durchlöcherte Trucks. Kugelfeuer prasselte auf die Straße vor dem Haus, weitere Agenten schossen auf mit wem auch immer von den Laborangestellten übrig geblieben war.

Ich schaute auf das Kai hinter dem Haus. Ich konnte gerade so erkennen, dass Big Guns und die Söldner in einem Boot mit laufendem Motor waren, fünfzig Meter auf dem Wasser treibend. Bobby war in einem anderen Boot, der riesige Rotor summte. Als er sah, dass die Mädchen in Problemen steckten, ließ er das Boot zurück und eilte ihnen zur Hilfe.

Ace und die Söldner redeten übereinander in meinem Ohr. Der Geek versuchte, sein Mädchen zum Abhauen zu überreden. Das schnelle Vietnamesisch ließ mich wissen, dass die Männer unwillig waren, die Agenten anzugreifen. Big Guns grunzte widerwillig und drosselte ab.

„*Tao khong trach may*," gib dir nicht die Schuld, sagte ich, nahm den Ohrstöpsel raus und steckte ihn ein. Ich schlang meinen Bogen über meinen Kopf, steckte meinen Arm durch und beschleunigte den breiten Kai runter mit dem Entschluss, meiner Crew zu helfen.

„ICH WERDE SIE ERSCHIEßEN, FRÄULEIN!" schrie ein Agent Shocker an, eine Pistole auf die Berserkerkämpferin gerichtet. „AUF DEN BODEN!"

Die Biestfrau sprang auf einen Agenten zu, duckte sich unter seine Arme und schlug ihm in den Unterleib, gerade unter seiner Schutzweste. Der Mann klappte um und bekam eine weitere Schlagringfaust auf sein Ohr und ging ohne Gleichgewicht zu Boden. Sie drehte sich um, um zwei weitere Agenten zu konfrontieren und denjenigen, der gedroht hatte, sie zu erschießen.

„Arg!" quietschte sie und griff sich an die Seite. Der Anzug hatte das durchdringen der Kugel verhindert, aber konnte den atemberaubenden Schmerz nicht verhindern. Sie löste sich vom Gegner und wurde von zwei Agenten gegriffen.

Ihr war die Luft ausgegangen, aber sie hatte noch einiges an Kampf in sich. Shocker knurrte und raufte teuflisch. Die großen Männer hielten sie fest. Sie hatten sie fast auf dem Boden, als Bobby einen von beiden mit unglaublicher Kraft spear-tackelte. Der Rücken des Agenten kam auf den Schlamm auf mit all dem Gewicht auf ihm und er schrie einen schmerzhaften

146

Atemzug. Shocker riss sich los, drehte sich mit einem linken Haken und rechten Uppercut, der den Möchtegern-Verhafter so fest traf, dass es aussah, als wären seine Beine plötzlich verschwunden. Bobby stand auf, rannte um Shocker zu ergreifen und wurde von einer 12er getroffen, die flammenspeiende Explosion echote kurz und wurde dann vom Sturm verschluckt.

Ich kam am Geschehen an und sah, dass Patty eine Kugel abbekam und hart im Schlamm landete. Den Männern, die sie gejagt hatten, war das Spielchen scheinbar zu blöd geworden und sie rammten eine Kugel in ihre Weste. Sie ließen sie da, um ihren Kameraden zu helfen, einer hatte eine Shotgun. Er feuerte sie ohne Vorwarnung auf den Muskelprotz. Der breite Schuss traf Bobbys 130 kg Masse und schlug ihn ein paar Schritte zurück. Er bellte vor Schmerz und Herausforderung. Ich blinzelte voller Unglaube, als er die Pellets von seiner Brust und seinem Bauch wegmachte. Seinen Helm runterzerrend, griff er die Agenten an und schrie mich an, als er an mir vorbeirannte. „Nimm sie!"

Shocker versuchte, ihm in den Kampf zu folgen, hinkend, stolpernd und keuchte vor Agonie. Ich reichte nach ihr, griff ihre Hand und zog die verrückte Frau zum wartenden Boot.

Sie griff mich an. „Ich lasse sie nicht zurück!"

Ich wich dem Metallschlag gerade so aus. „Verdammt Mädchen! Kannst du nicht sehen, dass sie gefangen sind? Wir werden uns später um sie kümmern. Sie werden nicht ins Gefängnis müssen. Du schon. Wir werden sie zurückholen. Versprochen." Ich wusste nicht, wie wir das tun würden, aber ich wusste, dass ich alles geben würde, um es zu schaffen.

Sie griff wieder an. „Dann geh weg! Was weißt du schon über Freunde?"

Ich griff sie mit einer festen Bärenumarmung, Gott sei Dank war sie zu verletzt, um mehr zu machen als grölen. Während die Agenten mit dem wahnsinnigen Bodybuilder beschäftigt waren, zerrte ich die Biestfrau den Kai runter, warf sie in das laufende Boot und brachte uns zur Hölle weg von hier.

Im dunklen Sumpf wegeilend, machte ich mir ein mentales Bild von unserem Fortschritt heute nacht. *Wir haben ein Labor lahmgelegt, welches illegal Babys für Experimente infiziert hat, einer der Agenten wusste das scheinbar bereits.*

Dann machte ich mir eine mentale Liste unserer Rückschläge. *Bobby und Patty wurden mitgenommen. Wir haben Blondies Eltern nicht gefunden. Oder Carl und Tho. Und wir haben unsere verdammten Fahrzeuge verloren.*

Und um den schlechtesten Job, den ich jemals koordiniert hatte, abzurunden, habe ich den Wichser, der für das Ganze verantwortlich ist, zwar gefunden, konnte ihn aber nicht fangen. *Ich wollte ihm unbedingt in den Arsch treten...*

Ich schaute Shocker an. Sie saß vor mir, den Kopf auf den Knieen, die Schultern bebten. Auch ich fühlte mich nach Weinen zumute.

Ich brauchte mehr Drogen.

XII. SCHARF WIE EIN RASIERER

„Hmm?" sagte Shocker auf ihren Ohrstöpsel drückend.

Ich wühlte in meiner Tasche rum, holte meinen Ohrstöpsel raus und trat dem Gespräch bei.

„...auf dem Satelliten," sagte Ace. „Er wendete sich gerade nach Nordwesten. Vielleicht eine halbe Meile von dir entfernt."

Der Regen hatte drastisch nachgelassen, jetzt nur mehr ein Niesel. Der Bootpropeller und Motor waren daher nun lauter. Ich drückte das Ruder nach vorne, steuerte uns nach links, zum Norden, und ließ es wieder gerade ruhen, als ich meinte, dass wir in die richtige Richtung gingen.

„Ooh, ich kriege den Drecksack," grölte Shocker. Sie knallte ihre Schlagringe auf den Aluminiumsitz, *Klack!* Ihr schwarzer Anzug betonte ihre muskulösen Schultern, welche wie Softbälle auf ihren wahnsinnig fitten Armen aussahen. Sie drehte sich um. Ich konnte ihre Augen sehen, bloß dunkle Umrisse ihrer Gesichtszüge, aber ich kannte, ich fühlte die Übertragung ihres Ausdrucks. *Er gehört mir,* sie pulsierte in der kühlen Nacht.

Ich erwischte mich beim Nicken, aber nicht aus Zustimmung. Auch ich wollte Diep. Das ist der Typ, der mir ins Bein schießen ließ. Er hatte meine Garage überfallen und ließ meine Crew verbrennen. In einem weiteren Versuch, uns umzubringen, haben seine Schläger das Geschäft meines Mädchens zerstört. Sie ist resultierend daraus behindert. Und seine größte Grenzüberschreitung, die Fäkalmikrobe hat zwei Kinder, die ich tatsächlich mochte, gekidnappt und dann Blondies Eltern entführt.

Ich denke nicht gerne an das, was Carl und Tho passiert, was sie durchgemacht haben, oder an das Bild von Blondies Eltern, die gequält werden, das durch mein Bewusstsein blitzte, wie ein unwillkommener Horror Film Werbespot. Aber ich brauchte sie, um fokussiert zu bleiben, als Erinnerung, warum wir alles für diesen Job opferten.

Ich liebe Carl und Tho nicht. Mann, ich mag sie kaum. Und ich wusste nicht mal, dass Blondie Eltern hat, noch weniger kannte ich ihre Namen oder habe sie jemals gesehen. Ich bin halbwegs sicher, dass ich keine persönlichen Gefühle für diese Menschen habe. Aber die einzige Person der Welt, für die ich Gefühle habe hat das. Es ist Blondie wichtig. Und somit ist es mir wichtig.

Ich erlaubte mir auch wegen anderen Menschen hierrein gesogen zu werden. Für mich war mein Coach, Eddy, Familie. Er hat uns diesen Job übergeben. Es war ihm wichtig, Dieps Männer davon abzuhalten, Geschäfte und Gemeinschaften an der Coast zu korrumpieren. Eddy ist jetzt tot, aber was ihm wichtig war, ist mir immer noch wichtig.

Ich respektiere Big Guns und den Drachenälteren mehr als jegliche Männer, die ich kenne. Ihr Einbringen in diese Mission ist hochemotional, familiär und voller politischen Komplexitäten. Es ist ihnen WICHTIG. Und somit ist es mir wichtig.

Wir wissen nicht, von wie vielen Kindern Diep schon profitiert hat...

Und Blondies Eltern. *Was ist mit ihnen pas-*

siert? Was wird ihre Entführung mit meinem Mädchen machen? Mit unserer Beziehung?

Meine Hand griff das Ruder fester. Mein Gesicht war straff vor Wut. Die Amphetamine heizten das Gefühl an und zündeten meine Gedanken an. Ich sagte der Biestfrau, „Er gehört uns."

Sie nickte ein wenig, ohne zuzustimmen.

„Ace. Kannst du ausmachen, wo Diep hingeht?" fragte ich. Wir stießen auf eine Moorinsel, hopsten aus unseren Sitzen und fielen fest hin. Kalte Spritzer regneten auf uns. Ich hielt mich fest und hoffte, dass wir nicht auf einer mit Bäumen gelandet waren.

„Ich versuch's. Ich schätze, er kreist umher zur Stadt hin. Der Sturm hellt sich auf. Ich sollte es schaffen, ein Auge auf ihn zu halten."

„Wo ist Team Blau?"

„Hinter dir," sagte Big Guns. „Wie denkst du funktioniert dein Ohrstöpsel?"

Ich grinste und drehte mich um, um hinter uns schauen zu können. Das Wasser und der Himmel waren rabenschwarz, aber weit draußen, wo der Sumpf in den Golf mündete, war ein matter Horizont, etwas Mondlicht sickerte durch die Wolken. Ein winziger, schwarzer Punkt etwas größer als die Moorinseln stach heraus. „Ich sehe euch. Geht es euch gut?"

„*Tuoi tao tot*," uns geht es gut. Ich konnte mir sein silbernes Grinsen vorstellen als er sagte, „Schade um Patty und Bobby."

„Wir kriegen sie zurück."

„Hast du einen Plan?"

Hatte ich nicht, aber ich streckte meinen Brustkorb raus, meine Arroganz verkörpernd, und sagte, „Das werde ich."

„*Du ma!*" fluchte er wohlwollend. „Ich weiß, was das bedeutet."

Einer der Söldner fragte nach, was das genau bedeutete. Big Guns sagte ihm auf vietnamesisch, „Das bedeutet, dass es eine Afterparty geben wird."

Alle außer Ace schwiegen danach. Der Geek passte unsere Route hin und wieder an. Ein paar Minuten später erschien ein Dorf im Westen. Straßenlichter waren sichtbar und erleuchteten mehrere Geschäfte, Docks mit Fischerbooten und das Moor und den Bayou, die dahinführten. Ich verlangsamte und steuerte und in eine schmale Bucht. Zwei Teenager standen auf einem langen, nassen Dock und gestikulierten lebhaft, als Shocker einen Pfahl griff und das Boot festband. Ich schaltete den Motor ab, nahm mir meinen Bogen und folgte der Biestfrau auf das Kai.

„Das war krass!" sagte einer der Kinder. Er

trug eine Regenjacke, große Gummistiefel und Handschuhe. „Das war wild!"

Das andere Kind, in ähnlicher Fischermannstracht gekleidet, war nicht so erfreut. „Das war das Auto meiner Mutter," schmollte er. „Das war nicht wild. Es war *scheiße*."

„Wir wurden ausgeraubt! Das war wild!"

„Er hat eine Pistole gegen unsere Köpfe gehalten und *das Auto meiner Mutter geklaut*. Es war scheiße."

Sie waren Verkehr am Dock gewohnt, also achteten sie nicht auf uns, bis wir ins Licht hineinliefen. Sie vergaßen die Eimer voller Austern vor ihnen und erstarrte bei der Ansicht von Shocker.

Die Biestfrau war eine imposante Figur in jedem Outfit, in jeder Situation. Der Kevlaranzug und die Glocks am Schulterpolster in Kombination mit ihrem wütenden Zombiegesicht und blutbedeckten Metallfäusten strapazierten die Lebensperspektiven der Jungs sehr. „Wow..." sagten sie wie aus einem Munde, verängstigt, erstaunt und erregt, eine emotionale Kombination, die nur Teenager Jungs erfahren.

Ich schnippte vor ihnen mit den Fingern. „Hey. Wo ist der Pirat?"

„Pirat?" sagte einer, der seine Augen nicht von Shocker abwenden konnte.

Der andere Junge hatte etwas mehr Selbst-
kontrolle. Er schaute mich an und sein
Schmollen kam wieder. „Er hat mein Auto genommen." Sein weinerliches, extrem klatsch-
bares Gesicht schaute meinen Anzug und Bogen
an. „Das Auto meiner *Mutter*."

„Ace."

„Ich verfolge es. Er fährt auf die Stadt zu."

Ich sagte Shocker, „Lass uns gehen." *Bevor
ich dieses Kind selbst schlage*, behielt ich für
mich.

Wir hörten Big Guns und die Söldner eindo-
cken, als wir aus dem Jachthafen rausrannten.
Wir joggten um eine überflutete Straße und
gingen auf einen Parkplatz vor einem Welsre-
staurant. Ich sagte, „Wir werden jemandes Auto
nehmen müssen. Ist das okay für dich?"

„Nein. Aber lass es uns trotzdem machen."

Ich lächelte. „Wir haben keine Zeit, auf die
Cops zu warten und ihr Auto zu nehmen."

„Ich sagte wir machen's." Sie rannte weiter
nach vorne, ging beschwingt an meiner Seite,
aber mit einem scharfen Auge auf mich gerichtet. Selbst ihr Pferdeschwanz sprang irritiert
hoch und runter.

„Peace, Frau."

Das Restaurant war gut im Geschäft jetzt da
der Sturm vorbei war. Wir eilten in eine Reihe

Trucks, unsere Stiefel stampften durch das Wasser, das auf schlammbedeckte Reifen spritzte. Wir blieben bei einem alten Dodge Ram mit großer Toolbox hinten drin stehen. Ich schaute Shocker an. „Tür oder Box?"

Mit einem geschmacklosen Schmollmund murmelte sie, „Tür." Sie schaute, ob der Truck offen war.

Ich sprang über die Seitenwand, die Sperrung vibrierte leicht, als ich hinten drin landete. Die Toolbox war auf den Seitenwänden montiert, fest an der Führerkabine. Ihre Diamantplatten-Außenseite war bedeckt von Regentropfen, glitzernd mit den Restaurantlichtern. Ich nahm den Griff in die Hand und zog. „Verdammt. Abgeschlossen."

„Die Tür auch." Sie schaute vorsichtig umher. „Man beobachtet uns." Sie streifte ihre Hände durch ihr Haar. „Was ein Anblick wir wohl sind."

Ich schaute nicht hoch. „Jap."

Ich lehnte mich runter und spähte unter die Toolbox. Mein Drogengrinsen kam beim Anblick des Reifenhebers wieder. Ich kramte ihn heraus und brach die Box auf, während ich mit einem explosiven Stoß meiner Beine grunzte. Jemand im Restaurant keuchte laut, was mein Grinsen bis hoch in mein Gesicht bog. Ich gab ihr das Werkzeug. Sie drehte sich um, zerbrach die Scheibe der Fahrertür und öffnete sie.

In der Box waren Schreinerwerkzeuge. Ich wurde aufmerksam auf einen Akkuschrauber. Während ich ihn hochhob, schaute ich mir das Teil an und beschloss, dass es ausreichend sein würde. Ich stöberte herum und fand ein paar nutzlose Flachzangen und einen Tellerkopf-schraubendreher. Ich sprang auf den Boden und gab ihr die Werkzeuge. Die ehemalige Metallbe-arbeiterin saß auf dem Fahrersitz mit gestressten Augen und ungeduldigen Handgesten.

„Mon dieu! Ich krieg eure Ärsche für das, was ihr mit *mon* Truck anstellt!" bellte ein Mann vom Restauranteingang her.

Ich stieg aus vor dem Dodge, um die Bedro-hung zu analysieren. Der Truckbesitzer, ein stämmiger Bauarbeiter mit rotem Hut und Fla-nellweste, lief betrunken auf uns zu. Er rutschte auf den Stufen aus, fing sein Gleichgewicht an der Handstange und fiel fast noch mal hin, als er in eine Schlammpfütze trat. Scheinbar gab es hier mehr als nur Wels. Der Mann war besoffen und lallte angriffslustig im Rausch. Er sprach eine fast unverständliche Kombination aus Ca-jun-Französisch und Deutsch. „Großartig. Ein betrunkener Coon-Ass."

„Was?" Der Bohrer fiel auf den Fußboden.

Sie hatte das Schloss aufgeschraubt und benutzte jetzt die Zangen, um den Hebel umzuschalten.

Ich sagte laut, „Betrunkener Coon-Ass."

Der Mann lallte etwas, von dem ich annahm, dass es abfällig war. Offenbar war er mehr beleidigt von meiner Diskriminierung als vom Fakt, dass wir seinen Truck stahlen. Er schlurfte etwas schneller auf uns zu.

Das wird eng. Ich wollte den Typen nicht schlagen; nicht weil ich Angst davor hatte, ihn zu verletzen. Ich hatte Angst, dass es keinen Effekt haben würde und ich mir einfach meine Hand brechen würde oder so.

„Rock Bluegrass? Spielen sie das etwa drinnen?" Shocker schaltete den Motor an und ließ den 318 V8 aufheulen.

„Nein. Ein...egal."

Ich sprang auf den Beifahrersitz und knallte die Tür zu. Ich schloss sie direkt ab, als der Besitzer unseres heißen Fahrzeugs eine Speckfaust auf das Fenster rammte. Shocker trat auf das Gas und schleuderte Schlamm über ihn, wir rutschten seitwärts auf den schmalen Weg, der vor dem Restaurant entlang lief.

Grinsend und erleichtert schaute ich sie an. „Gutes Timing mit der Zündung."

„Ich habe mit ein paar gearbeitet. Legal,"

fügte sie hinzu. Sie machte einen Schlanker und fuhr dann geradeaus weiter. Das alte Arbeitspferd hatte immer noch was im Petto und drückte uns in unsere Sitze zurück.

Ich sah, dass sie wieder ihr Puh-puh Gesicht hatte. „Entspann dich. Wir haben niemanden verletzt, um ihn zu nehmen."

Sie blickte mich an. „Das ist es nicht." Sie schniefte, runzelte die Stirn und schüttelte den Kopf. „Bah. Es stinkt nach betrunkenem Coon-Ass hier drin."

„Das ist was..." Ich seufzte. „Ja. Das tut es."

Big Guns ließ uns wissen, dass sie ein Fahrzeug ergattert hatten und uns zwei Minuten nach waren. Ich stellte mir ein panisches Pärchen vor, das aus ihrem Volvo gerissen wurde von den imposanten Söldnern und musste ein Kichern unterdrücken. Ace gab uns unsere Route an. Er verfolgte Diep nach New Orleans. Zwanzig Minuten Aquaplaning auf dunklen Hinterstraßen brachten uns zu einem Teerweg von alten Eichen flankiert, langes, graues Moos hing von enormen Ästen runter. Wir schauten nach links und rechts auf die wundervollen Landgüter. Französisch-Koloniale Häuser, manche der Villen wurden in den 1700ern erbaut, waren weit auseinander mit ausgedehnten Feldern und frühen Herbstbäumen zwischeneinander. Die Lichter der Häuser und ihrer Gasthäuser schienen durch die nassen Bäume. Der Mond stand draußen und zeigte, wie durchtränkt alles war.

Wirbelnde Farben am Ende meiner Sicht spielten auf den mondbeleuchteten Feldern und Bäumen. Mein Herz hämmerte, angestachelt von der Mission, vom Risiko der Jagt. Und von den Amphetaminen und dem nachlassenden Halluzinogen. Ich war so frustriert von dem, was am Labor passiert ist. Ich habe noch nie so ein Desaster erlebt. Ich habe meine Crew im Stich gelassen. Das Gefühl, es wieder gut machen zu müssen, brannte all die Kälte vom Sturm aus meinem Körper raus. Es fühlte sich an, als würde ich in der Führerkabine des Trucks dampfen.

Shocker strahlte hinter dem Steuer ähnliche Emotionen aus. Nimmt sie es mir übel; gibt sie mir die Schuld, dass ihre Freunde festgenommen wurden? Sie murmelte leise grölend Bestätigungen zu Aces Richtungen, aber ansonsten blieb sie still und fokussierte sich darauf, uns dahin zu bringen, wo immer Diep war, so schnell wie die nassen Straßen und ein alter Truck es zulassen würden.

Ace verfolgte unsere Position durch das Handysignal seiner Frau. Er sagte, „Es ist das nächste Grundstück rechts."

„Hast du eine gute Sicht vom Land drumherum?" fragte ich.

„Auf der Tagesansicht sehe ich zwei Eingänge. Ein Vordertor und einen Feldweg, der auf ein Feld hinter ein paar Pferdeställe trifft. Ihr könntet bei den Ställen parken."

„Team Blau, hört ihr das?" sagte ich.

„Tun wir," entgegnete Big Guns. „Wir sehen euch da."

Ace ließ uns auf eine weitere Teerstraße fahren, diese kreiste hinten um das Grundstück. Er berichtete, dass unser Feind gerade in das Haupthaus reingelaufen war, eine riesige Villa, die wir von hinter den Feldern sehr gut erkennen konnten. Ich stellte mir Dieps schäbigen Arsch vor, wie er mit einem Ich-Bin-Entkommen Grinsen in das reiche Haus spazierte. Ich nahm einen entspannenden Atemzug. Wir fanden den Feldstraßeneingang, schalteten die Scheinwerfer aus und fuhren auf das wühlende Feld auf. Die Ställe waren etwa vierhundert Meter direkt vor uns, ein großes, schwarzes, rechteckiges Dach glänzte dumpfes Mondlicht. Wir oarkten dahinter, stiegen aus und schlossen die Türen leise.

Das Gras war lang und wassergesättigt und schwang gegen unsere Beine in der wehenden Nachsturmbrise. Wir verließen uns auf Aces Infrarot-Überwachung, um uns vor jeder Person in

162

unserer Nähe zu warnen. Er berichtete uns von Wärmesignalen verschiedener Pferde und eines Mäusenests, als wir um die Ställe liefen und zu unserer nächsten Deckung joggten, einem kleinen Backsteinhäuschen. Unsere schnellen Schritte wurden langsamer, als Shocker plötzlich eine Reihe gewaltiger Flüche ausspuckte.

„Was?" Ich schaute sie an. Sie hopste auf einem Bein, immer noch schnell vorwärts, und schüttelte das andere Bein, um nasse Pferdescheiße von ihrem Stiefel zu entfernen. „He-he-he-he!" sagte ich vor Lachen stolpernd.

„Was ist passiert?" fragte Ace nach.

Shocker warf mir einen Blick zu, als wir unsere Rücken ans Häuschen lehnten. *Das ist nicht lustig*, strahlten ihre Augen aus.

„Nichts," sagte ich und versuchte, sie nicht anzugrinsen. Ich schaffte es nicht. Die Pilze ließen nach, aber hatte immer noch die komplette Kontrolle über mein Gesicht.

„Wir sind da," sagte Big Guns. „Wo sollen wir hin?"

Ich dachte schnell nach. „Deckt die Vorder- und Hinterseite der Villa. Falls jemand versucht, zu entkommen, schießt ihr ihnen ins Bein. „Meine Wade pochte zustimmend. „Die Biestfrau und ich werden reingehen und unsere Leute suchen." Ich zögerte und schaute mich um. Ich fand was ich brauchte. „Siehst du den Propantank nördlich des Hauses?"

Big Guns sagte, „Mmm-Hmm. Willst du Feuerwerk, um deinen Besuch anzukünden?"

„Auf mein Signal."

„Immer der Protz."

„Lass das auf jeden Fall in meinen Grabstein gravieren."

Shocker grunzte etwas mit „Idiot", da sie auch im Gespräch war und brachte die Söldner zum Lachen und einander zum Versprechen, die Grabsteingravierung zu machen. „Gestorben beim Folgen von verrücktem Weißen" war mein Favorit.

Die Vorstellung vom Tod amüsierte sie. Vielleicht lerne ich sie ja doch noch mal kennen.

Das Häuschen war dunkel und scheinbar leer. Shocker folgte mir um die Ecke. Wir duckten uns ins Gras und betrachteten die Villa für einen Moment. Ich fragte Big Guns, ob er jemanden sehen konnte.

Der Viet-Underboss bewegte sich rechts von uns durchs Feld, drei Männer hinter ihm, die anderen Söldner weit links von uns. Er blieb stehen und sah durch das Zielfernrohr seiner Kanone auf das enorme Haus. „Ein Typ auf dem Balkon im zweiten Stock. Sonst keiner sichtbar von der

Seite." Er ließ seine Waffe sinken und lief schnell weiter.

Shocker holte ihre Glocks raus. Ich zog den Bogen über meinen Kopf und steckte einen Pfeil ran. Wir sprinteten zur Seite der Villa, unsere Stiefel platschten durch den unberührten Garten. Wir lehnten uns mit den Rücken gegen das dicke, archaische Granit, das den ersten Stock stützte. Lichter vom Balkon schienen auf den immensen, magazinwürdigen Vordergarten. Ich gestikulierte Shocker; *wir schalten ihn aus*, und zeigte auf den Mann, der über den Balkon über uns schritt.

Sie nickte grimmig, zog den Hahn zurück und zielte vorsichtig...

Ich schubste sie runter und schüttelte den Kopf.

Was zur Hölle? sie schaute mich böse an.

Ich hielt den Bogen hoch. Sie nickte. Wir sollten uns noch nicht ankündigen. Sie steckte ihre Pistolen ein und schaute hoch auf die Unterseite des Balkons, die Zweige, die aus dem Granit, dass den Balkon stützte, betrachtend. Ich legte den Bogen hin und klammerte meine Hände zusammen, um ihren Stiefel zu stützen, als sie hochstieg. Das Profil ihrer Wanderstiefel grub sich in meine Schultern und erinnerte mich daran, dass ich noch nicht annähernd wieder bei

100% war. Stickend, grunzend fokussierte ich mich darauf, sie im Gleichgewicht zu behalten.

Langsam, mit den Händen an der Mauer, drehte sie sich, sodass ihre Zehen vorne über meine Schultern rausragten. Ich schaute zu ihr hoch. Ihr Gesicht erschien zwischen ihren Beinen und nickte. Ich griff ihre Stiefel und drückte ihren heißen Körper mit meinen Schultern über meinen Kopf. Ich streckte meine Arme aus und glich ein leichtes Schwanken aus. Sie griff einen der Äste und zog sich leise und mit Leichtigkeit hoch. Ich legte an, zog und zielte genau auf den Wachmann, einen späten-zwanziger asiatischen Gangster mit Regenmantel und Totenkopfmütze. Ich beabsichtigte, seinen Schießarm auszuschalten.

Die Biestfrau bekam ihre Füße auf einen Ast und ihre Hände auf die Balken. Ihr Pferdeschwanz rüttelte beim Nicken. Ich atmete und ließ los. Der Pfeil pfiff durch die kurze Strecke und penetrierte die Schulter des Mannes. Er hatte Zeit, einen halben Schrei zu kläffen, der Schmerzesschrei wurde von Shockers schwingenden Rechten verkürzt, als sie aufsprang und in derselben Bewegung schlug. Der Gangster ließ sein Gewehr fallen und folgte ihm eine Sekunde später auf das Deck. Shocker griff seine Jacke, zog ihn zurück und machte seinen Sturz leiser. Sie lehnte sich über die Brüstung und schaute mich einen Moment an, gab ein OK Zeichen, während ihr Pferdeschwanz herumhopste, als sie sich zum Haus wendete.

Mann, sie ist badass, bemerkte mein Unterbewusstsein zum x-ten Mal. Blondie hätte das nicht gekonnt.

Mann, ich bezweifle, dass ich das so smooth hätte machen können.

Den Bogen über meinen Kopf hängend, schaute ich mir die steinerne Mauer an. Ich nahm mehrere Schritte rückwärts und rannte auf sie zu. Ich ergriff den Ast und zog mich hoch, um über die Balkonbrüstung zu klettern. Shocker war schon drinnen. Ich stieg auf den Bodyguard, brachte ihn zum Grölen, zog meinen Pfeil aus seiner Schulter und ging durch die französischen Türen. „Zündet das Feuerwerk," sagte ich.

Big Guns war auf Position. Sein 20 mm Gewehr knallte donnernd von irgendwo hinter der Villa. Der Report hatte gerade erst begonnen, als eine weitere, viel größere Explosion auftrat.

Der Propantank explodierte mit einem hauserschütternden Blitz, der stürmische Feuerball kletterte durch die wolkige Nacht und erleuchtete das Grundstück und die umliegenden Felder in einen Moment sommerlicher Helligkeit. Ein krachendes Echo kündigte eine Tonne implodierendes Glas an der Rückseite des Hauses an, Erschütterungswellen drückten durch die Landschaft und rissen und zerstreuten große Teile des kleineren Laubs. Blätter und Zweige raschelten auf dem Balkon hinter mir.

Wissend, dass der Feind auf den Norden fixiert sein würde, nutzten wir den Moment aus, gingen durch das kunstvolle, maskuline Schlafzimmer, Bogen und Pistolen mit fokussierten Händen zielend. Ich stupste eine schwere Holztür auf und eilte nach der Landung in einen Raum mit einer kaiserlichen Treppe, die zum Erdgeschoss runterführte. Zu meiner Linken waren mehrere Türen, alle geschlossen. Über die Balustrade schauend, betrachtete ich das glänzende Mosaik am Fuße der Treppe. Ich flüsterte über meine Schulter, „Frei."

Shocker bewegte sich aus dem Raum und ging an mir vorbei, runtergeduckt, ihre Muskeln geschmeidig unter dem engen Anzug, und zielte auf die Schlafzimmertüren. Sie schaffte es zur entfernten Treppe und zuckte ihren Kopf in die Richtung; *Ich nehme diese hier*. Sie trabte die Treppe herunter mit feinfühligen, schnellen Schritten, eine Pistole nach unten gerichtet, die andere immer noch auf das Schlafzimmer zielend.

Ich ging auf der anderen Seite runter. Ich

stieg auf das Mosaik, eine abstrakte Seeland-schaft voller orientalischem Müll, ihr hohes Heck wurde von der hohen See bombardiert, vier Ecksegel gespannt von den starken Winden. Ich verlor mich in der Kunst. Die Wellen und Segel wurden lebhaft, das Boot schaukelte. Die Halluzination war schwer zu überwinden; gute Kunst hat die Fähigkeit, das letzte Molekül Psilo-cybin auszuwringen, zum letzten möglichen In-dikator runter. Die angenehme aber zeitlich unpassende Ablenkung verlangsamte meine Wahrnehmung für Shockers Signal, dass etwas faul war.

„Razor," zischte sie.

Ich wachte aus meinem Segelabenteuer auf und schaute hoch. „Hä?"

Sie fing an zu antworten, zuckte stattdessen ihre Glocks hoch, als mehrere Männer in das Foyer vor uns eilten und weitere aus den Schlaf-zimmern oben an der Treppen kamen. Sie alle waren bewaffnet und bewegten sich, als wäre das einstudiert. Sie wussten, dass wir hier waren. *Sie wollten uns an diesem Spot.*

Ich schaute Shocker mit erhobener Braue an und zuckte die Achseln. Mit optimistischem Jubel sagte ich ihr, „Die gute Nachricht ist, dass ich nie wieder Pilze nehmen werde."

Ihre Augen flammten auf, *Idiot!*

Wir ließen unsere Waffen sacken und schauten die Maschinenpistolen mit Ehrfurcht an. Sie hatten uns hier unten eingekesselt und das mit Schutz von einer erhobenen Position abgesichert. Wir waren gefangen. Ohne unsere Helme trauten wir uns nicht, dass Risiko einzugehen, vor ihrem automatischen Gewehrfeuer wegzurennen.

„Dachtet ihr, ihr wärt die einzigen Leute, die wissen, wie man Technik anwendet?" fragte Diep, der oben an den Treppen erschien. Er trug einen Blauen Bademantel, womit er wie ein orientalischer Hugh Hefner aussah. Anscheinend war er so sicher, dass er uns kriegen würde, dass er sich geduscht hatte. Seine dunklen Augen flatterten mit heimtückischer Häme. „Wir haben euch beobachtet, seit ihr das Labor angegriffen habt."

Vietech... Verflucht sei die vorpubertäre kleine Bitch! Dann, *Diep hat sich geduscht???*

Mit zusammengekniffenen Augen sagte ich, „Dann konntest du uns dabei zusehen, wie wir deine besten Männer zusammengeschlagen und deine Träume zerstört haben, mit infizierten Babys reich zu werden."

Er lachte humorvoll, sodass seine Augen sofort schwarz wurden. „Du hast keine Ahnung, wie falsch du liegst. Du denkst, dass sei mein einziges Labor? Meine besten Männer, wie du sie nennst, waren nicht in dem Labor, dass du angegriffen hast. Sie sind außerhalb und beschäftigen sich mit *Anh Longs* besten Männern." Er winkte hinter sich. Drei asiatische Männer, die ich erkannte, schritten vor und schielten auf mich runter. Ehemalige Royal Family. Gat war einer von ihnen. Wir lächelten einander höhnisch an. Diep schmunzelte. „Ja. Ich glaube, du hast einige meiner besten Männer kennen gelernt." Der Tigerältere wandte sich Gat zu und fauchte, *„Lay xun dan cua no,"* nimm ihre Waffen.

Gat gab seinen Untergebenen Befehle. Er und zwei andere Männer, die die Dragon Family kürzlich betrogen hatten, schlurften die Treppe runter, um Shockers Pistolen und meinen Bogen und Holster zu nehmen. Die Gangster gingen vorsichtig auf sie zu, die Maschinenpistolen auf ihren Kopf gezielt. Sie zwangen sie, die Glocks auf den Boden zu legen und sie rüberzutreten, dann wendeten sie sich zu mir und verlangten dasselbe.

Ich trat den Bogen auf Gat zu. „Gut, dich wieder zu sehen," sagte ich dem Verräter in einem Ton, der gewalttätige Versprechen beinhaltete. Er knurrte und befahl uns, unsere Ohrstöpsel rauszunehmen. Das taten wir und warfen sie rüber. Er zertrat sie mit seiner Hacke.

Diep gab ein befriedigtes Summen. „Da. Seht ihr, die Herren?" Er schaute sich bei seinen Knechten um. „Sie können gedemütigt werden."

Ein paar Männer kicherten nervös und wälzten ihre Waffen. Einer fragte, warum Diep uns lebendig wollte, sie sollten uns jetzt töten und kein Risiko eingehen. Wir hatten bewiesen, dass wir aufwendige Probleme erzeugen konnten. Er sprach mit abergläubiger Paranoia, ein Tonfall, der auf vietnamesisch leicht verständlich war. Er nannte uns „unheilvolle weiße Teufel," oder so einen Scheiß.

Ich drückte meine Schultern nach hinten und lachte. *"May se mat man cua may."* Du wirst bald sterben, sagte ich dem Verbrecher prophezeiend.

Er riss seine Augen auf. Er machte einen Schritt zurück und zielte seine Pistole mit zittrigen Händen auf mich.

Mein Lächeln blühte zu einem unkontrollierbaren Grinsen auf. Es fühlte sich an, als hätte ich riesige Biberzähne. „He-he-he-he! Wolfsbiber." Ich schloss meine Augen und schüttelte den Kopf.

Shocker teilte mein Vergnügen nicht. Sie zerfleischte mich für einen Moment mit ihrem

Blick, dann verarbeitete sie in Stille weiterhin die Situation und suchte nach einer Gelegenheit, sie umzudrehen. Ihre Augen wechselten zwischen den Männern, der Treppe und dem Foyer hin und her, der Halle, die in das Haus führte, die voller Gangstern in Anzügen war. Die Vordertür war links von mir, von ihr rechts, fünf Meter entfernt. Es war unmöglich, dahin zu kommen, bevor hunderte Kugeln sich durch uns bohrten. Ich hatte im Verdacht, dass Diep diese Provokation ganz bewusst geplant hatte.

Shocker kam zum selben Ergebnis wie ich: Game Over. Sie begann, etwas zu hecheln, die Panik setzte stark ein.

Motherfucker! Denk nach Mann! Unsere Verzweiflung wuchs, als wir darüber nachdachten, warum genau Diep uns lebendig haben wollen würde. Wir haben gesehen, was er mit Blondies Eltern gemacht hat. Sie haben seitdem sicher noch mehr gelitten. Und sie haben Diep nie etwas getan. Was würde der sadistische Penner uns antun?

Ich schaute Shocker in die Augen. Wir hatten denselben Gedanken. Er darf uns nicht lebendig haben... Sie nickte furchtsam. Ich erwiderte es ernst. Wir waren entschlossen. Wir würden sterben, wenn wir versuchten, zu entkommen.

Wenn ich vor sie springe, ist sie für einen Moment gedeckt und kann die Tür öffnen...

Wir hatte erwartet, mit Kugeln abgeschossen zu werden. Aber als wir zur Tür hinschossen, traf uns kein Blei, sondern Stahlspitzen, dünne Kabelranken dran angebracht. Die Anzüge stießen sie für einen Moment ab, dann traf mich eine an der Seite meines Kopfes, eine weitere guckte aus ihrem Kopf raus. Tausende Volts pumpten sich in uns rein von pistolenförmigen Tasern, die von düsterschauenden Tiger Society Schlägern gehalten wurden. Meine Beine ignorierten jeglichen Befehl, den ich versuchte, ihnen zu geben, der explosive Sprint wurde zu einem steifen Taumeln, spastisch zuckend, als ich auf den Boden fiel. „Mur-agn-nagh!" Ich sabberte...

Die Elektrizität brannte sich in mein System von etwas was sich anfühlte wie eine Wespe aus der Zeit der Dinosaurier in meinem Nacken. Ich zappelte herum und knallte mit meinem Schädel auf den harten Boden, meine Ohren fiepten schmerzhaft. Ich zappelte auf meine Seite. Durch nervöse Augen sah ich, wie sich Shockers Wanderstiefel bewegten, als wäre sie beim furiosen Schattenboxen. Ich realisierte, dass sie eine Reihe sehr unweiblicher Ausrufe brüllte, während sie sich bewegte, der Grund, dass meine Ohren fiepten.

Die Wespe war endlich fertig damit, mich außer Gefecht zu setzen. Meine Sinne kehrten zurück und machten mich auf etwas fast genauso Verblüffendes wie die Taser aufmerksam. Der Schwanzlutscher, der mich getased hatte, lag bewusstlos auf dem Boden, Blut floss aus seiner Nase, die einer durchgebrochenen Wurst ähnelte. Hinter ihm war Shocker und riss sich mit trüben Schlagringbomben durch die Männer.

Der Taser brachte sie nicht runter. Er brachte sie *hoch*.

„Ermordieren!" rief sie mit einer Poltergeist-Stimme. Ihre Zombiewandlung war jetzt Emmy-Award würdig. Sie schlug einen Mann mit einem verheerenden Haken und rote Linien gingen von seinem Gesicht bis zu ihrer Faust.

„Ah! *Cac!* CAC! *Du má!* Ah!" weinte der Mann mit dem Taser immer noch an ihrem Kopf fest. Er hielt den Taser eine Armlänge von sich entfernt, das Gesicht vor Angst verzogen, und drückte wild ab. Sein Versuch brachte die Kampfmaschine nur dazu, noch wütender zu werden.

Die Männer, die über die Balustrade lehnten, konnten nur blöd zuschauen. Ihre Brüder wurden erniedrigt, wie Holzstämme, die in einen Häcksler landeten. Sie bekamen von einem elendig schreienden Diep Befehle, nicht in den Tumult reinzuschießen. Er wollte uns lebendig und wollte nicht, dass seine Männer ausversehen von den vollautomatischen Waffen getroffen wurden.

Heh. Diep hätte seine Hausaufgaben gründlicher erledigen sollen. Shocker bekam ihren Namen dadurch, dass sie sich selbst vor Trainingseinheiten und Kämpfen elektrisierte. Wenn man das macht, ist das Nervensystem unter Stress und deine Leistung wäre ein Scherz. Es hatte den gegenteiligen Effekt auf Shocker. Es pumpte sie hoch. Das Publikum dachte, es sei wie professionelles Wrestling. Sie dachten, es sei ein Werbestunt. Diejenigen aus der Boxwelt, wussten, dass es echt war.

Der Kampf bewegte sich schnell weg. Ich entschied mich, zu gehen, bevor einer der abdrückfreudigen Schläger die Befehle ignorierte und die Jagt auf mich eröffnete. Mein Herz hatte vorher abnormal geschlagen. Nachdem ein Blitzeinschlag mein Nervensystem vergewaltigt hatte, donnerte mein Brustkorb wie ein 8.000 PS Nitro-Motor. Meine Ohren fühlten sich an wie Auspuffe, die den schnellen, feurigen Dampf, die aus meinem verbrennenden Kopf floss, rausstießen. Meine Zunge hing raus, fröhliches-Raubtier-Jagen, meine Hände und Arme vor Kraft angeschwollen.

„Adderall und Psilocybin. Fucking großartig."

Das Taserkabel fiel runter, als ich auf die Beine kam.

Pistolen wurden auf meine Bewegung gezielt, aber zögerten, als ich mich in die Gruppe Männer, die um Shocker standen, mischte.

Die Biestfrau, jetzt frei vom Taser, blieb nah bei ihren Gegnern und wendete sich oder drehte sie um, sodass sie sich ihr nicht mit einer Pistole nähern konnten. Es waren brillante Bewegungen. Dass sie das alles so flüssig konnte, so instinktiv, war beeindruckend. Sie hatte ihre volle Aufmerksamkeit.

Diep schrie seine Männer an und befahl ihnen noch mal, nicht zu schießen, er wollte uns auf jeden Fall lebendig. Das Chaos trieb den Hund in mir an. Ich schmiss mich in die Menge mit einer rechten Gerade, linker Haken Kombo, die meinen Händen weh tat und stieß heftig in einen gestoppelten Hinterkopf. Der Schläger fiel außer Sicht, sein aufgebrachtes Geschrei wurde abrupt abgebrochen, als auf ihn getrampelt wurde. Meine Augen suchten sich schon weitere Ziele. Tief sinkend benutzte ich meine

Beine, um meinen ganzen Körper hinter einer
geballten rechten Faust werfen zu können, die
tief in einen Bauch sank, ich fing den Schwung
mit meinem linken Fuß wieder auf und drückte
mich wieder hoch mit einem Uppercut, der sein
rauschendes Knarzen verstummen ließ. Beide
Schläge fühlten sich an, als gingen sie durch ihn
durch. Seine Füße verließen einen Moment
lang den Boden und gaben unter ihm den Geist
auf, als er runterfiel und ohne Wahrnehmung
auf den Boden fiel, zu den anderen bewusstlosen Körpern, die sich in Shockers Pfad an-
bahnten.

Beide der Männer, die ich zum Fall gebracht
hatte, hatten halbautomatische Waffen auf ihren
Schulterpolstern. Ich hatte keine Zeit, eine zu
entwirren. Ich bewegte mich weiter, atmete tief
und keuchte knurrend. Ich war mir sicher, dass
mein Herz explodieren würde vor der Mischung
aus Gefahr und Stolz.

Mindestens ein Dutzend Gewehre feuerten
draußen, staccato Sturmgewehre und Maschinengewehrfeuer untermalt von der donnernden
20 mm Kanone. Das Grundstück war ein Kriegs-
gebiet. Ich machte mir um meinen Freund und
die Söldner Sorgen, während ich versuchte, zu
Shocker durchzudringen, ermutigt von Dieps
unaufhörlichen Schreien, uns nicht zu töten.

Sein krankhaftes Bedürfnis nach Folter gab uns einen Vorteil.

„Oh nein!" Shocker täuschte Angst vor und machte sich einen Gangster zum Feind, der zwanzig Kilo schwerer war. Er schwang einen wilden Schlag, vor dem sie sich sehr anmutig duckte, dann lehnte sie sich zurück und lächelte ihn süß an. „Wolltest du das hier versuchen?" fragte sie mit einem explosiven Schlag vorwärts springend, mit dem sie ihm den Mund durchbohrte, mit einer kurzen, schnellen Rechten. *Bam!* Er fiel zurück und brabbelte etwas, das von viel Schmerz zeugte. Blut floss zwischen seinen Fingern her, seine zitternden Hände an seine Lippen haltend mit gebrochenen Zähnen. Er wurde von den anderen Männern zur Seite geschoben, die immer noch die Täuschung hatten, dass sie sie mit bloßen Händen kriegen könnten.

Ich blieb fast stehen, um ihr beim Kämpfen zuzusehen. Aber die Männer hatten mich nun bemerkt und teilten ihre Kräfte auf. Diep und seine „allerbesten Männer" kamen von hinten auf mich zu. Shocker führte den Kampf in einen breiten Wohnraum und warf mörderische Kombos selbst beim Rückwärtslaufen.

Glastische und Lampen, die sehr teuer aussahen, waren die ersten Opfer. Ich schubste einen Typen auf einen Sessel, sprang hoch und landete mit einem Hackentritt auf seiner Brust, schreiend, als er auftraf. Mein Stiefel brach sein Schlüsselbein. Unser gemeinsames Gewicht schien zu viel zu sein für die Sessellehne. Es gab ein lautes Krachen vom Holz, es brach auf und warf mich auf den Teppich. Ich landete auf meinem Bauch und lächelte den Mann an, der im gebrochenen Sessel wehklagte, während er seinen Brustkorb und seine Schulter anpackte.

Die exotischen, weißen Teppiche vor einer auflodernden Feuerstelle bekamen einen roten Platscher von einem haarigen asiatischen Typen ab, der einen Kampfesschrei ausstieß und auf Shocker zurannte. Es sah aus, als rannte er mit dem Kopf voran in eine Steinmauer, er prallte von ihrem Uppercut zurück und taumelte davon. Eine Unmenge Blut floss von seiner gespalteten Stirn auf die Teppiche.

Mehr! Mehr! Mehr! Ich konnte mich nicht daran erinnern, zu stehen. Ich wurde mir der Männer, die immer noch auf uns zu kamen, bewusst, sechs, sieben, acht, und bedankte mich bei dem Schicksal für eine Herausforderung. „Bitch!"

Ich liebte es, Menschenmengen zu bekämpfen. Shocker, geschickt, unmöglich zu treffen, war offensichtlich selbst eine Veteranin der Mengenschrotterei. Der Schlüssel war, niemanden hinter dich zu lassen, schreiten-schlängeln-wenden, den Kopf unaufhörlich bewegen und den Schauplatz zu beherrschen. Wenn möglich, mach den Anführer fertig; mach den Kopf fertig und der Schwanz wird noch eine Weile herumfloppen, aber am Ende seinen Willen verlieren.

Ich drehte mich um, um Diep im Foyer stehen zu sehen, sich mit angeschwollener Lippe im Raum umschauend, die Augen mit psychotischer Rage aufgerissen. Ich war von seinem Blick nicht beeindruckt. Ich fand, dass er einfach dumm aussah in dem Bademantel und den Schlappen. Er zuckte mit dem Kopf rum und schaute zu, wie immer mehr seines Hauses zerstört wurde von seinen eigenen Männern, die es nicht schafften, ein Mädchen einzufangen. Ich lief auf ihn zu. Sein Kopf zuckte in meine Richtung. Er brüllte einen Befehl und ein Mann, der in der Halle Wache gehalten hatte, lief um ihn und schaute mich an.

„Gat," grölte ich. Meine Zähne knirschten, ich ließ meinen Kiefer mehrere Male zuschnappen in seine Richtung. Ich wollte diesen Typen auf besondere Art beenden.

„Du bist nichts, bloß eine overhypte Straßenlegende," sagte Gat, seine Stimme überschlug sich beim letzten Wort. „Ich weiß, was du wirklich bist. Du bist nur ein Mann. Und ich kann dir wehtun." Er nahm ein Messer aus seiner Tasche, ein fünfzehn-Zentimeter Lockblade. Er faltete es auf und zeigte damit auf mich. Er starrte mit tödlichem Verlangen.

Ich holte mein Rasiermesser raus und öffnete es in einem schnellen Greifen und Drehen. Ich zeige damit auf ihn und erwiderte den Blick. „Du hast recht. Ich bin nur ein Mann. Und man kann mir wehtun." Ich zeigte mit der Klinge auf ihn. „Aber du bist nicht derjenige."

Er blinzelte unsicher. Diep schrie ihm Befehle zu, auf Hilfe zu warten. Das Fehlen von Vertrauen in seiner Fähigkeit, mich zu kriegen, wies Gat vom Handeln zurück. Seine hasserfüllten Augen fokussierten sich intensiv auf meine Hände. Er kreiste um einen großen Holztisch und ging in einen Teil des Raumes, der noch nicht von Shockers Trümmern übersät war. Er hielt die Klinge in seiner linken Hand und zeigte auf mich. Ich schaute auf seine Hände, Schultern und Schuhe gleichzeitig, meine Augen weit aufgerissen vor Konzentration. Das Gewicht des alten Silbergriffs und das Gefühl der angebrachten Juwelen war meiner Hand vertrauter als das Gefühl jedes anderen Werkzeugs, das ich besaß. Der Rasierer war ein weiteres Gliedmaß, durch das ich meine Sinne erweitern konnte. Ich fühlte das Vibrieren des Stahls und bezwang es zur Stille. Ich war mir der Männer hinter mir bewusst, ich nahm ihre bewegenden Schatten vom leuchtenden Gewehrfeuer wahr. Gat fühlte sich selbstbewusst durch ihre Anwesenheit, was ihm ein arrogantes Prahlen ermöglichte. Ich drehte mich um und schwang das Messer in Richtung der zwei Schläger, die sich um mich versammelt hatten, schreiend wie ein Verrückter. Es waren zwei. Sie kläfften wie ängstliche Welpen und rannten davon. Mein innerer Wolf freute sich hämisch, die Zunge hing aus einem zähnefletschenden Grinsen raus. Shocker fing einen mit ihrer ikonischen rechten Overhand auf, sein Schwung prallte zusammen mit ihren Schlagringen und erzeugte ein krankes Geräusch. *Krach.* Sie knallte ihm eine, er knallte auf den Boden. Die zwei Tiger Society Vollstrecker, die noch standen, starrten sie mit entsetzten Blicken an. Sie schauten auf ihre Freunde im Raum, gebrochene, blutende Männer, die stöhnten und flüsterten wie Opfer eines F12 Tornados. Sie rannten aus dem Raum und flohen vor ihrem hungrigen Blick.

Ich wandte mich wieder zu Gat. Er sah jetzt nicht mehr so eingebildet aus. Diep hielt endlich seine Klappe, da er seine Wirkungslosigkeit bemerkte. Mit zitternder Klinge schrie Gat und

sprang auf mich zu. Ich wehrte ihn ab, ein ent-
spanntes Drehen meines Handgelenks, sein
Stahl mit meinem treffend, brachte ihn zu
meiner Rechten. Ich wechselte sofort die Richtung und schnitt mit dem Rasierer über seinen
ausgestreckten Arm bis zur Seite seines
Nackens.

Eine zerschnittene Halsschlagader hat genug
Kraft, Blut anderthalb Meter weit weg zu schießen. Gats verängstigtes Herz spritzte es mindestens so weit und besprühte den reinen weißen
Teppich wie wässriges Ketchup aus einer Was-
serpistole. Die schnörkeligen roten Formen faszinierten mich für einen Moment, ein bösartiges
Jackson Pollock Werk. Mein Gegner überlebte
nicht, um seine Kunst zu sehen. Ich fühlte
nichts, als er auf seine Kniee fiel und sein Messer
fallen ließ, beide Hände fest um seinen Nacken.
Er fiel runter, gab ein rasselndes Todeskeuchen
von sich und war still.

Ich lehnte mich rüber, wischte meine Klinge
an seinem Shirt ab und steckte es ein. Ich war
voll im Moment drin und vergaß alles um mich
herum. Shockers befehlender Ton brachte mich
wieder ins Spiel.

„Razor! Nimm ihn!" Sie bretterte an mir vorbei, schnellte über Gat drüber und sprintete aus
dem Raum.

Ich realisierte, dass Diep davongerannt war und folgte der tobenden Biestfrau, an Dieps Sklaven vorbei. Das Gewehrfeuer hagelte draußen unvermindert weiter, als wir den Tigerälteren durch eine monumentale Küche und ein Esszimmer jagten. Die Entfernung zwischen mir und Shocker vergrößerte sich ständig. Es war alles, was ich machen konnte, um sie in Sichtweite zu halten. Ich sprintete rasend durch die Hallen und Räume der Villa, schmiss ein paar Sachen um und torkelte gegen die Wände. Ich rutschte auf etwas, was wie ein Teppich aussah und schaute runter um festzustellen, dass es Dieps Bademantel war. Sie hatte ihn gepackt.

Wie zur Hölle rennt er schneller als sie???

Ich eilte in ein weites Foyer mit orientalischem Dekor. Zwei Flure gabelten in einem rechten Winkel. Ich hörte Shockers Stiefeltritte zu meiner Linken wegrennen und sprintete ihr hinterher. Der Flur führte nach unten, eine fallende Passage zu einem tieferen Geschoss. Schimmel und nasse Erde durchdrangen den engen Raum. Unten war eine große Tür, die so alt aussah, dass ich erwartete, dass sie versteinert war. Meine Schulter schlug gegen sie und ich prallte in einen breiten, dunklen Korridor.

Ich schnappte nach Luft und blieb stehen, meine Sinne hochalert. Meine Augen brauchten einen Moment, um sich einzugewöhnen. Die Luft war schal und feucht. Ich konzentrierte mich in der Duckelheit und entdeckte eine viel größere Kammer vor mir, dumpfes Licht strahlte aus ihr her in frn Korridor. Ich nahm einen Schritt vor. Ein entfernter Schrei, der aus den Tiefen einer andersweltlichen, unheimlichen Grube zu kommen schien, ließ mich erstarren. Ich strengte mich an, mehr zu hören in der Hoffnung, dass es nicht die Biestfrau war, und versuchte, mich davon abzuhalten, hitzköpfig reinzurennen. Ich schlich langsam voran. Mehrere Minuten vergingen. Schauerliche, düstere Geräusche fingen an, schwach von den Granitmauern herzuechoen. Zunächst dachte ich, jemand sang in schrillen, hohen Noten. Dann verdrehte sich mein Magen.

Es war kein Gesang. Es war jemand, der vor Schmerzen schrie.

Sie foltern sie, grölte mein Unterbewusstsein, *mit melodischem Weinen.*

Ich kniff meine Augen zusammen und spuckte vor Abscheu. Ein Lichtfleck brachte mich zu einer Tür und platschte in eine Algenpfütze mit Wasser bedeckt. Die tiefe Stelle im Steinboden verwandelte sich in eine Treppe, die runterführte. Das Licht flackerte auf rissige, schroffe Mauern und Stufen, Wasser tropfte und floss zusammen, alles war mit schwarzem Schimmel und grünen Algen versehen. Ich ging runter, versuchte auf meine Schritte zu achten und hörte nach Shocker.

Wo ist sie? Verdammt!

Die Treppe machte eine Kurve aus der Passage in einen hohlen Kerker. Eine Reihe Gegenstände, die aussahen wie Tierkäfige aus dem Römischen Reich, standen an der gegenüberliegenden Mauer, das Licht der Fackeln zeigte das verrottete Holz und verrostete Eisenwerk. Ich schaute auf die Fackeln hoch an der Mauer angebracht und schüttelte den Kopf. Wie viele Menschen haben unter diesem Feuerlicht gelitten? Wie viele wurden versklavt oder getötet, weil sie Widerstand leisteten? Der Kerker war sehr alt, oft genutzt und scheinbar immer noch in Gebrauch.

Die singenden Schreie stoppten. Ich konnte nicht sagen, aus welcher Richtung sie kamen. Ich lief weiter, schaute auf die Apparatur an den Wänden und dem Boden befestigt und fragte mich, wie zur verfickten Hölle ein Mensch solchen Scheiß einem anderen Menschen zufügen könnte. Die Maschinen und Plattformen waren dazu gemacht, Leute zu dehnen und strecken und sie außeinanderzureißen. Eine große Holzplattform voller Blut hatte ein gestacheltes Rad und eine Handklammer, beschmutzt mit jemandes Eingeweiden. Verkümmerte Teile schwarzer Gedärme waren voller Fliegen. Magensäure stieg mir in den Hals, als der Geruch von Verwesung in meine Nase kam. Ich beschloss, dass es schlecht für meine psychische Gesundheit war, mir dieses Zeug zu genau anzuschauen und eilte vorbei, bevor ich meinem Instinkt folgte und in den Käfigen nachschaute. *Da könnten Kinder drin sein...*

Ein quäkendes Betteln, möglicherweise meine Vorstellungskraft oder das Psilocybin, kam hinter mir auf. Es war schwer zu ertragen, aber ich musste zuerst Shocker helfen, also ignorierte ich das Gebäude der Pein und straffte meinen Nacken. Mein emotionaler Zustand sank noch weiter in den Keller, als ich an einer großen Säule ankam, die die undichte Decke stützte. Ich schaute um sie herum und fand Shocker, geknebelt und an einem kleinen Metallstuhl festgebunden. Diep, nur in hellblauer Boxershorts mit einem orientalischen Tiger vorne drauf, stand an der Seite des Stuhls und schaute dem Hängebauch-Viet-Typen zu, den wir mit Carl und Tho gesehen hatten.

Der Specktitten-Pädo schaute auf Shocker runter, seine Hand an etwas hinter der Kopflehne, um den Lederriemen um ihren Nacken zu befestigen. Ihr Gesicht schwoll an, der Nacken lila, wo das Leder war. Sie stöhnte durch ihre Mundsperre, ein schmutziges Bandana, die Augen vor immensem Schmerz geschlossen. Bewusstlos. Ich schaute nach ihren Verletzungen. Ihre Handgelenke waren an den Armlehnen des Stuhls festgebunden, das linke gebrochen, ein Knochensplitter ragte aus dem Handwickel raus.

Ein brennender Hass schoss mein Rückgrat hoch und errötete mein Gesicht und meine Brust. Meine Knöchel knackten, meine Fäuste fest geballt, darauf brennend, *ihre* Knochen zu brechen.

Diep schaute hoch und lächelte mich an. Ich realisierte, dass ich jeglichen Vorteil wahrscheinlich aufgegeben hatte, dadurch, dass ich mich gezeigt hatte, und blieb stehen. „Dumm,“ sagte ich.

„Wilkommen,“ sagte Diep warm und herzlich.

Ich schaute ihn an, dann sie, mein Herz tanzte wild in meiner Brust. Ich schaute auf den kranken Ficker, der meine Freundin folterte. Ich grunzte tief. Mein Instinkt zwang mich in den Angriff. Ich schritt auf sie zu.

„M-mm.“ Der Tigerältere hielt einen warnenden Finger hoch. Ich blieb stehen und hockte mich hin. „Du kannst es nicht sehen, aber eine große Schraube bohrt sich in ihren Nacken. Eine kleine Drehbewegung und ihre Nackenwirbel werden zerstört." Er schnipste fröhlich mit den Fingern. Er lief vor den Stuhl, sicher genug in seiner Stellung, um ohne Waffe vor mich zu treten. Er ermahnte mich wie ein kleines Kind. „Du willst nicht dafür verantwortlich sein, dass sie querschnittsgelähmt ist, oder? Was für ein Mann wärst du?"

Ich schaute auf seine Tigerunterhose runter und hob eine Braue beim Umriss seiner nicht-vorhandenen Größe. Ich schaute mit größenwahnsinnigen Augen zu ihm. „Was für ein Mann bist du?"

Er erbleichte. Seine Wangen sanken tief rein als sein Mund und seine Augen weit aufgingen mit unverfälschtem Hass. Er zeigte einen zitternden Finger auf mich und sagte fluchend, „DU!" Er ließ seinen Arm sinken, sein magerer Oberkörper schauderte. Er drehte sich um und schrie seinen Verbündeten auf schnellem vietnamesisch an. Shocker schnappte nach Luft, als ihre Mundsperre runtergezogen wurde. Ihre Nase war angeschwollen – sie hatte nicht *jeden* Schlag des Abends ausweichen können – also waren ihre Atemwege eingeengt. Sie war die ganze Zeit am Ersticken.

Ich hatte einen starken inneren Konflikt.

Nimm sie!
Wenn ich das tue, töten sie sie...
Wenn du aufgibst töten sie euch beide!

Diese Gedanken wurden von ihrem haarsträubenden Kreischen unterbrochen. Der sadistische Wichser murmelte intim neben ihrem Ohr. Mit einer Hand drückte er grausam auf ihren gebrochenen Arm, mit der anderen zerrte er an der Fessel an ihrem Nacken, wie eine Posaune, mit der er den Ton ihrer Schreie wechselte. Ich stand wie eingefroren dar, voller Unglaube, als er ihren Schmerz wie ein Instrument bespielte. Sexuelle Lust strahlte von seinem nackten Oberkörper und molligen Gesicht. Er stöhnte in Ekstase, als er einen betäubenden Ton erreichte, kreiste seine Hüfte umher und drückte seinen Schritt hinten in den Stuhl.

Ihr gefoltertes Lied immobilisierte meine Beine. Alles, was ich machen konnte, war, ihr Gesicht ansehen. Venen poppten auf, Farben wurden heller, dann dunkler, als ihr gestresstes Herz ihre zerfleischten Körperteile mit Überdruck versah. Die Fackel über dem Stuhl machten ihren Schweiß, Blut und ihre schäumende Grimasse gelb. Ich fühlte ihren Schmerz auf eine Art, die ich vorher nicht kannte. Empathie war meistens ein Alien für mich. Das erste

Mal in meinem Leben hatte ich Angst um etwas, was nicht meine Bitch oder mein Motorrad war.

Meine Beine gaben auf. Mein Arsch fiel auf den harten Boden. Ich ließ einen angespannten Atemzug raus und ließ besiegt nach.

„Ja. Ja, jetzt fühlst du es," sagte Diep. „Sprich langsam mit mir mit: *Verzweiflung...*"

Ich schaute ihn an, meine Kräfte komplett verschwunden. Er schaute mich mit perverser Sehnsucht an und genoss mein Elend.

Ich nahm langsame, keuchende Atemzüge. Es gab keine Luft hierdrin. „Nimm mich und lass sie gehen," krächzte ich lahmerweise. Der Scheiß funktioniert nie in Filmen. Ich wusste nicht, was ich sonst tun sollte.

Diep und sein Kumpel teilten ein triumphierendes Lachen. Dann schauten sie mich wieder an. „Ich glaube nicht, dass mein Partner sie jetzt schon gehen lassen will. Vielleicht später... Vielleicht auch nicht."

Das Fackellicht wurde dunkler. Weiße Lichter funkelten. Ein Schwindelgefühl zwang mich dazu, auf die Seite zu schwanken. Meine Arme, Beine, Oberkörper und Kopf fingen an, total schlimm wehzutun.

Nein. Alles hatte schon eine Weile wehgetan. Ich war nur zu aufgewühlt, um es wahrzunehmen. Es war Jahre her, seit ich einen

Hungerast hatte. Die Anstrengung war überwältigend. Mein Körper schaltete ab.

Großartig, dachte ich wie betäubt, bewusst dessen, dass mein Rücken und Kopf gerade auf den kalten, weißen Steinboden aufgeprallt waren. *Mein Mädchen wurde verkrüppelt, meine Crew festgenommen und gefangengenommen, mein Freund und die Söldner wurden wahrscheinlich geschlachtet da draußen und ich liege hier, bereit zum Schlafen...*

~

Ein schmetternder Aufprall weckte mich auf. Meine Augen schossen auf und schauten auf meinen linken Arm. Er war en einer Armlehne festgebunden, einen Moment taub. Dann wurde er von einem in-nukleares-Plasma-eingetaucht Gefühl umhüllt.

Ich schrie.

„Gut. Ja," sagte Diep, seine Stimme kroch durch die Sinnesüberlastung.

Mein Arm war gebrochen. Meine Augen rollten hoch, als mich eine neue Schmerzeswelle traf. Kotze stieg in meinem Hals hoch. Ich würgte, spuckte es aus und kämpfte damit, meinen Bauch nicht weiter auszuleeren. Ein schweres Metallteil fiel auf den Boden und ich konnte meine Augen nicht dazu bringen, nach dem Gerät, das meinen Unterarm gebrochen hatte, zu suchen. Ein zahnloses, pummeliges Asiatengesicht grinste zu mir runter. Er ging aus meiner Sicht und Dieps verrücktes Starren ersetzte es.

„Würg ihn," befahl er.

Ich windete mich und dreschte meinen Kopf gewaltsam. Ich war an einen Stuhl gebunden, wie der, an dem Shocker festgebunden war. Als der Lederriemen um meinen Nacken gelegt wurde und enger wurde, bemerkte ich, dass es derselbe Stuhl war. Meine Freundin war gegenüber von mir im Raum an einem anderen Foltergerät festgebunden. Ihre Glieder waren ausgestreckt, die Handgelenke über ihr festgebunden, die Hände schlaff über dem angefressenen Eisen. Ihre Beine waren am Boden gefesselt, schulterweit auseinander. Ihr Kopf hing, das ganze Gewicht an ihren Armen hängend. Der Mund hing lose und tropfte Blut. Und sie war nackt.

Die weißen Funken kamen wieder. Mein Kopf fühlte sich an, als würde er explodieren, mein eingeengter Nacken pochte fest. Der Gefolgsmann kurbelte noch ein paar mal. Diep hielt eine Hand hoch. Mein Gehör war trüb, aber ich hörte ihn sagen, „Ich will ihn bei Bewusstsein."

„Dann benutz das Adrenalin," sagte der Gefolgsmann. Es war das erste Mal, dass ich ihn reden gehört hatte. Er hatte eine richtig schwule Stimme. Ich stellte mir eine orientalische Version vom Tickle Me Elmo in S&M Kleidung vor. Sadistischer Elmo. Ich schmunzelte.

Es war ein Fehler. Qualvolle Schmerzen und Übelkeit kamen über mich und ich musste weitere Kotze schlucken.

„Findest du etwas lustig?" Diep lehnte sich nah vor mir und fingerte an einer Vene auf meiner Stirn.

Ich schauderte vor Ekel. Ich drehte meinen Kopf und spuckte ihm blutige Kotze ins Gesicht. Ich öffnete mühsam ein Auge, um seine Reaktion mitzubekommen. Ich wollte seine Kehle zerbeißen. Ich entblößte meine Zähne.

Das Gesicht des Tigerälteren wurde dunkler, seine Kopfhaut spannte sich und seine Ohren stellten sich rückwärts. Er wischte sich mit zwei Fingern durchs Gesicht, langsam, bedachtsam, die Augen auf mich gerichtet, und leckte sie ab. Ich schauderte wieder. „Die Zeit für Lustiges ist vorbei," murmelte er, dann striff er meine Wange grob.

Ich versuchte, eine lustige Bemerkung zu machen, aber es kam nur eine rote Blase auf ihn geschossen.

HENRY ROI

„Gib's her." Diep nahm seine Augen nicht von mir. Er streckte seine Hand hinter sich aus.

Etwas, was wie eine alte Truhe klang, öffnete sich hinter dem Stuhl. Der Gefolgsmann tauchte wieder auf und gab Diep ein Fläschchen und eine Spritze. Ich wurde angespannt, als ich die Spritze sah und drückte mit allem, was ich hatte gegen die Nötigung. Das Metall stach in meine Hand- und Fußgelenke, scharf und quälend. Nichts gab nach. Ich ächzte, sackte durch, und nahm einen keuchenden Atemzug. Ich konnte kaum Kraft anwenden, ohne mich zu würgen.

Es glitzerte, lilafarbene und schwarze Punkte schwebten links und rechts. Ich war kurz davor, wieder in Ohnmacht zu fallen, als der Bastard mich mit der Nadel stach.

Die Welt wurde plötzlich scharf, dann weiter darüber hinaus, viel, viel weiter, und vibrierte vor Klarheit. Mein Herz galoppierte, als wäre eine Herde dämonischer Hengste in meiner Brust in den Wahnsinn gepeitscht worden. Ich holte tief und unfreiwillig Luft. Es tat weh. Die abrupte Klarheit wurde zur unklaren Panik, Schweiß tropfte überall. Natürlich dosiertes Adrenalin ist mein bester Freund, aber in solch einer großen, unbefugten Menge in mein System gepumpt?

War es mein schlimmster Feind.

Mein Atem bestand aus kurzen, verzwei-
felten Zügen, meine Augen versuchten, bis in
die Vergessenheit zu rollen. Der Rausch kam
immer wieder. Kein euphorischer Rausch – ein
besorgter, bitte-bring-mich-jetzt-um-es-tut-weh
Rausch.

„Harn-argh-uh!" stotterte ich, mich selbst
würgend.

Der Druck... Der DRUCK ... Die Venen in
meinen Armen und Nacken fühlten sich an, als
würden sie jeden Moment platzen.

„Er wird jetzt wach bleiben," sagte der Sadistische Elmo. Meine wulstigen Augen sahen
seine unklare Form mit der Flasche und der
Spritze von Diep zu Shocker gehend.

Diep lehnte sich vor und brachte sein Gesicht nah an das meine, sodass sich unsere Nasen
fast berührten. Seine Augen waren schwarz, die
Pupillen enorm. Sie bewegten sich inspizierend
von der einen Seite zur anderen. Heißer, fauler
Atem berührte meine Haut. Er öffnete seinen
Mund für einen Kommentar, aber schreckte auf,
als Shocker in der Stille sprach.

„Ich verstehe," krächzte sie.

Diep wandte sein Gesicht zu ihr. Ich konnte
nicht glauben, dass sie sprechen konnte. Meine
vibrierenden Augen hatten Schwierigkeiten da-

mit, sich im Raum zu fokussieren. Sadistischer Elmo stand an ihrer Seite und füllte die Spritze auf.

„Du verstehst was genau?" fragte Diep neugierig.

„Warum du so bist wie," keuch, schmerzvolles Stöhnen, „wie du bist."

„Tust du das?" Er winkte seinem Kumpel, einen Moment zu warten, dann deutete er Shocker, weiterzureden. „Ich würde deine Analyse allzu gerne hören."

Shocker stand nun. Ihre Beine zitterten sichtbar, aber sie erholte sich wie durch ein Wunder. Sie favorisierte ihren linken Arm und zuckte ihn kurz. Sie drehte ihren finsteren Blick zu dem Mann, der ihn gebrochen hatte. Sie schien nicht besorgt darüber, dass sie nackt und angekettet war. Sie sprach mit überraschender Stärke, ein Zeugnis für ihre großartige Verfassung. „Was du uns antust, was du den anderen angetan hast. Den Kindern. Es wurde dir angetan."

„Also hast du Mitleid?" Er nahm einen Schritt auf sie zu und gestikulierte mit etwas, das nach einer Taschenlampe aussah.

Sie schüttelte den Kopf. „Es gibt keine Entschuldigung. Aber es gibt Verständnis."

„Verständnis," sagte Diep, als schmeckte er das Wort. „Du könntest niemals verstehen."

Er klang wie eine komplett andere Person. Sie hatte mehr als nur einen Nerv getroffen. Ich konnte sein Gesicht nicht sehen, aber wusste, dass es verzogen war, ernsthafte Instabilität ausstrahlend. Ich versuchte, meinen Atem zu verlangsamen. Es fühlte sich an, als würde ich einen Sprint durchziehen. Ich fokussierte meine Gedanken und hoffte, dass Shocker einen Plan mir ihrer Verzögerungstaktik hatte.

In einem verstörenden Ton sagte Diep leise, „Also weißt du es. *Anh Long* hat dir meine Leidensgeschichte erzählt."

„Meine eigene Geschichte ist nicht so tragisch wie deine, aber ich –"

Er schwang die Taschenlampe durch die Luft und fiel ihr ins Wort. „Verstehst du, wie es ist, von deinem eigenen Vater verkauft zu werden? Im Boot wie ein Sklave weitergereicht zu werden?"

„Nein, aber – "

„*Verstehst* du, wie es ist, jeden Tag, zehn Jahre lang, sodomisiert zu werden?" Er war jetzt am schreien, sein Speichel flog durch die Luft. „*Verstehst* du, wie es ist, ein Sechsjähriger ohne Genitalien zu sein, seine Männlichkeit abgesägt und verätzt zu bekommen? VERSTEHST DU DAS?!"

„Hör zu..."

Er knurrte, „Du verstehst nichts, Clarice Ares. Du wurdest als hübsches Prinzesslein reicher Eltern geboren. Du bist mit Leichtigkeit eine amerikanische Berühmtheit geworden." Er zeigte die Taschenlampe auf sichselbst und rief, „Mein Erfolg kommt von Trübsal. Ich habe dafür geblutet und getötet. Du hast keine Ahnung, wie viel ich verloren und geopfert haben, wie viel ich gelitten habe, wie hart ich gearbeitet habe, um *Anh Ho* zu werden. Du könntest nicht im Ansatz den Schmerz, den ich erlitten habe, nachvollziehen." Er teilte einen gruseligen Blick mit seinem Verbündeten. „Aber das wirst du. Genug Analyse." Sich umdrehend, lief er zurück zu mir, seine Selbstbeherrschung zurück. „Das Leben ist unfair. Bää-hää."

Die Ketten, die meine Freundin festhielten, klapperten, als sie umherdreschte. Sie grölte grimmig, als es die Nadel in ihre Ader steckte. Diep verdeckte die Sicht, aber ich wusste, dass Sadistischer Elmo ihren gebrochenen Arm griff. Ihr bluterstarrendes Heulen widerhallte kraftvoll an den Wänden. Sie kämpfte wie eine boshafte Wölfin gegen ihre Haltegurte an, ihr starkes Zerren sendete Schockwellen durch den Steinboden, die ich durch meinen Stuhl fühlte. Der Urzorn, den sie aufwies, war anders als ich mir jemals hätte vorstellen können. Diep und der Gefolgsmann schauten mit behinderten Blicken zu. Man konnte sehen, dass sie noch nie ein Tier wie sie in ihren Ketten hatten. *Sie haben den falschen Arm gebrochen.* Ich fragte mich kurz, ob sie sich losreißen würde. Als klar wurde, dass die Ketten halten würden, lenkte Diep seine Aufmerksamkeit wieder auf mich.

Das Adrenalin rannte heiß durch meinen Körper. Ich war jetzt dadurch sensibilisiert. Mein Körper war Unmengen Adrenalin gewöhnt. Ich konnte damit umgehen. Mein Hirn fing wieder an, zu funktionieren. Das erste, über das ich nachdachte, war, dass die Taschenlampe in seiner Hand keine Taschenlampe war.

Es war ein riesiger Dildo.

„Oh fuck."

Er kam näher, sodass ich es besser sehen konnte. Er schlug ihn fest in seine Handfläche, *Bam!* Der Schrecken in meinen Augen hielt seine Aufmerksamkeit für mehrere sehr lange Sekunden. Er sah mir dabei zu, wie ich die Waffe ansah (ja, Waffe). Er schlug sie nachdenklich in seine Handfläche und sagte, „Nein. Nein ich kann ihn nicht an dir anwenden."

Ich entspannte mich erleichtert. Mein überdrehtes Atmen beruhigte sich etwas mehr.

Die Bedenkzeit hielt nicht lange. Er schlenderte um den Stuhl, außerhalb meiner Sicht. Das Geräusch von ihm, wie er in der Kiste kramte, spannte meinen Körper mit ekelerregender Ungewissheit an. *Was zur Hölle holt er jetzt???*

Das Plündern stoppte. Er erschien wieder mit einem anderen Objekt in seiner Hand. Ich sah Shockers unaufhörlichem, biesthaften Dreschen zu, finster auf den Sadistischen Elmo blickend, als er sein Teil rubbelte und sie anschaute. Ich starrte auf das, was Diep festhielt und hatte einen Spätzünder.

Er hatte einen anderen Dildo.

Dieser war größer.

Und hatte Klingen am Schaft angebracht.

„Murngh-uh-nom-mo!" keuchte ich.

Diep mochte meine Reaktion auf diese Waffe. Seine Augen blitzten auf. „Ja. Ja, das ist es."

Ich kämpfte mit neuer Kraft und zuckte vor und rück mit meiner Hüfte. Der Gurt um mein Becken hielt mich fest am Stuhl. Er war zu dick, um durchzureißen. Die Metallfesseln waren unmöglich zu bewegen. Meine Fuß- und Handgelenke waren taub, eine erhebliche Menge an

Haut abgeblättert und ich blutete. Mein linker Arm bewegte sich kaum. Die Fessel um meinen Nacken machte meinen Kopf komplett unbeweglich.

„Murngh-uh-nom-mo!" sagte ich noch mal.

Das Geräusch von kratzendem Metall unter dem Stuhl brachte die Geschwindigkeit meiner Atmung wieder auf ein schmerzhaftes Level. Pins wurden gezogen. Der Stuhl drehte sich abrupt vorwärts. Seine Basis war befestigt und hielt mich einen Meter hoch. Der Sitz klackte in einer Position fest, sodass ich den Boden anschaute, meine Knie einen halben Meter höher. Meine Augen rollten nach unten, damit ich hinter mich schauten konnte. Ein kleiner Lichtstrahl schien von meinem Schritt her.

Meine Augen schauten verstört. Da war ein Loch in meinem Stuhl!

Diep reichte durch und drückte seine Hand in die enge Lücke zwischen dem Sitz und meinem unteren Rücken. Die Abscheu vor seiner Berührung gab mir Gänsehaut. Er fühlte herum, fand meine Rasierklinge und packte sie aus. Das Geräusch, wie er sie öffnete ließ mich zittern.

„Wie praktisch," murmelte Diep.

Das Leder und Kevlar zerteilten sich wie billige Kleider. Kalte Luft kühlte den Schweiß zwischen meinen Arschbacken plötzlich ab. Ich spannte sie so fest ich konnte an.

Diep kicherte. „Bitte mach weiter. So macht es viel mehr Spaß."

Der kranke Ficker ließ den Rasierer fallen und stieg in eine Art Leibgurt, den er um seine Unterhose festband. Er brachte den Dildo daran an.

„Äh. Hey," sagte ich. Meine Stimme kam in einem quietschenden Falsett raus. Es war sehr schwer, zu reden und atmen mit dem Band so eng um meinen Hals. „Du würdest mich nicht zufällig vorher erschießen?" Mein Arsch fröstelte wie ein kalter, nasser Welpe.

Die Spitze der Waffe berührte mich... *da*.

Ich wütete und tobte. „NEEIINDUVER-DAMMTERWICHSERNEEEIIIN! Ich mach dich kaputt!"

„Hey!" rief eine bekannte Stimme. „Wenn irgendjemand etwas in den Arsch meines Mannes steckt, dann ich!"

Häh?

Ich schnappte nach Luft, um die Angst und Wut zu bezwingen. Ich schaute durch unfokussierende Augen hoch und sah mein Mädchen wie ein Känguruh auf der anderen Seite des Raumes hüpfend. Ich schloss meine Augen ungläubig. Ich öffnete sie wieder, sicher, dass ich halluzinierte, zu viel Adrenalin und zu wenig Sauerstoff. *Das war's – kein Sauerstoff und der Shot aktivierte die Pilze wieder.*

Ich realisierte, dass der Dildo meinen Arsch nicht mehr bedrohte und prüfte noch mal nach. Diep musste sie auch gesehen haben und zurückgewichen sein.

Die Halluzination hopste näher, schneller, und verwandelte sich in eine angepisste Blondie.

Es *war* mein Mädchen! Eine Sintflut der Hoffnung flutete in meinen Brustkorb. Ich konzentrierte mich auf ihre Beine und wusste, dass eines komplett eingegipst war, auf keinen Fall konnte sie laufen, erst recht nicht rennen. *Sie hüpft*, bemerkte ich benebelt. Der hellgrüne Gips auf ihrem rechten Bein leuchtete im Kontrast zu ihrem schwarzen Kevlar Anzug.

Natürlich hatte sie ihr Outfit für die Situation angepasst. „Das ist mein Mädchen," quietschte ich.

Als sie die Distanz schloss, zeigte das dumpfe Fackellicht, woher ihre Antriebskraft kam. Sie trug ihre Springschuhe. Sie sahen wie gekürzte Skis aus und sie benutzte sie, um die Last ihrer Knöchel zu vermindern, während sie anstrengende Aerobics machte. Sie benutzte sie mit einer Kickbox-DVD. Und lass mich euch was erzählen Leute-

Sie war krass mit den Teilen.

Blondie drehte ihre Hüfte und schwang mit ihren Armen, erstaunlich schnell hüpfend, die Distanz schließend. Ihr Gesicht kam aus dem Schatten raus und schreckte die Hoffnung aus mir raus. Sie sah sauer aus. Auf mich.

„Du legst auf wenn ich rede?!" rief sie, ihre Fäuste in einer beeindruckenden Kombo schwingen. Ihre Hände waren eingewickelt und trugen Eisenbarren. „Du schaltest dein Handy ab, wenn *ich* rede?!"

Pop-pop-pop! sie hüpfte schneller.

„Und wo ist dein scheiß Helm, na? Weißt du, wie lange ich gebraucht habe, ihn zu ent-wickeln?!"

Oh-oh. Sie war nicht hinter dem Feind her.

Ich war der Feind.

„Es tut mir leid Schatz," wimmerte ich. „Mein Handy war nass."

Sie konnte mich vor lauter Dampf, der aus ihren Ohren kam, nicht hören. Dieps nackte Füße tappelten schnell weg. Er hatte keine Zeit, eine Waffe zu nehmen. Blondie schnitt ihn ab, wie sie es mit einem Gegner im Ring gemacht hätte und schrie eine Berserker Drohung. „WO SIND MEINE VERDAMMTEN ELTERN!" Sie schoss an mir vorbei, sprang unmöglich hoch und trat ihm in den Hinterkopf.

Der Tigerältere fiel fest auf den Steinboden und schlug einen Purzelbaum. Blondie hüpfte von links nach rechts, behielt das Gleichgewicht, drehte sich um und hopste vor einen Stuhl. Ihr Atem bestand aus kratzendem Knurren. Der Stuhl rotierte richtig rum und mein Verdacht bestätigte sich, als ihre grünen Augen meine plötzlich anschauten. Sie war auf Kokain. Eine Menge davon.

Wo hat sie das Koks her? Fragte ich mich. Dann, *Oh Mann, sie ist so heiß gerade!*

„Du hast zu viele Regeln gebrochen du Ficker!" Sie steckte ihr Eisen ein und befreite meinen rechten Arm. „Ich hätte ihn das Ding in dich reinstecken lassen sollen!" Sie hob den Rasierer auf und schnitt den Gurt um meinen Hals durch, dann den um meine Hüfte.

Ich stöhnte erleichtert als süßer, willkommener Sauerstoff in meinen Kopf schoss und sackte auf den Boden. Dann befreite ich zimperlich meinen linken Arm. Sie beugte sich mit gestreckten Beinen vor und befreite meine Fußgelenke, half mir auf die Füße und gab mir den Rasierer. Sie holte etwas aus einer Seitentasche und steckte einen Ohrstöpsel in mein Ohr, ein Tütchen Kokain in meiner Hand. Ich umarmte sie fest und sagte, „Hilf ihr. Hilf Shocker."

Ihr wütendes Koksgesicht drehte sich um

und blickte durch den Raum. Sie stieß einen schockierten, erschreckten Schrei aus und hopste sofort hinfort.

Meine Gliedmaßen zitterten vor Erschöpfung. Alles war vage und verschwommen. Die Kakophonie der Stimmen, die mein Ohr plötzlich füllten war fast zu viel für mich, aber ich erkannte, dass der erschreckte Ton meines Mädchens nicht kam, bloß weil Shocker nackt und festgekettet war. Ich schaute hoch, um die Biestfrau wieder mit Mundsperre zu sehen, stickend, der Gefolgsmann stand hinter ihr. Als Blondie aus dem Weg sprang realisierte ich, dass er nicht nur hinter ihr stand.

Er vergewaltigte sie.

Er stieß fest in sie, ein, zweimal mehr, und gab eine psychotische Elmo Lache von sich. Blondie kam von der Seite auf ihn zu, sprang hoch, schwang ihren Schuh durch die Luft und verfehlte seinen Kopf knapp, als er sich duckte und wegrannte. Sie fauchte wütend in seine Richtung. Drehend, hüpf-sprang sie wieder zu Shocker und kam bei ihr an, als ich es auch tat.

Unsere Freundin war in einem wilden Zustand. Wahnsinnig wütend. „Alle!" bellte sie. „*Tot!* Fäuste durch Köpfe, ich schwöre!"

Jedes andere Mädchen wäre nach ihrer Tortur außer Gefecht gesetzt. Es war scheinbar ihre Fähigkeit, alles zu nehmen, was sie abbekam und noch härter zurückzukämpfen, ohne Limits. Ihre übermenschliche Stärke ließ mich mehr von mir selbst entdecken. Das kaskadierende Gefühl erleichterte meine schleifenden Beine und meinen schmerzenden Rücken. Wir lebten noch. Wir hatten immer noch Arme zum Schlagen. Und, die motivierende Erleichterung, die ich fühlte, weil Blondie wieder an meiner Seite war, war fast genauso stark wie das Vermeiden des Todes durch Bunga-Bunga.

Wir haben noch nicht verloren.

„Ich krieg dich!" schrie Shocker heiser und zerrte an ihren Ketten. „Glaub mir!"

Blondie grölte etwas über „brennende Dummheit" und ich erwachte aus meiner Träumerei. Ich schaute in ihre manischen Augen.

Koks und einige Opiate in ihr, stellte mein Unterbewusstsein fest.

Sie nahm mein Rasiermesser und befreite Shocker damit. Ihr aufgepumptes Auftreten war immer noch markant, aber jetzt versahen ihre gesenkten Augenlider ihre riesigen Augen mit Mitleid.

Shocker riss die Fessel von ihrem gebrochenen Arm weg, torkelte wie betrunken und fing sich an meiner Schulter auf. Blondie griff ihre Hand und ich kniete mich hin, um die

Schellen von ihren Füßen abzunehmen. Ich zog die Pins an beiden raus, dankbar, dass sie keinen Schlüssel brauchten, Ketten rasselten und die Schellen knallten auf schmutzverkrusteten Steinboden. Shocker ging einen Schritt und fiel gegen Blondie. Mein Mädchen schluchzte in ihr Haar. Sie umarmten sich einen Moment lang fest. Blondie hatte gerade den schlimmsten Alptraum eines jeden Mädchens beobachtet, und Shocker hatte ihn erlebt.

Die Vergewaltigung hatte mich voll getroffen, beeinflusste mich aber nicht so stark wie sie. Meine Denkfähigkeit kam zurück und signalisierte mir, dass wir immer noch in Gefahr steckten. Ich sah unser Umfeld an. Diep war verletzt vom Tritt, schaffte es aber immer noch, wegzuhumpeln. Und Sadistischer Elmo bewegte sich viel besser, als es irgendjemand von uns konnte. Wir hatten keine Pistolen, aber scheinbar hatten sie hier unter auch keine für sich.

Es gibt immer noch genug Waffen...

Ich verließ die Mädchen und humpel-rannte zurück zum Stuhl und drumherum zur Kiste. Ich schaute nach rechts in die schattige Passage, in die Diep verschwunden war. Ich konnte mehrere Säulen erkennen, aber zwischen ihnen nur Schwärze. Es gab dort keine Fackeln.

Als ich meinen Fokus wieder auf den Auftrag richtete, starrte ich mit einem ekligen Gefühl auf die schmerzzufügenden Geräte. Zuckend lehnte ich mich rüber und grub durch Heckenscheren, einen Enterhaken und fand eine Machete. Noch ein wenig herumwühlen und ich holte zwei Ledergurte raus. Ich hing einen über meinen Kopf, um meinen linken Arm und positionierte meinen gebrochenen Unterarm vorsichtig, sodass er nahe an meinem Bauch hing. Die Machete und den zweiten Gurt anhebend drehte ich mich um und eilte zurück, um Shockers Arm zu fixen.

Auf dem Boden links von mir verlängerte sich ein Schatten. In der Dunkelheit hinter dem wankenden Leuchten der Taschenlampe erkannte ich einen Kopf, der von der nächsten Säule herspähte. Die Steinteile neben Dieps Gesicht waren schwarz mit Schimmel und haufenweise Ruß, kontrastierend mit seinem gelbbraunen Körper. Sein schwarzer Kinnbart ließ seine untere Gesichtshälfte unsichtbar sein und die Augen ohne eine Spur von Vernunft herausstechen. Er richtete seine Psychose auf mich. Meine Beine schalteten einen Gang höher.

Blondie stand mit dem Rücken zu Diep. Ich übersprang die zeitverschwendende Warnung und sprang rüber, um sie zu beschützen.

„Du kannst sie nicht beschützen." spottete Diep, als er aus der Schwärze schlich. Er hielt einen langen Speer. Das Licht traf die Metallspitze und zeigte, dass sie verrostet war, ansonsten aber einwandfrei. Der Tigerältere taumelte leicht beim gehen, handhabte den Speer aber auf eine Weise, die beachtliche Erfahrung zeigte. Er rieb sich böse am Hinterkopf und schmierte Blut auf den Stiel des Speers, als er seine Hände zum Stoßen positionierte. Blondies Tritt hatte seine Kopfhaut zerteilt und ihm eine leichte Gehirnerschütterung gegeben. Aber dieser Typ war ein Kämpfer. Als er festgestellt hatte, dass sie keine Pistole in der Hand hatte, war er zurück im Geschäft. Er stach in der Luft rum und rief, „Ihr könnt euch nicht beschützen!"

Blondie hatte Shocker einen Ohrstöpsel und eine Wasserflasche gegeben. Sie fand Shockers Anzug auf dem Boden, zerschreddert, untragbar, und ließ ihn mit einem frustrierten Fluchen fallen.

„Clarice!" schrie Ace in mein Ohr.

„Alles okay," grunzte sie, soff das Wasser und schaute Diep aufs Schärfste an.

Blondie nahm mir den Gurt ab und band Shockers Arm an ihren Bauch.

„Geht es den anderen gut?" fragte Ace nach.

„Allen geht's wunderbar!" fauchte sie, als der

aus ihrem Handgelenk rausragende Knochen den Gurt berührte. Der Handschoner war dunkel vom Blut, schien es aber minimal zu halten.

Blondie machte entschuldigte sich leise, stellte den Knoten fertig und machte einen Schritt zurück.

Big Guns fragte die Söldner irgendwas mit Deckungsfeuer. Ich ignorierte es und konzentrierte mich auf den Feind vor uns und fühlte das Gewicht der großen, breiten Klinge in meiner Hand. Ich bewegte mich weg von den Mädchen und beobachtete Diep. Die Art, wie er den Speer hielt, machte mein Selbstvertrauen nicht größer. Er hatte offensichtlich ernstes MMA Training gehabt.

Ein Kämpfer ist nur so gut wie die Waffe, mit der er trainiert. Ich schaute auf die Machete. *Ich habe mit solchen Teilen schon einiges aus dem Weg geräumt, also... Ich stecke in der Scheiße.*

Diep war fünfzehn Zentimeter kleiner und fünfzehn Kilo leichter, aber er bewegte sich mit gewandter Geschwindigkeit, zwei guten Armen und einer Waffe mit großer Reichweite. Er stieß einen wetteifernden Schrei aus und sprang vorwärts, den Speer von über seinen Schultern in meine Richtung stoßend. Ich wich schnell auf mein linkes Bein aus, wich der Spitze aus, wie ich es bei einem Schlag machen würde, dann schrie ich überrascht, als der Speer schnell das Licht reflektierte und mich in die Schulter stach.

Verdammt! Mein linker Arm war jetzt komplett gefickt. Das Gewebe des Anzugs war dazu gemacht, Kugeln abzuwehren, konnte die Penetration durch die rostige Klinge aber nicht verhindern. Sie schnitt mich, auch wenn der Stoß schlimmer war als die Wunde. Er ließ mich sofort das Gleichgewicht verlieren.

Ich wirbelte die Machete als Ausgleich durch die Luft, stellte meinen Fuß hinter mich auf und schwang auf den Speer zu, als er auf meine Organe zuschoss, flackernd wie eine Schlangenzunge.

Klang! KLANG!

Alter Stahl klirrte auf älteren Stahl, ein Teil der Spitze flog weg und knallte auf den Boden in der Dunkelheit.

Beim Boxen nennt man es „Bilder machen", wenn man aufhört, um das Werk seines Gegners zu betrachten. Es ist fast nie eine gute Idee; sich großtun ist nicht gleich fokussieren. Als ich meine Klinge schwang und grinste, hörte ich den Geist meines Trainers aggressiv durch den Ring schreien, „Hör auf, Bilder zu machen Junge!"

Die abgestumpfte Spitze des Speers hatte

immer noch Biss, stieß erst in meinen Bauch, dann mein Handgelenk und brachte mich dazu, die Machete fallenzulassen. Ich fluchte teuflisch, als der kleine Bastard meinen verletzten Arm nochmal traf. Seine Augen glänzten vor dem drohenden Sieg. Meine Welt wurde schwarz, dann rot, dann weiß und schwindelerregend mit schmerzerzeugtem Funkeln. Der Speer machte mich zu seiner Bitch.

Die Attacke hörte plötzlich auf. Von meiner Position auf dem Rücken aus, die Stiefel hoch, bereit zu treten, sah ich Diep, wie er seinen Speer auf einen angepissten, blonden Kickbox-Cyborg richtete. *Auf Koks und Pethidin*, schmunzelte ich in Gedanken, die Aussicht genießend.

Ich versuchte, aufzustehen. Ich versagte fürchterlich und rollte auf meinen gebrochenen Unterarm. „Gah! Arngh!" Mir wurde sehr schlecht, meine Augen rollten vor Schmerz hoch. Ich schluckte Kotze runter und rollte auf den Rücken.

Als ich meine Augen wieder öffnen konnte, war Shocker das erste, was ich wahrnahm. Ihre Stimme klang, als wäre sie in meinem Kopf. „Ooh, ich bin froh, dass du zurück bist!" sagte sie, aufrichtig erfreut, und humpelte auf das Ende des Lichts zu. Von hier aus sah ihre rechte

Faust aus wie die Pfote einer Alptraumkreatur, ihr durchtränkter Handschoner und die Schlagringe mit tödlicher Absicht auf den Kampf vorbereitet. Ich versuchte, in die Richtung ihrer Wut zu schauen, aber prallte sofort mit schwindelerregendem, atemberaubendem Trauma zurück, als ein Springschuh mich unten im Bauch traf.

„Garn-dam-ugh!"

Ich stellte fest, dass Blondie zur Seite gesprungen war, um Dieps Speer auszuweichen und es nicht verhindern konnte. Ich hoffte, dass ihr bewusst war, dass ich den Knie-zuck Reflex nicht abstellen konnte.

Als ihr Miniski in meinen Magen landete, flogen meine Beine gerade nach oben. Einer meiner Stiefel versank in ihren Brüsten.

„Aaaaah!" schrie sie schrill und packte sich an die Brust. Nicht fähig, ihre Balance zu halten, fiel sie auf ihre linke Seite. Sie riss ihre Augen auf, ihre Hände gingen an ihren Gips und zurück zur Brust. „Aaaah, Ficker!"

Diep folgte. Er sprang über mich drüber und stach auf Blondie zu. Ich ließ meine Stiefel wieder fliegen. Der Zeh meines großen Rockports sank kraftvoll in seine Rippen und schleuderte ihn von uns weg. Ich hörte ihn gequält

einatmen und wusste, dass ich uns ein paar Sekunden Zeit verschafft hatte.

Shocker suchte scheinbar den Vergewaltiger
und verspottete ihn. Ich schaute mich um, ohne
sie sehen zu können. Hinter dem Licht grölte sie
tief. Der Ohrstöpsel übertrug jede verderbliche
Nuance deutlich. „Ene-mene-muh. Wo ist der
Pädo nu? Wenn er mich vergewaltigt, darf er frei
sein? Ene-meine-verfickt-noch-mal-nein!"

Die Tiefe der destruktiven Rage in ihrer
Stimme war beunruhigend. Ich sprang auf,
schwanke wie betrunken und sah Diep an. Er
war immer noch doppeltgeklappt und hielt seine
Rippen, sehr bemüht, nur zu atmen. Ich drehte
mich um und suchte die Machete.

„Clarice..." flüsterte Ace schreckhaft. Big
Guns erfasste das Problem und grölte einen Be-
fehl, der seine Söldner einen Moment stillhielt.
Die Stimme des Geeks bebte. „Gott. *Nein.*"

„Das Miststück hat mich vergewaltigt Ace."
Ihre Stimme zitterte. Sie grölte die Tränen weg.
Ihre Wut echote in den Weiten. „Ren bloß nicht
weg! Du hast mich genommen, jetzt nimm ich
dich!" Schlagringe rammten Steinteile aus einer
Säule. „Gib mir wenigstens einen Gute-Nacht-
Kuss! KOMM HER!"

Ich konnte die Machete nicht finden, aber ich

fand mein Mädchen zimperlich auf ihrem gebrochenen Bein balancieren und darauf finster starren. Sie rieb auf eine Stelle unter ihrer linken Brust und richtete ihr böses Koksgesicht auf mich. „*Grrr*," versprach sie mir, eine Eisenbarrenfaust schwingend.

Ich zuckte zusammen, *Sorry*. „Gut, dass sie echt sind."

Sie kreischte, *Natürlich sind sie das!* Noch gekränkter presste sie die Lippen fest aufeinander, ihre Augen glitzerten, *Um dich kümmer ich mich später*.

Wir drehten uns gleichzeitig um, um den Tigerälteren anzuschauen. Das flackernde Nachleuchten zeigte einen Schatten auf seiner Seite. Seine Rippen waren gebrochen, weshalb sein Atem aus kurzem Hecheln bestand. Er konnte den Speer kaum über seiner Hüfte halten. Er keuchte zwischen seinen zusammengebissenen Zähnen, die Augen zwischen uns hin- und herwechselnd. Er schaute kurz zu seiner Linken und suchte in der Dunkelheit nach seinem Kumpel. Aber er würde keine Hilfe von ihm bekommen; Shocker verfolgte ihn auf der Flucht.

Wie groß ist dieser Ort? Es muss eine Höhle sein.

Ich nahm einen Schritt nach vorne und Diep ruderte ein paar Gänge zurück. Er wusste, dass er uns jetzt nicht mehr kriegen konnte. Das Blöde daran war, dass ich nicht glaubte, dass wir ihn kriegen konnten. Ich hatte null Energie. Das Adrenalin war weg. Ich lief nur noch auf Gasen. Der Schwung von den Drogen, der mein Mädchen so weit getrieben hatte, war zum größten Teil aus ihren Augen verschwunden. Sie stand da und packte sich an die Brust, das Gewicht auf ihren Springern wechselnd. Wir waren in einer Pattsituation. Meine Laune wurde erheblich besser, als ich die beiden Silhouetten erkannte, die in den Kerker liefen.

„Entschuldigt, dass es so lange gedauert hat,“ sagte *Anh Long* entschuldigend. „Es war eine riesige Aufgabe, um all die FBI-Agenten herum-zukommen.“

Der alte Mann bewegte sich agil ins Licht und blieb zwischen Blondie und Diep stehen. Er trug eine lockere, schwarze Hose und lange Är-mel, ein riesiger grüner Drache ging um das ganze Outfit vom linken Knöchel zur rechten Schulter. Loc lauerte im Schatten und beobach-tete alles. Er schien der Meinung zu sein, dass Diep keine Bedrohung für uns darstellte und eilte hinfort, um Shocker zu helfen. Er ging durch das Licht, wie ein stiller Mauszeiger auf einem Bildschirm.

Die befriedigende Energiedosis wurde sauer,

als mir seine Worte bewusst wurden. „FBI?"
flüsterte ich.

Der Drachenältere nickte grimmig, immer
noch Diep anschauend. Das Fackellicht unter-
malte die gelben Untertöne in seinem Gesicht.
Seine epikantischen Augen waren rabenschwarz, winzige Flammenstiche glühten in
ihren Zentren. Er klang müde, bereit, unsere
Mission hier zu beenden. „Glücklicherweise
haben sie alle Hände voll zu tun."

Meine Gedanken rasten. *Das Grundstück
wird umzingelt sein. Hubschrauber. Nachtsicht...*
Wir müssen rauskommen, solange sie noch mit
Dieps Männern beschäftigt sind. *Wie viele
Männer hat er? Wie viele Agenten sind da???*

Die Konsequenzen vom Verhaftet-Werden
wurden noch gruseliger, als Shocker über die
Sprechanlage ausrastete.

„Hörst du das?" schrie sie den Sadistischen
Elmo jubelnd an. „Das FBI ist da! Du wirst es im
Männergefängnis nicht lange aushalten, aber
vielleicht hast du eine Chance im Frauenabteil."
Steinküssendes Metall betonte ihre Darstellung.
„Ich kann dir helfen. Operation, jetzt, reiß das
winzige Teil ab!"

Wenn sie erwischt wird, wird sie lebensläng-
lich bekommen; sie hatte noch die Strafe vor
sich, die sie wegen dem Mord im Ringkampf im

Gefängnis bekommen hatte. Blondie und ich könnten auch nicht helfen, wenn wir eingesperrt wären. Wir wussten immer noch nicht, wo Carl, Tho und Blondies Eltern waren. *In den Käfigen?*

Wir hatten noch nichts geschafft!

„Fuck."

„In der Tat," murmelte *Anh Long*. Er zeigte auf seinen Erzfeind, *Was hast du vor?*

Ich rieb meinen pochenden Arm. Mein Arsch kniff sich unfreiwillig zusammen, immer noch zitternd. Ich kniff meine Augen frustriert zusammen. *Wenigstens kann ich zuschauen.* Mit so viel Grazie wie mein ramponierter Körper auftreiben konnte, gab ich ihm ein Zeichen und lächelte, *Er ist deins.*

Dieps finsterer Blick brannte sich in mir ein. Er wollte so vieles sagen und krümmte sich nach vorne, mit Schwierigkeiten zu atmen. Seine dämonischen Augen schauten wieder auf *Anh Long*.

Der Drachenältere nickte einmal. „*Doi la nhu giay*," so läuft das Leben. Er fokussierte sich auf den Speer in Dieps Reichweite, während er über seine Schulter griff und ein langes, schmales Schwert von seinem Rücken herholte.

Dumpfes Licht karessierte die Schneide und brach in intensive Silberstrahlen. Er fasste den Schwertgriff mit beiden Händen hoch an und schwenkte es leicht vor und zurück. Licht glänzte wie von einer Diskokugel, träumerische Magie. Ich fühlte mich für einen Moment in die Vergangenheit zurückkatapultiert, zum alten Tempel, wo der Drachenältere seine lebensbejahende Erfahrung gemacht hatte. Wo die Menschen überlebt haben und gestorben sind nach einem strengen Kriegercode.

Diese Lebensweise war weit in der Vergangenheit, aber der Code hat sich in die Menschheit eingeprägt, sie entwickelte uns. Es wird immer Krieger geben, um den Stamm zu verteidigen. Es wird immer Kriegerinstinkte geben, die ihre Leben diktieren.

Es wird immer Zweikämpfe geben zwischen Stammesführern.

„Du hättest niemals *Anh Ho* werden sollen." sagte *Anh Long* Diep mit stiller Wucht. „Du bist ein Usurpator. Ein mörderischer Dieb." Er drehte seinen Kopf um und spuckte. *„Do ro"* Schund, „genauso, wie es dein Vater war."

„Nichts...de." hustete Diep herb. Er zitterte vor Wut. Tiefgrabend schnappte er nach mehreren Atemzügen, stellte sich gerade hin und stimmte seine Bereitschaft, zu töten oder getötet zu werden, an, rigoros schreiend. Er wackelte den Speer beeindruckend hin und her und rannte vorwärts, als wäre er unverletzt. *Anh*

Long ging los, um auf ihn zu treffen. Ich hörte, wie ihre Waffen aufeinanderprallten, aber konnte das Ergebnis nicht sehen.

„Raz!" Blondie warnte mich zeigend.

Ich drehte mich um. Schatten flatterten an den Mauern und Säulen nahe dem Eingang des Kerkers. Vietnamesische Stimmen echoten aus dem Treppenhaus. „Oh großartig. Einfach nur großartig." Ich rieb meine Augen. Meine Beine fühlten sich wie Eisstiele an. Ich war wieder an meiner Mauer und schlug meinen Kopf dagegen. Blondie schaute mich ängstlich an. Mich unentschlossen zu sehen, machte sie unruhig. Ich mochte es nicht, sie gestresst zu sehen, also traf ich eine Entscheidung.

Ich grub meine Amphetamine raus, öffnete die Packung mit meinen Zähnen und fummelte eine beachtliche Menge in meine schmutzige Handinnenfläche.   „Snnnnrrrrr-AAAHHH!" schrie ich, beide Nasenlöcher geizig füllend. Der Scheiß war in meinem ganzen Gesicht. Es könnte mir nicht egaler sein.

„Gib mir." Blondie erschien an meiner Seite und nahm das Koks. Sie erfrischte ihr wütendes Koksgesicht, steckte das Tütchen ein, umklammerte ihre Eisenbarren und schaute mir in die Augen.

Zischende Tropfen infizierten unsere Ge-

müter, unsere Erschöpfung vorübergehend aus-
schaltend. Unsere Blutkreisläufe schwollen an
und trieben unsere schmerzenden Gliedmaßen
an, weshalb unsere Lungen doppelt so viel
atmen mussten. Wir lächelten einander plötzlich
an, intimes Verständnis zwischen uns. Wir
standen auf, um uns um die Gangster zu kümmern, die in den Kerker geeilt kamen.

Sie waren zu viert. Sie blieben stehen und
schauten uns unsicher an. Einer war ein Verräter
der Royal Family, die anderen kannte ich nicht.
Der anführende Typ hielt einen Revolver. Blut
floss an seiner Wange unter einer grünen Base-
ballcap herunter. Ich fragte mich, was mit ihren
Waffen passiert war, dann fiel mir ein, dass sie
sich nach unten zurückgezogen haben mussten,
weil sie keine Munition mehr hatten.

„Anh Ho!" rief Grün Cap. Die Männer er-
kannten ihren Anführer murmelten schockiert
untereinander. Zwei von ihnen liefen vor, um
dem Tigerälteren zu helfen. Grün Cap gab
einen scharfen Befehl und hielt sie auf. Er hatte
immerhin etwas Verstand; selbst wenn sie *Anh
Ho* retteten, könnten sie hingerichtet werden,
weil sie sich in sein Duell eingemischt hatten.

Die Älteren stürzten und schlitzten boshaft
aufeinander zu. Meisterhaft schwingend lenkte
die alte Speerspitze die Schwerthiebe immer

wieder ab und erhielt nur kleine Schäden. Auf-
einanderprallend gingen chaotische Schatten
um die Krieger im Licht des Feuerrings herum.
Anh Ho stieß zu, *Anh Long* parierte, die Speerspitze und die Schwertspitze küssten sich,
klirrten von den Wänden ab und von der dunk-
leren Decke. Die Kämpfer grunzten bei jedem
Stoßen und Blocken. Ich war gebannt wie die
Gangster und zwang mich dazu, rauszukommen.
Es machte keinen Unterschied, wer das Duell
gewann. Wir mussten uns so oder so um diese
Typen kümmern.

Ich zog einen wundervollen Kokstropfen
runter und schmatzte die Lippen. Meine Beine
taumelten, dann stabilisierten sie sich nach ein
paar Schritten. Blondie lief mit mir, ein wippen-
des, steifbeiniges Hopsen von Sprung zu Sprung.
Ich blickte sie an. Ich bemerkte ihre Unterlippe
zwischen ihren Zähnen. Ihr Gesicht hatte
Schrammen vom Autounfall, war aber immer
noch ein Publikumshit.

Sie trägt Lipgloss, mein Schwanz wedelte
anerkennend.

Ich zog mir die Nase hoch und stirnrunzelte
mir selbst zu. *Zeit und Ort, Trottel!*

Die Schläger zeigten sich verärgert, dass wir
nicht warten wollten, bis der Zweikampf vorüber
war. Grün Cap schrie aggressiv und richtete

seine Waffe auf uns. Ich ging nach links, Blondie hüpfte nach rechts, die kämpfenden Älteren nun hinter uns. Die Waffe zauderte, dann zeigte sie auf mich. *Gut. Er hält mich für die größere Bedrohung.* Blondie war in diesem Moment weitaus gefährlicher. Unsere Anzüge konnten Revolverkugeln abhalten, und es schien so, dass ich der erste war. Ich spannte mich an, um mich auf weitere gebrochene Rippen vorzubereiten.

Ich rannte vorwärts, um meiner Rolle als Kanonenfutter gerecht zu werden. Blondie griff ihre Seite an. Ab da passierten die Dinge sehr schnell.

Grün Cap warf seine Waffe auf mich. Ich lachte brüllend und zog einen riesigen Kokstropfen den Hals runter. Blondies Miniski rammte in die Seite seines Gesichts. Er fiel auf seine Freunde, griff sich an den gebrochenen Wangenknochen und schrie.

„Clarice, du musst da raus gehen," sagte Ace. „Alle müssen rausgehen!"

„Noch nicht!" knurrt Shocker.

Blondie schrie und trat auf die sich zerstreuenden Gangster zu, ihre langen Beine aufgrund der hohen Springschuhe noch länger. Sie waren perplex bei ihren rasanten Seitentritten, Frontaltritten und fliegenden Knien. Ich schwankte ins Gewühl, konnte aber niemanden packen.

Anh Long und *Anh Ho* nahmen verzweifelte, ermüdete Atemzüge, die Auseinandersetzung von Speer und Schwert wurde langsamer und schwächer.

„Kopf hoch Razor!" warnte Big Guns in mein Ohr. „Ein Dutzend Typen sind auf dem Weg zu dir!"

Ich fand ein Ziel und knallte eine rechte Gerade, rammt sie ihm fest aufs Ohr, als er vor Blondies pfeifenden Eisenbarrenfäusten wegrannte. Die Knochen in meinem Unterarm rieben aneinander. Ich hielt den Atem an, trat meinem Gegner ins Knie und ließ ein grölendes Keuchen raus. „Woher weißt du das?" verlangte ich zu wissen.

„Wir sind drinnen!" schrie er zurück, sauer, dass er den Rückzug antreten musste. „Dieps Hauptsicherheitseinheit ist da draußen! Und sie haben ernsthafte Ausrüstung dabei. Die Agenten werden fertiggemacht. Hubschrauber runtergeschossen, Truppen auseinandergetrieben und abgeschlachtet – ihre halbe Manneskraft ist schon tot. *Du ma* Razor! Es ist furchtbar!"

„Uh." Ich wusste darauf nichts zu sagen.

„Geht raus! Bitte," Ace versuchte es noch mal.

„Da bist du," sagte Shocker mit manischer Aufregung.

Ich drehte mich um und sah den Sadistischen Elmo ins Licht rennend, Shocker ihm schnell hinterherhinkend. Der Peiniger trug keine Schuhe, sein fetter Bauch wackelte über seiner stretchigen Hose, ängstlich über seine Schulter schauend. Die Biestfrau jagte ihm hinterher mit BRING MOTHERFUCKER UM von ihrem nackten Körper abstrahlend. Ihre Beine waren schlammschwarz von ihren nackten Füßen bis hin zu ihren Knien, ihre Oberschenkel wackelnd, die Streifen deutlich rausstehend, ihre dicken Muskeln verdeckten ihr Geschlecht. Bauchmuskeln liefen um den Ledergurt, der ihren linken Arm und Bauch umklammerte. Ihr rechter Arm schwang mit ihrem Schritt, ihre Busen und ihr Pferdeschwanz schaukelten tobend.

Und ihr Gesicht...*Tosend.*

„Ermordieren!" versprach sie.

Aber sie konnte ihn nicht einholen. Sadistischer Elmo behielt ein wachsames Auge auf sie, uns vergessend, und verschaffte sich einen Vorsprung. Ich sah sein Gesicht fallen, als Loc aus Shockers Schatten sprang und vorwärts sprintete, ein Messer werfend. Ein silberner Fleck traf den Peiniger hinten ins Bein. Er humpelte noch mehrere Schritte, schrie betroffen, dann Gnade. Die Biestfrau stürzte sich auf ihn.

Shocker brachte ihn mit dem ersten Schlag zum Schweigen, sofort den Kehlkopf zerstörend. Ihr krankhafter Arm rammte die Schlagringe wie ein Presslufthammer in die Rückseite seines Schädels, immer und immer wieder, und krachte sein Gesicht auf den Boden. Spritzer sammelten sich schnell auf ihren Armen, Brüsten und dem Gesicht an. Ihre Zähne entblößten sich in großer Wut, die schnell zuckenden Muskeln ihres Oberkörpers sprangen auf und nieder, Schläge rasselten gruselig schnell in seinen Kopf.

„*Uff!*" Während ich zuschaute, wie mir jemand gegen die Nase schlug. Instinktiv ließ ich mich fallen und schlug einen Uppercut von der Hüfte her, mit allem, was ich hatte, wendend, meine rechte Ferse drehend. Ich fühlte mein Ziel, die Erfahrung führte meine Faust auf sein Kinn.

Krach.

Sein Mund klappte mit viel Schaden zu. Er wurde von kalter Luft ersetzt, seine quäkende Form kollabierte, als ich meinen ersten Blick auf ihn werfen konnte. Er sah aus wie ein Teenager. Ich senkte meinen Stiefel und schüttelte den Kopf. *Der Junge ist zu jung, um auf diesem Level mitzuhalten.*

Blondie hatte zwei von ihnen abgefertigt
jagte den Rest wieder hoch. Sie stand erhoben
über ihren Trophäen, ihre Brüste beugten sich
mit schweren Atemzügen, ihre stolze Nase nach
oben gerichtet. Ich stolperte zu ihr rüber.
„Okay?"

„*Hmmpt*," bestätigte sie.

„Noch ein paar vor uns."

Sie hielt ihre Eisenbarren hoch und kniff die
Augen zusammen. Wir schauten, wie ein
Schwarm asiatischer Krimineller den Kerker
betrat.

„Phong," Ich verzog das Gesicht und schaute
ihm in die Augen. Der Anführer der 211 lief
schnell aus der Dunkelheit raus und ließ seine
Crew gerade außerhalb des Lichts stehen. Ich
schielte sie an und bemerkte mehrere East End
Boys. Da seine ganze ursprüngliche Crew tot
oder im Gefängnis war, musste er sie mit jemandem ersetzen. Aber die Typen da?

Ich zog einen Tropfen in den Hals, meine
Augen schossen hin und her. *Ist dieser Bolo
Young ähnliche MFer für uns oder gegen uns?*

„*Coi chung tuoi no*," kümmert euch um sie,
befahl er.

Verdammt.

Ein Dutzend Maschinenpistolen und Sturmgewehre zeigten plötzlich auf uns. Mehrere

Männer ließen ihre Magazine fallen und steckten neue rein. Meine Haare standen mir zu Berge, als wir in Kammern geführt wurden.

Blondie steckte ihr Eisen ein und fand meine Hand. Ich griff ihre Finger fest.

„*Ba!*" Vater, rief ein Mann hinter uns.

Wer zur Hölle???

Der Drang, sich umzudrehen und zu schauen, war größer als die Gefahr vor uns. Selbst Phongs dummes Gesicht zeigte Überraschung und starrte hinter uns. Wir drehten ihm den Rücken zu.

Die Älteren waren nun im Nahkampf und rauften sich am Boden. *Anh Long*, drei Jahrzehnte älter, sah viel erschöpfter aus als Diep, fokussierte sich aber hartnäckig weiter, entschlossen, bis zum Tode weiterzumachen. Ich hatte noch nie solch ein Duell erlebt und erst vor Kurzem die Erfahrung gemacht, jemand in einem Kampf zu töten. Ich konnte die Aggression, die diese Männer ausstrahlten, schmecken. Purer Hass strömte von Diep in Wellen her. Wenn er wirklich ein Tiger wäre, würde Hass der Wald sein, in dem er jagen würde.

Beide Männer bluteten aus Stichwunden. *Anh Longs* Drachenanzug war zerrissen und umgeklappt an mehreren Stellen, wo der stumpfe Speer sein Fleisch getroffen hatte. *Anh*

Ho sah aus, als wäre er in einen riesigen Papier-
schredder gefallen. Tiefe Schnittwunden
strömten überall. Falls er diesen Kampf gewinnen würde, könnte er immer noch verbluten.
Seine Arme, Beine und sein Oberkörper waren
tiefrot gefärbt, seine Unterhose durchtränkt.
Dreck klebte an seinem Mund, wo *Anh Long* ihn
auf den Boden geknallt hatte.

Auf der anderen Seite stand Loc. Außer,
dass er gesprochen hatte, tat er noch etwas genauso Erstaunliches: Emotionen zeigen. Seine
kantigen Körpermerkmale waren vor Angst gespannt. Der Viet-Krieger schaute ängstlich zu,
als sein Vater in eine demütigende Position gebracht wurde. Er schritt vor, um es zu stoppen.

Anh Long bemerkte ihn. „*Con Xoan!*" Äl-
tester Sohn, sagte er in einem schimpfenden
Ton. Er grunzte nach einem Ellbogenschlag.

Loc schritt zurück und senkte den Kopf,
nicht willig, seinen Vater zu beschämen.

Einer von Phongs Männern sagte etwas über
Shocker mit einem ehrfürchtigen, furchtsamen
Worterausch, welcher meine Aufmerksamkeit
wieder auf sie richtete. Der maschinenartige
Kolben ihrer Metallfaust hatte ihre Geschwindigkeit oder Kraft nicht verringert. Und das
würde sie so bald auch nicht. Sadistischer Elmo
war tot. Aber sie hörte nicht mit dem Schlagen

auf, brach wahllos Knochen – Wirbel, Rippen, Hüftknochen – und reinigte sich von seinem Verderben. Ein heiseres, hungerndes-Tier-mit-Fleisch Grollen kam zwischen ihren Zähnen raus.

Sie wird auf jeden gehen, der versucht, sie aufzuhalten. Ich werde es nicht sein...

Blondie gab einen schmerzhaften Schrei und schaute mich an. Ich nickte. Sie ignorierte die Drohung hunderter Schusswunden und hüpfte an dem Todesmatch und Loc vorbei. Sie rammte Shocker auf den Boden und bat sie dringend, runterzukommen, es war vorbei.

„Bitte. Bring sie daraus," flehte Ace Blondie an. Er versuchte, noch was zu sagen. Seine Worte wurden von seiner herzzerreißenden Angst um seine Frau gepackt.

Die Biestfrau wehrte sich und bedrohte Blondie anfangs, dann kühlte sie ab. Blonide half ihr hoch. Shocker schlug sofort wieder auf ihn los.

Bam-bam-bam-bam! Blut spritzte und regnete auf sie, Blondie und die Leiche.

Ich drehte mich wieder zu Phong. Er schaute mir in die Augen. Die Szene hatte ihn betäubt und ich konnte seine Absichten nicht erkennen.

Er wartet ab, wer den Kampf gewinnt, bevor

er entscheidet, wem er hilft, erkannte mein Unterbewusstsein.

Er musst nicht lange warten. Der Drachenältere hatte sein Limit erreicht, er strengte sich an, um bloß zu atmen. *Anh Ho* war geschwächt und wandte sich, hatte aber noch genug im Tank, um wegzurollen und seinen Speer zu nehmen. Er fummelte, um ihn vernünftig zu greifen, drehte sich wieder zu seinem trägen Feind, und stieß heftig zu. Die zackige Spitze traf den alten Mann in einer Ecke in die Luftröhre und ging durch. Diep fiel beim Stoß um, sodass ich die Wunde nicht sehen konnte. *Anh Long* machte ein abgehacktes Geräusch und trommelte mit den Füßen. Blut quoll aus seinen Schultern. Erschöpft hatte Diep nicht mehr genug Kraft, sich vom toten Anführer der Dragon Family abzuszützen.

Loc bewegte sich fleckartig. Plötzlich stand er über Diep mit dem Schwert in seiner Hand, selbstsicher und bereit, zuzuschlagen. Gewehre ratterten und Jacken rauschten, als die Mitglieder der Tiger Society ihren Anführer zu beschützen versuchten.

„*Ngung tay!*" stopp, befahl Phong.

Loc erstarrte mit ihnen, das Schwert über seinen Kopf gehoben. Seine Augen brannten mit innerem Zwiespalt, auf Phong gerichtet. Die

Spannung war die fühlbarste, die ich je erlebt hatte. In dem surrealen Moment wurde die Verpulverung vom Sadistischen Elmo verstärkt.

BAM! BAM! PLATSCH! PLATSCH!

Phongs und Locs Geschichte kam in dem langen Starren wieder hoch. Loc hatte sein Baby und seine Verlobte vor zehn Jahren an der Gewalt der Tiger Society verloren. Jetzt seinen Vater. Er hatte nichts mehr zu verlieren. Phongs Gesichtsausdruck verschärfte sich, quälende Verwirrung. Er war hin- und hergerissen. Ein Schein von Reue schimmerte aus seinen fackelbeleuchteten Augen. Er könnte Diep retten und Gefälligkeit und Macht gewinnen. Oder er könnte Loc erlauben, Diep zu töten und eine unsichere Zukunft vor sich haben, eine in der die einzige Person, vor der er wahren Respekt hatte, *Anh Long*, nicht existierte. Die Zukunft ihrer Organisationen und den Familien und Gemeinschaften der Mitglieder entschied sich in den nächsten Sekunden.

Unsere Zukunft auch, ich blickte finster, auf die Mädchen schauend.

Phong spannte sein Gesicht nachdenklich.

Loc spannte sich an, die Klinge zuckend.

Phong hielt eine befehlende Hand hoch- und winkte seinen Männern, abzutreten.

Ich atmete aus. Dann blinzelte ich überrascht, als Loc das Schwert runterbrachte und Dieps Kopf abhackte. Die Präzision war perfekt, das Messer stoppte kurz, bevor es seinen Vater berührte. Blut schoss aus Dieps abgetrennten Nacken und vermischte sich mit dem seines Erzfeindes. Ich konnte es riechen, meine Eckzähne entblößten sich. Ich schleckte mir die Lippen.

Der Boden mit Jahrhunderten an Lebenssäften bedeckt bebte plötzlich schwer. Bruchstücke fielen von der Decke und bedeckten jeden mit verpulvertem Gestein. Männer schrien über Gott. Blondie rief mich, ihr zu helfen. Ich sprang rüber, um zu versuchen, die Biestfrau dazu zu überreden, sich selbst zu kontrollieren.

„Was zum *cac* war das!" schrie Big Guns über das Radio.

Aces Stimme war nicht mehr emotional angespannt. Sie war ruhig; es war ernüchternd. „Der Reaper ist da," sagte er.

~

Die Schüsse draußen waren im Kerker kaum hörbar. Ich hatte angenommen, dass die Detonationen, die ab und zu in die Grube sickerten von Big Guns Waffe kamen. Aber laut ihm waren die beeindruckenden Knallgeräusche von den RPG

Geschäften. Raketen schossen Granaten von der Tiger Society zum FBI.

So zerstörerisch wie sie waren, sie waren nichts verglichen mit den Raketen, die Ace von seiner gehackten Militärdrohne abschoss.

„Der Reaper," Blondie konnte es nicht glauben.

Wir standen verwirrt, wundernd dar und erlebten das Geschehen. Der Superschurke, die Leichen, die vereinten, mächtigen Familien und unsere ramponierten Körper auf Kokaintropfen. Wir hatten Schwierigkeiten damit, Shocker zwischen uns zu halten. Die Biestfrau stand unter Schock. Persönlich dafür verantwortlich, den Leuten diesen Status einzufügen, erkannte ich, was die blinden, starrenden Augen und die lockere Haltung der Leute bedeuteten.

Ich schaute runter auf das, was vom Sadistischen Elmo übrig war und sagte, „Die Drohnen, die sie benutzen, um Terroristen zu töten." Ich schaute an die Decke, auf die Männer vor uns. Ich schaute Blondie zwingend an, *Lass uns die Gelegenheit nutzen!* Wir gingen auf die Treppe zu.

Blondie war nun genauso aufgelöst wie ich und schnappte nach Luft für Worte. „Sensenmänner sind es gewöhnt, unsere Grenzen zu patrouillieren. Er muss eine beim Rüberfliegen

gefunden und sich die Datenverbindung ange-
eignet haben."

„Wie... Er hat sie einfach gestohlen." Mein
müder Blick hob sich an einer Seite.

Sie keuchte wehmütig, „Er hat wahrscheinlich das Flugkontrollverschlüsselungsprotokoll
gehackt. Hmm." Sie kicherte, dann zuckte sie
zusammen. „Er hat die Verbindung zum Kon-
trollzentrum verfolgt und ihre Tür eingetreten.
Wow. Das ist mal eine Fahrt, an die ich mich
gerne drangehängt hätte."

„Flugkontrollverschlüsselungsprotokoll.
Mmm-hmm, sicher."

„MQ-Neun Reaper," sagte Ace, uns auf-
schreckend. Seine Stimme klang körperlos. Die
Worte waren abgeschnitten, er redete ohne Gefühle. „Hat die Kontrolle über Bandbreite übernommen. Alles. Ihr Signal dekodiert. Die KU-
Band-Satelliten-Datenverbindung   überwältigt.
Krass. Ein Team des Heeresnachrichtendienstes
bekämpft."

Ich stellte mir den Geek vor, wie er auf mehrere Bildschirme voller Daten schaute, furios tippend, um sein Botnet-Powerhaus einen Schritt
vor den Militärgeeks zu behalten.

„Meine Frau," flüsterte er. Er grölte laut,
dann sprach er entnervend monoton weiter.

„Synthetisches Aperturradar. Ich kann durch den Rauch sehen."

Ein Schauer ging durch meinen nackten Hinternspalt. Ace spielte mit heftigem Scheiß. Diesen Ort zu bombardieren trägt Folgen mit sich. Das Militär würde bald hier sein.

„Die Soldaten der Tiger Society," spuckte er aus. „Das FBI hat Bobby und Patty genommen. Alle gegen uns. Ich sehe sie..."

„Ace. Hör zu Mann. Bring die Agenten nicht um. Hörst du? Verdammt schlechte Idee."

Wir hatten Schwierigkeiten damit, Shocker oben zu halten. Blondie murmelte ihr etwas zu über Caroline und sie fing an, etwas mehr von sich aus zu laufen. Der stille Attentäter schaute hoch, als wir uns näherten. Er blinzelte Shocker an, stand auf, zog sein schwarzes, langärmliges Shirt aus und half Blondie, es ihr anzuziehen. Es bedeckte Shocker zu einem Grad, mit dem Blondie zufrieden war.

„Alle gegen uns. Wir gegen sie. Sidewinders. Paveway lasergesteuerte Bomben." Er pausierte, als hätte er und alle noch nicht genug beängstigt und sagte, „Hellfire-Raketen."

„Shocker, rede mit ihm," sagte Blondie gestresst.

Die Biestfrau starrte weiterhin geradeaus, ihr Mund locker.

„Ich sehe sie. Ich kann sie jetzt kriegen. Ich kann sie kriegen wann immer ich will! Ich sehe sie die ganze Zeit. Ein wahres Jäger-Killer UAV." Ein Moment betäubter Funkstille folgte. Dann flüsterte er erneut, „Der Reaper ist da."

„Wir kriegen Probleme," murmelte ich.

Der Kerker vibrierte noch mal, auch wenn nicht so schlimm. *Er schießt die kleinere Munition als Warnung um das Grundstück.* Wenn er das Höllenfeuer losschießt...

Ich gestikulierte und Blondie nahm wieder einen Arm hoch. Wir schlurften aus dem Blut raus. Loc hob *Anh Long* hoch, warf ihn über seine Schulter und folgte.

Eine lebhafte Unterhaltung auf vietnamesisch lenkte meine Aufmerksamkeit auf die East End Boys. Die Schwachköpfe stöberten hinter einer Plattform mit Eckenbeschränkungen. Eine Sekunde schauen änderte ihre Einschätzung. Sie hatten Schwierigkeiten, jemand hinter der Plattform weg zu holen. Einen abwehrenden Schrei später hielten zwei kräftige Schläger einen kleinen Mann zwischen sich, die Füße vom Boden angehoben.

„Vietech," Blondie richtete schlechtgelaunte Augen auf ihn.

Ich schaute auf den Geek, bereit, seine Skinny-Jeans zu beschmutzen und seufzte,

„Babe, wir haben keine Zeit. Sie werden ihn brauchen!" sagte ich ihrem Rücken.

Blondie hüpfte zu den Männern rüber, die ihren Feind ausfragten. Sie schaute überrascht zu ihr hoch. Sie ignorierte den Muskel, nur Augen für Vietech. Der knochige Hacker schrie um Hilfe. Sie griff seinen Arm, fluchte etwas über ihn, dass er mit dem Barbie Killer fickte und riss den kleinen Kamerarekorder, der an seiner Hand befestigt war, ab. Er brabbelte Entschuldigungen, sie hätten ihn dazu gezwungen, er hatte nicht weiter gefilmt, bla, bla, aber konnte sie nicht dazu überreden, ihn zu schonen. Sie bereitete ihre Schultern vor und warf alles, was sie hatte, hinter einen Bitch-Slap, mit der Kamera in sein Gesicht.

„Ha!" Ich konnte es nicht unterdrücken. Ich liebte die belanglos nachtragende Seite.

Erstaunlicherweise überlebte es die Kamera. Vietechs Gesicht nicht. Er schaute verwirrt um sich, Blut lief aus einem fiesen Einschnitt über seinem Auge. Blondie steckte die Kamera in eine Seitentasche, drehte sich mit erhobener Nase um und hüpfte rüber, um ihren Teil der Last zu tragen. Sie nickte mich an. *„Pah."*

„Alles klärchen." Ich rief Phong zu, „Kontrolliert die Käfige." Ich zeigte auf die alten Holz- und Eisenboxen zu unserer Rechten.

Der 211 Boss schaute mich grinsend an. Er nahm keine Befehle von mir an.

Loc sprach und erzählte Phong auf vietnamesisch, „Da sind Leute in den Käfigen. Sie sind unschuldig und benötigen unsere Hilfe." Seine Stimme war tief und wenig benutzt, aber selbstsicher.

„Unsere Hilfe?" Phong schaute Loc einen Moment lang an. Ein Lächeln erschien auf seinen Lippen. Er drehte sich um und stellte sich vor seine Männer, befehlend, jede Person aus den Käfigen zu befreien und sie mitzunehmen, wir gehen jetzt.

Der Kerker vibrierte wieder und brachte die Gangster in Aktion.

Als wir unsere zusammengeschlagenen Ärsche an den beschäftigten Männern vorbeibewegten, zeigte die Fackel den Terror der Käfige. Witzelnd und fluchend über den Gestank zogen sie Kinder in schmutzigen Kleidern raus, manche oben ohne, die Rippen herausstechend. Etwa die Hälfte war zu schwach und zu voll mit Drogen, um stehen zu können. Sie machten keine Geräusche, keinen Mucks oder Tränen. Sie waren über das Weinen hinaus traumatisiert. Egal, wie gut sie versprachen, dass es ab nun sein würde, sie wurden trotzdem ausgehungert, gefoltert, vergewaltigt und umgebracht, vermutete ich. Weinen brachte nichts.

Blondie weinte still, ihre Tränen streiften den Staub auf ihrem Gesicht. „Oh Raz..."

„Ich weiß Babe. Ich weiß. Sie tragen sie raus. Wir werden uns um sie kümmern, sobald wir draußen sind, okay?" *Mann! Ihre Eltern waren nicht dadrin. Die Kinder auch nicht.* Ich schaute zu den schwirrenden Körpern rüber und behielt meine Gedanken für mich.

Sie nickte traurig und sah zu, wie verschiedene leblose Kinder aus einem Käfig gezogen wurden. Das letzte wurde fallengelassen, der Gangster drehte sich um, um zu kotzen. Er fluchte beredsam, dann bettelte er Phong an, die Leute zu zurück zu lassen und sich selbst zu retten.

Ich wechselte meinen Blick zwischen dem krankhaften Boden und Loc hin und her. Er ging die Treppe hoch, *Anh Long* hing schlaff über einer Schulter und tropfte Blut. Phong schaute ihn auch an und brüllte seine Männer an. „Nimmt jeden mit, der noch lebt! Tragt sie!" Er hob selbst zwei Kinder hoch, grunzte und schob sie auf seine Hüfte.

Ich zählte dreiundzwanzig Kinder und zwei Frauen. Die Frauen waren so abgemagert, dass ich sicher war, dass keine der beiden Blondies

Mutter war. *Wo sind ihre Eltern?* Scheiße. Die Trauer, die mein Mädchen ausdrückte, traf mich sehr.

Und wo sind Carl und Tho?

Ich zog einen Tropfen runter, meine Augen schossen durch den Raum.

Gefolterte Unschuldige transportierend, strauchelte unsere Kriminellenprozession die verschimmelte Treppe hoch. Als wir uns dem Ende der Treppe näherten, waren die Geräusche kleiner Schusswaffen deutlich hörbar, sogar fühlbar, ein leichtpulsierender Druck gegen meine Haare.

Meine Instinkte standen auf der hohen Kante. Wir waren im Kerker sicherer. „Big Guns."

„Was?" schrie er in mein Ohr.

Ich zuckte vor Schreck. „Ausgang?"

„Hab keinen. Agenten sind vorne. *May thang kho nang* Scheißbastarde sind hinten. Wir sind zwischendrin." Er grunzte. „Oh, und übrigens, irgendein *qui xu* weißer Typ schießt Raketen aus einer Militärdrohne."

„Er ist nicht gestört," entgegnete ich. „Er ist verständlicherweise aufgebracht."

Er grunzte skeptisch.

Phong und seine Männer trugen die Kinder die Kerkertreppe hoch und folgten uns die hochlaufende Passage zum Erdgeschoss entlang. Die Geräusche waren nahezu ohrenbetäubend. Irgendwelche Kugeln flogen durch das Haus, zerschmetterten Fenster, Bilder und rissen Teile aus den Wänden und Möbeln raus. Ich winkte jedem, auf der Stelle zu bleiben und sich zu setzen. Die Männer senkten ihre Lasten dankbar. Die Passage, die unterhalb des Granitfundaments war, würde als Bollwerk fungieren, bis wir einen Weg gefunden hatten, hier raus zu kommen.

Korrektur, brachte mein Unterbewusstsein unhelfenderweise ein. *Bis* du *einen Weg gefunden hast, hier raus zu kommen.*

Mache ich diesen Job ernsthaft ohne Bezahlung? Mann bereue ich das gerade. Ich fühlte mich wie ein Haufen Scheiße.

Ich kniete mich an der obersten Stelle des Gefälles hin und spähte durch das Foyer. Durch ein breites Fenster in der südöstlichen Mauer zeigte die Außenbeleuchtung Rauch, der vom Garten vorbeischwebte. Der schwarze Nachthimmel ließ das Feuer rundum das Grundstück hell aufleuchten. Als ich zuschaute, erschienen immer mehr, inmitten der erschütternden Explosionen zu Leben glühend. RPGs sausten durch die Luft und explodierten an der fortschreitenden Verteidigungslinie der Agenten. Dieps

Leute waren gut ausgerüstet und wussten, wie sie damit umgehen mussten.

Ich schaute Phong an. Seine Jungs würden es keine fünf Minuten da draußen schaffen. Selbst wenn sie sich mit den Söldnern verbündeten...

„Ace. Hey Kumpel. Rede mit mir."

„Hmm?" Er war sehr abgelenkt.

„Wir brauchen deine Hilfe."

„Ich werde jedem helfen."

Sein Ton ließ mein Herz eine Sekunde lang anhalten. „Nein! Warte. So nicht. Noch nicht." Er antwortete nicht. Ich erklärte es schnell. „Du musst das Signal, auf dem Dieps Leute funken isolieren. Brech darin ein und lass mich rein." Zwischen den Satelliten, die er kontrollierte, und seinem Botnet konnte er sich da ganz leicht drum kümmern. „Ich werde versuchen, mit ihnen zu reden, bevor wir permanenten Schaden mit den Raketen anrichten." Immer noch keine Antwort. Ich sagte, „Dein Mädchen ist sicher. Clarice geht es gut. Blondie kümmert sich um sie."

Ich schaute wieder auf mein Mädchen. Sie saß auf dem Boden mit einem Arm um Shocker. Die Biestfrau zitterte, ihre Augen geschlossen. Sie sah entsetzlich aus. Ich fühlte mich beobachtet und schaute die Rampe weiter runter.

Verwirrte und ängstliche Blicke von den Kindern beunruhigten mich. Männer standen über Vietech und redeten nervös, mit einem Auge auf Phong und Loc, die an der Seite standen und sich leise unterhielten.

Was hecken sie für einen Plan aus?

Ich zuckte meinen Kopf wieder in Richtung des Fensters, als Männer, die ich nicht kannte, plötzlich auf schnellem vietnamesisch in mein Ohr schrien. Ich hörte konzentriert zu und fing etwas über numerierte Ziele auf. Ich sprach laut, um sie zu übertönen. „Wir unterbrechen dieses Programm, um Ihnen spezielle Nachrichten zu bringen!" Ich sagte es auf vietnamesisch nochmal. Die aufgeregten Stimmen waren verschwunden. Ich hatte ihre Aufmerksamkeit. „Mein Name ist Razor. Ich muss mit wem immer sprechen, der euch anführt."

Einen Moment später sprach ein Mann auf englisch. „Hier ist Khan. Ich führe die Viper Group an."

„Cooler Team Name, Khan! Ich dachte eher an etwas wie 'Dragon Claws'. Oder vielleicht 'Dragon Fire'. Von wegen, du weißt schon, Dragon Family."

Verblüffte Stille.

„Hör auf, rumzueiern," sagte Big Guns. Er tauchte weit rechts auf, auf der anderen Seite des Raumes. Er rutschte auf seinem Bauch durch einen Türrahmen, stoppte und taumelte auf seinen Füßen. Er beobachtete jemanden, den ich nicht sehen konnte, zögernd. Dann schoss er in den Raum und duckte sich hinter einen Tisch. Die schwere Eichenoberfläche fiel auf die Seite, genau als die Kugeln vom Seitengarten reinrasselten, das riesige Fenster zerschmetterten und den Boden mit Scherben duschten. Splitter explodierten vom Tisch, Maschinengewehrfeuer donnerte in das Haus. Big Guns steckte eine Pistole um das Ende des Tisches und erwiderte Feuer. Die große, bohrende Waffe verwischte meine Sicht mit jedem Schuss, meine Ohren juckten.

Er hörte auf, als es die anderen taten. Ich rief, „Wo ist die Kanone?"

Sein Gesicht erschien um den Tisch, das Silber blitzte verbittert. „Agenten."

„Bitch," ich sympathisierte.

Er schoss weitere Runden ab, während er den Tisch wie ein Schild vorwärts bewegte, das Holz kratzte über die Fliesen. Splitter flogen nochmal von ihm weg, dann hörte es auf. Er bemerkte eine Nachladepause und rappelte sich auf, seine Stiefel zerkrachten Glas. Er rannte und tauchte auf mich zu, rutschte über den Boden und fegte Bruchstücke weg. Er krabbelte neben mich und senkte den Kopf. Kugeln fingen wieder an, durch das Fenster zu regnen, summten über unsere Köpfe und knallten in die Wände.

Ich fokussierte mich auf den Anführer dieses Dilemmas. „Khan. Diep ist tot. Es gibt niemanden mehr, der dir einen Check ausstellt. Was denkst du; hören wir auf und verpissen uns?"

Khan antwortete sofort sehr beleidigt. „Wir wurden schon bezahlt. Viper Group bricht ihr Wort nicht. Wir führen keine Nachverhandlungen, wenn unser Job bereits angefangen hat."

„Was für ein Job genau?"

„Abfallentsorgung. Die Viper Group sind gründliche Säuberer."

Ah, verdammt. Da werden wir keinen Fortschritt machen. „Ace, brech die Verbindung ab." Das tat er. „Verbinde mich mit der FBI." Ich vergegenwärtigte ihn mir, wie er die Frequenz der Agenten scannte, seine fünfzigmillionen-starke Computerarmee, die zusammenarbeitete, um die Kodierung innerhalb von Sekunden zu dekodieren. Einen Moment später füllten Befehle, die nur professionelle Gesetzeshüter benutzen, meine Ohren. „Hey! FBI Haupttyp!"

Stille. Dann, „Hier spricht Thomas. Ich bin

der befehlshabende Spezialagent. Sie haben kein Recht, diesen Kanal-"

„Lassen Sie's." Wir hatten keine Zeit für Förmlichkeiten. „Hör zu. Deine Männer befinden sich in genauso einer schwierigen Lage wie meine. Wir müssen zusammenarbeiten, um lebendig hierraus zu kommen." Ich winkte, um Blondies Aufmerksamkeit zu erlangen. Ich hielt einen kreisenden Finger an mein Gesicht und tat so, als würde ich filmen. Sie nickte und nahm ihr Handy raus.

„*Dau mat may*," versteckte eure Gesichter, befahl Phong seinen Männern.

„Wer sind Sie?" verlangte Thomas zu wissen.

Ich seufzte. Er würde es so oder so herausfinden. „Razor."

„Razor. Warte mal... Ich weiß, wer Sie sind. Sie sind ein Krimineller!"

„Oh, autsch. Hast du etwas Aloe Vera für diese Wunden? Schau Tommy Boy, so sehr es mir schmerzt, es zu sagen, diesmal sind wir auf eurer Seite."

„Wir tolerieren keine Einzelkämofer! Wir arbeiten nicht mit-"

„Helden?" unterbrach Blondie. Ihr feuriger Ton machte etwas mit mir. „Ace, bitte sende dieses Video zu dem befehlshabenden Spezial-arschloch."

Ace antwortete nicht, aber ich wusste, dass er es tun würde.

„Mir ein Video senden? Mein Handy ist nicht...oh." Ich stellte mir den Agenten vor, wie er ungläubig auf sein Telefon schaute. ER schaute das Video und sagte leise, „Wie viele?"

„Dreiundzwanzig Kinder, zwei Frauen," sagte ich. Kugelhagel regnete weiterhin durch das Haus. Jede Seite des Hauses schoss die Scheiße aus der anderen Seite raus. Die Villa war nur im Weg.

„Wir wissen von Dieps Laboren und seinen Verwicklungen im Menschenhandel. Bis heute hatten wir keinen Standort."

„Er hatte einen Kerker, um Leute zu foltern."

„Er hat sie auch vergewaltigt und umge-bracht," fügte Blondie scharf hinzu. Ihre Energie war zum großen Teil zurück. „Wir haben das ganze gestoppt."

„Diep ist tot?" Thomas klang enttäuscht. Er wollte ihn verhaften.

„Er hat seinen Kopf komplett verloren," er-widerte ich.

„Wir sagen euch das, weil ihr es auf keinen Fall mehr sehen könnt, bevor es ausgelöscht ist,"

Thomas berücksichtigte das. Er fragte, „Wer kontrolliert die Drohne? Ich schätze mal, es ist dieselbe Person, die in unser Funknetz eindringt."

Blondie beantwortete das. „Ein gestresster Ehemann. Diep hatte seine Frau."

„Ich verstehe. Ich möchte wissen -"

„Nichts! Du kriegst nichts." Seine Ansprüche machten mich wütend. Wer zur Hölle war er, sich um unsere Arbeit zu kümmern? Ich sagte ihm, „Du wirst nichts sagen, bis deine Männer uns zuvorkommen. Du kommst nicht zum Stillstand, solange noch keine Verstärkung da ist."

„Sie können keine Verstärkung rufen." Aces monotone Stimme machte meine Augen weit. Der Mann reagierte auf den Status seiner Frau, als würde er sie fühlen, konnte aber immer noch eine Menge Aufgaben und Pläne verfolgen. Die Funktürme, Satelliten und Kurzwellenbandbreiten in dieser Gegend waren komplett unter seiner Kontrolle.

Ich hatte ein riesiges Grinsen während meiner Worte. „Das hier ist keine Kontrolle. Das hier ist eher z.K. Ich erzähle dir, was passiert. Wenn du nicht bei meinem Plan mitmachst, wirst du hier mit deinen Männern sterben." Ich ließ das einwirken. Dann sagte ich langsam,

„Wir werden alles machen, was nötig ist, um hier wegzukommen. Wir haben nichts falschgemacht. Wir werden nicht ins Gefängnis gehen."

„Selbst wenn das bedeutet, föderale Agenten zu töten? Ich habe Ihr Profil gelesen. Sie sind kein Mörder. Sie waren heute ein Held."

„Hay, ich arbeite ein wenig daran, Menschen zu mögen. Ich mag Verfassungsschützer einfach nicht. Zwingt mich dazu, Farbe zu bekennen. Fünf Sekunden."

Blondie gab den Countdown mit Frechheit an. „Fünf...vier...drei..."

„Okay!" Ich stellte mir Thomas vor, wie er seine Männer besorgt anschaute und hörte zu, wie seine Manöver versagten. Er grunzte starken Widerwillens. „Was schlagen Sie vor?"

~

Ich informierte jeden über seinen Auftrag. Loc, Phong und zwei Männer, die sie auswählten, blieben mutig im schieß-drauf-los Haus, um einen Weg zur Garage zu sichern. Big Guns nahm Stellung, während ich mit den Mädchen wartete. Der Gestank der Kinder lag mir schwer im Magen. Nur meine Wut über ihren Zustand gab mir den Willen, es auszuhalten. Ich hatte keine Creme, um sie mir unter die Nase zu reiben, aber ich dachte, ich könnte etwas noch besseres finden.

„Nasenbetäubung. Uh ja." Ich nahm das Koks von Blondie, drehte den Kindern meinen Rücken zu und zog das Tütchen rein. Ein Kind fing an zu weinen und ich hatte das Gefühl, dass mein nackter Arsch sie aufbrachte. Ich reichte nach hinten und kniff die Lappen meines zerrissenen Anzugs zusammen.

Blondie wollte eine Erfrischung, hatte aber ihre Hände voll. Ich zuckte die Achseln, *Sorry,* und steckte das Tütchen ein.

„Sie haben sie gehen lassen," sagte Ace atemlos. Dann mit einem enthusiastischen Ausbruch, „Sie haben sie gehen lassen!"

Shocker regte sich bei dem Geräusch, das ihr froher Ehemann machte.

„Gut. Du bist auf."

„Ich werde es machen." Der Geek war zurück. Er begann eine aufgeregte Erklärung über das Laserleitsystem des Reapers, wie es mehrere Bodenziele auf einmal anvisieren konnte. Und das aus mehreren Kilometern Entfernung, außer Sichtweite. Er würde den Agenten einen Vorteil verschaffen, indem er die Kommunikation der Viper Group auch stören würde. Thomas Team wird über sie hinweg rollen.

„Denkt dran," sagte Thomas aufgeregt. „Wir

kümmern uns ums Töten. Ihr haltet euch daraus." Er wollte nicht, dass der Reaper weiterhin
Raketen abschoss.

„Das werden wir sehen." Ace versprach
nichts.

Ich stand auf und half den Mädchen hoch.
Ich schaute mich bei den Männern um. Sie
halfen denjenigen, die stehen konnte, auf und
hoben diejenigen auf, die es nicht konnten. Gewehre wurden um Schultern gehangen oder ein-
gesteckt, nutzlos, während die Hände mit
Menschen belastet waren. Bevor sich Negati-
vität ausbreitete sagte ich den Leuten laut,
„Unser Team wird euch beschützen. Dasselbe
wird das FBI tun."

Big Guns schrie über seine Schulter und
übersetzte es. Einer der East End Boys sagte,
„Also können wir uns auf uns verlassen." Sein
Zynismus brachte seine Kumpels zum Lachen,
auch wenn es die abgemagerten Frauen be-
ängstigte.

Ich zog mir die Nase hoch und schaute
ihnen in die Augen. Explosionen erschütterten
das Haus, als die Viper Group ihre Attacke erneut aufleben ließ. Die Schockwelle von einer
RPG ließ meine Worte nachhallen. Ich versuchte, nicht zu taumeln und Autorität auszu-
strahlen. „Ihr könnt auf mich zählen."

Ich fühlte Blondies Hand auf meinem Arm und wusste, dass sie den Rest fotografierte und sie davon abhielt, ihren Mann anzufechten. Ihre Berührung, ihr Glaube an mich, gab mir wieder Selbstvertrauen.

„Los geht's!" rief Big Guns.

Ich winkte wie wahnsinnig und befahl jedem, dem stämmigen Typen mit der gigantischen Pistole zu folgen. Die Kinder krochen vorbei, manche liefen, die meisten waren auf den Hüften oder Schultern der Männer. Ihre Haare und Kleider waren verfilzt und schmutzig. Sie starrten ohne Emotionen. Ein Kind im Arm eines Gangsters schluchzte leise, die Arme um seinen Nacken. Sie waren sehr jung. Und so klein. Vietech drückte sich an die gegenüberstehende Wand, als er vorbeischlurfte, sein geschwollenes Gesicht auf Blondie gerichtet. Die Mädchen standen bei mir, bis alle die Rampe hochwankten. Wir gingen hinter dem Zug von Dieps Opfern, die Sinne beim Haus, der Funkverkehr regelte die Schlacht draußen.

In seinem typischen Nerd-Rausch erklärte Ace detailliert, wie er die Viper Group mit der Infrarotkamera des Reapers beobachtete und das gefährlichste Ziel zuerst mit dem Laser anvisierte. Thomas Leute konnten Sniper aufstellen, um die meisten RPG-Schützen der Viper Group auszuschalten. Ohne Funkkontakt, konnte Khan seine Truppen nicht leiten oder sogar warnen. Wir hörten aufmerksam zu, als die Agenten das Blatt wendeten. Zu der Zeit, als unser Schildkrötengang es raus geschafft hatte, war deutlich, dass die Viper Group zerstreut war und sich nicht neu aufstellen konnte. Random Kugelfeuer zwischen Individuen echoten immer noch um das brennende Grundstück herum.

Wir verließen das Haus durch einen Kücheneingang, sodass der Großteil der Villa zwischen uns und dem Kämpfen war. Die Luft war kalt und nass, aber fühlte sich nach dem abgestandenen Schiss des Kerkers an wie eine Droge. Es tat jedem gut. Diese armen Menschen dachten, dass sie die Draußenluft nie wieder sehen oder fühlen würden. Ihre Stimmungsaufhellungen verschnellte unseren Zug. Ein Laufweg mit einer Plane führte zu einer Auffahrt, die sich vor der Garage kurvte. Wir eilten zu den wartenden Fahrzeugen rüber. Die Garage bestand aus sehr schönen Steinen und Ziegeln, war von drinnen aber furchtbar: Nichts außer Vans, keine Werkzeuge.

Blondie schaute auf die drei blauen Vans, die leeren Wände und den leeren Boden. Sie machte ein angeeckeltes Geräusch.

„Jap," stimmte ich zu.

Phong hatte sich die Schlüssel genommen. Wir brachten jeden schnell rein. Big Guns nahm einen Van für sich und die Söldner, die um der Garage standen, um unsere Flucht zu ermöglichen. Ich bestand darauf, dass sie Shocker mitnahmen und half ihr auf den Vordersitz. Ich schnallte ihren Gurt fest. Als ich das tat, schaute ich durch die Fahrerscheibe auf den Van neben uns. Loc quetschte *Anh Longs* Leiche auf den Vordersitz. Er schloss die Tür leise und beugte seinen Kopf dagegen. Phong checkte alle Passagiere. Es gab keine sichtbaren lebensbedrohlichen Verletzungen, also schloss er die Türen.

Der Van hinter uns ging an und rollte weg. Big Guns flankierte den Fluss und deutete ihm, stehenzubleiben. Der East End Boy, der vorher eine ablehnende Geste gemacht hatte, fuhr weiter aus der Garage. Big Guns rief den Söldnern zu, hinter den Bäumen zu schauen, die neben der Auffahrt standen. Zwei Männer kamen von der Seite der Garage und trotteten schnell fort, halbautomatische Waffen auf die Schatten gerichtet.

Der Van war zu weit vorne für sie. Das Bremslicht leuchtete hell, die Reifen schlitterten auf dem nassen Beton. Ein schrilles Pfeifen flog in die Szene gefolgt von einem Feuer. Die von der Rakete propellernde Granate traf auf den

Van und explodierte, jeden und alles durchschüttelnd. Die zwei Söldner wurden von den Füßen gehauen. Kinder im Van hinter mir schrien, als das Glas über sie flog. Feuer weitete sich über die Bäume vom feuerbeschädigten Wrack aus, schnelle, heiße Luft verformte die Äste.

„*Nein*," keuchte Blondie.

Es piepte in meinen Ohren, aber sie funktionierten noch. Ich rannte rüber und griff mein Mädchen, bevor sie zur Tür raushüpfte. Ich umarmte sie und schaute zu, wie Big Guns versuchte, seine Männer auf die Beine zu bekommen. Sie gaben ihm Deckung, während er zum Van zurückrannte und die Hintertüren öffnete.

Blondie wehklagte besorgt, griff meine Schultern und begrub ihr Gesicht in meinen Brustkorb.

Ein starkes Inferno regnete aus dem Van raus und zwang Big Guns, schnell wegzukriechen. Auf keinen Fall konnte jemand da drinnen noch lebendig sein. Auch Phongs Leute, mindestens siebzehn Männer wurden gerade eingeäschert.

Mein Herz unregelmäßig schlagen, zitterte ich vor Ermüdung. Ich schaute mich nach Phong um. Er saß auf dem Fahrersitz des anderen Vans, sein Gesicht besorgt. Er schaute mich an und schüttelte leicht mit dem Kopf. Ich wandte mich wieder der Verwüstung zu. Alle acht Söldner verteilten sich auf beide Seiten der Auffahrt, um nach dem Schützen zu suchen. Ace sagte, dass er Probleme hatte, Thermogramme einzelner Menschen zu sehen aufgrund des ganzen Feuers.

Der Wagen war unser einziger Ausweg. Diese schweren Vans werden in dem nassen Garten steckenbleiben.

Fuck!

Ich habe ihnen gesagt, dass sie auf mich zählen können. *Eine Granate, all diese Leute... Penner hätte dem Plan folgen sollen!*

„Du kannst nie alle Variablen in Erwägung ziehen," sagte Loc.

Wir hatten ihn nicht ankommen gehört. Ich drehte mich um und widersprach ihm. „Das mache ich immer."

„Du hast nie eine Operation wie diese angeführt." Das Blut seines Vaters bedeckte die Seite seines Nackens, eine Spur war dick an einem entblößten Arm runtergelaufen. „Selbst die größten Kriegsanführer scheitern." Er drehte sich um und lief zu Phong rüber.

Meine Augen drehten sich zum anderen Van. Er war voller panischer Opfer. Diese OP war noch kein komplettes Versagen.

Ich hielt mein Mädchen auf einer Armlänge Abstand und wartete, bis sie hochschaute. „Bleib hier."

Sie drückte mich weg und wischte sich die Augen ab. „Du lässt mich nicht wieder alleine."

„Hier ist es sicherer." Ich drehte mich um und ging vom Van weg.

Klack-klack-klack, sie hüpfte mir hinterher. „Dein Arm ist kaputt!" Sie schlug ihn, um ihren Worten gerecht zu werden.

Ich stolperte und übergab mich fast. „Alter!" Ich schaute eine Sekunde auf ihren Gips, kriegte es aber nicht übers Herz, sie zurückzuschlagen. Ich stellte mich gerade hin und blinzelte den Schmerz weg. Mit schwebendem Kopf hörte ich draußen ein Geräusch, als würde sich im Raum nebenan ein Kriegsfilm abspielen. „Ich hatte meinen Arm vollkommen vergessen, fick dich."

„Naja, meinen Armen geht es sehr gut. Du wirst sie brauchen." Sie hielt den Fingernagel ihres kleinen Fingers an meine Nase. Ich zog den Gifthügel weg, sie nahm meinen guten Arm und wir schwankten zu Phong rüber.

Er schaute sie verwirrt an und öffnete die Tür des Vans. „Ja?"

„Wir brauchen eine Waffe," sagte ich, als ich einen schönen Tropfen schluckte. Er gab mir einen kleinen Revolver. Ich gab ihn zurück. „Ein

Gewehr." Er beugte sich vor, holte ein Sturmge-
wehr zwischen den Sitzen her und gab es rüber.
„*Cam on*," danke, sagte ich.

Als wir durch die tödliche Nacht liefen, zitterte Blondie und griff meinen Arm fester. „Wo
gehen wir hin?" Ihre großen Augen suchten in
allen Richtungen nach Gefahr.

„Ich habe einen Traktor gesehen, als wir
reinkamen. Wir müssen den Van von der Auffahrt wegfahren."

Die Seite der Garage umrundend, zuckten
wir zusammen und kauerten uns hin, als ein Kugelhagel dichtbei ausbrach. Er endete genauso
plötzlich, als Big Guns in unsere Ohren etwas
darüber murmelte, dass er einen Mann mit
einem Granatenwerfer gefunden und getötet
hatte und dass wir aufstehen sollten und zum
Traktor eilen. Ace mischte sich von Zeit zu Zeit
ein, um uns auf dem Laufenden zu halten, was
die Agenten gerade taten. Thomas Team räumte
auf, evakuierte alle Verletzten und nahm jeden
fest, den sie lebendig finden konnten.

Die Nachricht ließ uns etwas schneller
gehen.

Rauch schwebte überall wie ein dicker,
schwarzer Nebel. Entfernte Flammen zündeten
überall durch den Dunst. Augenscheinlich
brannten nasse Wiesen und Wälder genauso gut

wie trockene, solange man sie mit Granaten und Raketen abschießt. Unsere Augen nässten sich dauerhaft, der Rauch stahl unseren Atem. Wir kamen in einem freien Gebiet an und husteten, frischere Luft kam rein. Ich schaute auf die Villa zurück, um die Lage einschätzen zu können. Balkon. Seitengarten. Dahinter ein Rosengarten. Das Führerhaus eines riesigen Traktors türmte über die Büsche. Wir eilten darauf zu.

„Es ist an etwas festgemacht," stellte Blondie fest und zeigte auf eine Kette hinten am John Deere.

Ich lief um einen Reifen, der so groß wie ich war und blieb stehen, um mir die Kette anzuschauen. Ich gab ihr das Gewehr, griff die Kette, folgte ihr zehn Meter und pausierte bei etwas, was aussah wie ein Wasserkanal im Boden. Er war kurz vorher geöffnet gewesen; das Gras hatte frische Spuren. Eine Kombination aus Aufregung und Furcht kam über mich.

Blondie fühlte es auch. „Babe! Wir müssen ihn öffnen."

„Halte Ausschau." Ich rannte rüber und kletterte auf den Fahrersitz. Blondie hielt ihren Posten und schaute auf unsere Umgebung.

Ich fand den Schlüssel und betätigte die Kupplung. Der Dieselmotor sprang sofort an. In den ersten Gang schaltend, fuhr ich langsam nach vorne und hörte, wie der Kanaldeckel über den Boden schliff. Blondie sagte, dass ich stehen bleiben sollte. Ich stellte in den Leerlauf und stellte mich wieder neben mein Mädchen, um mit ihr in das Loch zu spähen.

„Sie sind es!" quiekte Blondie freude-strahlend.

Vier Augenpaare schauten uns an. Sie ver-schwanden, als sich eine Wolke vor den Mond schob. Wir hielten den Atem an und starrten konzentriert ins Rabenschwarze. Der Traktor grölte, Gewehre knallten in der Ferne. Die be-täubenden Faktoren ließen endlich nach und wir machten uns ran.

„Bring sie raus," betonte Blondie. Sie wippte mit steifen Beinen auf ihren Springern, rein-springen wollend, um es selbst zu machen.

Ich deutete ihr an, dass sie dableiben sollte. „Bleib auf dem Posten Babe. Ich kümmer mich drum."

Ich lief um den Kanal und fand keine Treppe oder Leiter. Fluchend setzte ich mich mit meinen Beinen über den Rand hin und ließ mich fallen, meine Stiefel landeten in wässrigem Schlamm. Als ich aufstand, war mein Kopf etwas unterhalb der Bodenhöhe. Ich hockte mich hin und fühlte umher, fand einen Kopf mit langen Haaren, Tape um den Mund. Ich riss das Tape schnell ab.

„Danke," flüsterte Blondies Mutter. Sie keuchte in lähmender Qual.

Sie kuschelten sich für Wärme aneinander, heftig zitternd. Ich entfernte das Tape von allen, dann nutzte ich meinen Rasierer, um die Kabelbinder um ihre Handgelenke und Fersen durchzuschneiden. Carl und Tho fingen an, zu weinen. Das Geräusch erschütterte mich bis ins Mark. Ich bekämpfte die unwillkommene Emotion, die in meinem Hals wehtat und mir Tränen in die Augen brachte. Ich steckte das Rasiermesser ein und half allen auf die Füße.

„Geht es ihnen okay?" fragte Blondie ängstlich.

Ich grunzte, es war schwierig, ihren Vater mit einem Arm hochzuheben. Er stand alleine und lehnte sich gegen die Stahlwand. Er grölte, seine Hände fühlten seinen schwergebrochenen Kiefer.

Ich schaute hoch, um meinem Mädchen zu antworten-

und schrie eine Warnung. „Hinter dir!"

Sie drehte sich um, als die Hinterseite eines Gewehrs gegen ihr Kinn knallte. Bewusstlos fiel sie in das Loch und landete auf den Jungs. Sie schrien und taumelten unter ihr weg. Ich sprang rüber und zog ihr Gesicht aus dem Schlamm. Ich schaute zum Feind über uns hoch. Ein asiatischer Soldat in schwarzgrauer Uniform schaute mit einem hämischen Lächeln auf uns runter und bewegte seine MP5, sodass er auf uns zielte.

„Ich hab's euch gesagt," meinte Khan. „Wir brechen unser Wort nicht."

~

Boxen ist eine ungewöhnliche Kombination aus roher Gewalt und artistischer Präzision. Aus unverhüllter Angst und hemmungslosem Mut. Diese Kontraste mischen die ganzen menschlichen Emotionen auf eine Palette, die anders ist als die, die Pollack oder Rembrandt benutzt haben. Und die häufigste Farbe?

Blutrot.

Den ganzen aggressiven Trieb, den ich je in einem Ring gespürt hatte, all der Schmerz und all die Bemühungen und all die Entschlossenheit, die ich während meiner schwierigsten Kämpfe gefühlt hatte, strömte in meine Muskeln. Ich war tief angezapft. Durch eine rote Linse schaute ich auf die Platzwunde auf dem Kiefer meines Mädchens. Ich legte sie in Carls Arme und schrie Tho an, „Schieß!"

Der junge Viet hatte die Willenskraft und

das Rückgrat, welche man bekommt, wenn man unter Gangstern aufwächst. Tränen flossen an seinen Wangen runter, er schrie, „*Du ma!*" und ballerte mit dem Gewehr auf Khan.

Die SKS ging los wie eine Bombe im Stahlloch und erschütterte unsere Sinne. Ich sah gar nicht hin, um zu schauen, ob Tho getroffen hatte. Ich schoss gerade hoch und griff den Rand des Kanals, mit den Stiefeln von Blondies Dad hochdrückend. Ich rollte aufs Gras, fand mein Gleichgewicht und sprang sofort über das Loch mit einer geballten rechten Faust.

Khan war im Arm getroffen worden und rückwärts hingefallen. Er schrie vor Schmerz, wankte zurück zum Kanal und begann, reinzufeuern. Er drückte genau dann ab, als ich vor den Lauf sprang. Eine Reihe Kugeln traf mich in meinem gebrochenen Arm mit umwerfendem Effekt. Mein Atem wurde mir geraubt, meine Gedanken verschwanden, aber der Wolf in mir musste sein Pfund Fleisch bekommen. Meine Fäuste spannten sich an, meine Schultern rotierten schmerzhaft und schlugen Khan voll ins Gesicht. Wir gingen zusammen unter, beide besinnungslos und verzweifelt.

Ich handelte pur instinktiv. Mit meiner intakten Hand Khans Gewehr festhaltend, hob ich meinen Kopf und knallte ihn fest gegen sein

Kinn, *Bam!* Er gab ein qualvolles Quietschen, das sich in ein Grölen verwandelte, als ich meine Zähne in seinen Hals pflanzte. Sein Schrei vibrierte an meiner Zunge, dann endete es. Meine Eckzähne berührten sich um einen dicken Brocken saftigem Knorpel, heißes Blut füllte meinen Mund. Ich knurrte und knabberte es ab, fest kauend, meine Beute zerfleischend. Khan drückte meinen Kopf fest. Ein Gewehr knallte, sein Kopf zuckte, seine Arme wackelten leblos.

Ich ließ los.

„Razor!" Tho drehte mich um. „Geht es dir gut?"

Ich öffnete ein Auge und schielte ihn und Carl an. Thos dünne, kleine Arme, wie sie ein Gewehr festhielten, das fast so groß war wie er, brachten mich zum Lachen. Es tat sehr weh, also hörte ich auf.

Ich bemerkte, dass sich andere näherten. Ich konnte meine Augen nicht offenhalten und noch weniger aufstehen. Also lag ich einfach da und hörte zu.

„Wir haben sie gefunden Boss."

„Verdammt! Sie haben versagt! Hey Shock, du wirst etwas Gesellschaft haben im Krankenhaus."

„Fantastisch," kratzte sie in mein Ohr.

„Leute, das FBI ist auf dem Weg zu euch!

Ich sehe Thermografiken von neun Männern in einer dichten Aufstellung."

„Geht zum Traktor! Bewegt den Van! *Mao lenh*," Beeilung.

Mehrere Männer schrien einander auf schnellem vietnamesisch an, Gras matschte unter beschäftigten Stiefeln.

Ich wurde von jemandem großen und muskelbepackten aufgehoben. Er grunzte, „Ich packe ihn in den Van."

„Ich hole Goldlöckchen. Sind das ihre Eltern?"

„Ja."

„Krass..."

„Halt!" Viele Stiefel stampften haltend.

„Halt das," sagte Patty. Ich nahm eine unhöfliche Handgeste wahr.

„Du hast uns lange genug hochgehalten," donnerte Bobby und trug mich weg.

Ich bin so eine schwache Bitch, dachte ich bestürzt. *Er trägt mich schon wieder!*

„Wir nehmen sie mit," sagte Big Guns Thomas. „Kommt Tho, Carl. Phong, Eltern. Und bringt den Traktor in Bewegung!"

„Ihr könnt nicht einfach gehen!" stürmte Thomas.

„Du und deine Männer solltet auch gehen," posaunte Ace düster.

„Ich werde euch finden. Das ist nicht das Ende."

„Hey, Agent-Wichser," sagte Patty. „Werd mit dir fertig. Ohne uns hättest du diesen großen Sieg nicht erzielen können. Geh jetzt nach Hause und genieße deine Parade. Zeig deiner Frau deine Auszeichnungen und gönn dir einen geilen Blowjob. Mach was Großes. Lass uns einfach in Ruhe."

„Wir waren niemals hier," sagte Ace.

Einen Moment später rief Thomas, „Okay, packt alles zusammen! Bringt alle hier auf der Stelle raus!"

Ich wurde für einen Moment bewusstlos. Ich wachte von den Tönen von Pattys Lullaby auf. Es war zu schmerzhaft, meine Augen zu öffnen. Ich dachte an Blondie und mein Herz holperte und raste. Ich wurde angespannt, grunzte und mir wurde schlecht.

„Blondie..."

„Psst. Psst..." Jemand legte eine beruhigende Hand auf meine Stirn. „Ihr geht es gut."

Ich beruhigte mich. Meine Nase und Ohren verrieten mir, dass ich bei meinen Freunden und einigen der Gefangenen war. Vibrationen verrieten mir, dass wir vom Grundstück wegrasten.

„Rakete ist los," kündigte Ace an, immer noch in meinem Ohr.

Eine Sekunde später kam ein Erdbeben. Die Schockwelle pulsierte in dem Van durch die zerbrochenen Fenster. Kinder schrien, der Van schwenkte ab, Reifen schlitterten auf dem nassen Pflaster. Ein blendendes Licht penetrierte meine geschlossenen Augenlider. Das betäubende Donnern der Rakete ließ nach, aber das Licht glühte noch mehrere Sekunden weiter.

Dieps Arsch war Staub.

Ein Bein drückte gegen meine Schulter. Es bewegte sich. Ein Seufzen, welches ich erkannte, als Shockers Atem abschließend rauskam.

Patty sang immer noch fröhlich. Sie stoppte und ich fühlte, dass sie mich im Licht des Höllenfeuers anstarrte. Sie murmelte verwundert, „Er hat dem Typen den Hals zerbissen."

Shockers Bein spannte sich an und entspannte sich wieder. „Jap," murmelte sie.

Eine Pause. Dann, „Was ist der Scheiß auf seiner Nase? Ein gemahlener Donut?"

Shocker gab eine andere Art Seufzer. „Nein."

EPILOG

Jede Person hat zwei Ichs. Das wahre Ich und das Biest-Ich. Sie können separat handeln, mit eheblichen Unterschieden. Oder zusammenarbeiten, auf ein gemeinsames Ziel hin. Das Biest-Ich liebt das Chaos. Es liebt es, zu kämpfen und zu ficken. Das wahre Ich kontrolliert das Biest. Das wahre Ich ist die Geistesgegenwart.

Mein wahres Ich wurde von meinem inneren Biest schlafengelegt. Die primären Instinkte, die in mir wüteten, als ich im Krieg mit Diep verwickelt war, brachten sehr lange, um mein System zu verlassen. Während unserer ersten Woche zurück im Apartment hatten wir siebenundzwanzig mal Sex (plus minus). Essen, schlafen, ficken. *Wiederholen*. Was sie meine „Akupressur Magie" nannte, heilte ihre Busen.

BIEST Bitch.

Bevor wir unsere Woche mit Sexeskapaden genießen konnten, brauchten wir sofortige medizinische Hilfe nach der Diep-Erfahrung. Dr. Gorman gab uns eine Standpauke wegen unserer erneuten Belästigung. Wir spendeten einen großzügigen Betrag an seinen Verein und verließen die Klinik mit Gipsen, Medikamenten und schimpfende Ermahnungen. Wir versprachen, nicht mehr wiederzukommen bis mindestens Neujahr (Ich werde krass hoch springen auf meinem Dirt Bike und entweder sicher landen oder einen Krankenwagen brauchen).

Letzte Nacht entschieden wir, dass wir genug geheilt waren, um uns in die Öffentlichkeit zu wagen. Naja, Blondie hatte entschieden, die ihr zerschrammtes Gesicht bis dahin als unzeigbar beszeichnete. Wir waren zu einer Zeremonie im Vietnamesichen Buddhistischen Tempel eingeladen. Wir gingen und wurden mit großer Fanfare begrüßt. Loc, Big Guns, Phong, die Söldner (in lässiger Kleidung), Bobby, Patty, Ace, Shocker, Blondie und ichselbst wurden wie Adlige behandelt. Ihre Gastfreundschaft war zunächst unangenehm für mich, dann konnte ich das Gefühl genießen, diesen ganzen Menschen geholfen zu haben. Ich wusste, dass die neuentdeckten Emotionen bedeuteten, dass ich nun eine andere Person war. Ich beschloss, zu ändern, was nötig war, zu meinem Wohl und das der anderen um mich herum.

Der Zeremonieteil der Feier begann mit einem Sänger, den ich erkannte. Nhu Quynh, ein heißes vietnamesisches Chick, welches ich in verschiedenen New Orleans Lounges rocken gesehen hatte. Mein alter Kumpel Hong forderte mich dazu heraus, den Song zu deuten. Ich beeindruckte alle damit, dass ich ihre Worte übersetzte und bekam ein unter-dem-Tisch Kniff von meinem Mädchen als Belohnung.

Loc beanspruchte den Titel als *Anh Long*, dem Drachenälteren. Er wurde von allen Anwesenden unterstützt, einschließlich der Söldner, deren Loyalität signifikant werden würde, wenn Loc die Hauptquartiere der Organisation in San Francisco besuchte.

Mein muskelbepackter, grunzender, silbermündiger Freund bekam den größten Schock seines Lebens. Nachdem er seinen Anspruch ausgesprochen hatte und allen für die Unterstützung gedankt, versicherte er, dass sich die Dragon Family und die Tiger Society zusammenschließen würden, ein Traum seines Vaters.

Er sagte, dass es möglich sein würde, da Big Guns der Tigerältere werden würde.

„Die Partner meines Vaters werden mich unterstützen," sagte er dem überraschten Big Guns. „Und ich werde dich unterstützen, *Anh Ho*."

Nhu Quynh sang danach noch ein ganzes Set. Die Leute tanzten und redeten aufgeregt, alle guter Laune. Wir saßen an einem Tisch und schauten der Show und der Meute zu, unfähig, dem Tanzen beizutreten. Shocker und ich trugen Partnerlook-Gipse an unseren linken Armen. Blondie hatte einen Neuen für ihr Bein kriegen müssen – sie brach den ersten Gips an zwei Stellen. Bobby bewegte sich, als wären sein Rückgrat und Nacken verschmolzen, seinen Nacken und seine Handgelenke betonend. Jeder an unseren Tischen pflegte irgendeine Art von Verletzung.

Bis auf Ace. Er flitzte zum Tisch und stellte Softdrinks vor die Mädchen: Shocker, Blondie, Patty, Pearl und Pearls Älteste, Marianne. Er setzte sich zwischen Shocker und Blondie, gurrte seine Tochter an und brachte sie auf Shockers Schoß zum Wackeln und Lachen. Er nahm sein Tablet raus und plante mit Blondie für das Videoprojekt, an dem sie arbeiteten.

Es ist schon ein paar Jahre her, dass mein

Mädchen und ich eine Folge von *Kriminelle* gemacht haben. Um Filmmaterial zu haben, müssten wir das Gesetz auf eine große, auffällige Weise brechen. Ohne Material hatten wir aufgehört, bis Eddy uns auf den Weg gegen des Tigerälteren geschickt hatte.

„Geschafft!" quietschte Blondie mädchenhaft. Sie klatschte sich in die Hände.

Ich stand auf und schaute über ihre Schulter. Bobby, Patty und Hong standen zusammen und wir schauten uns ein historisches Video an.

Metallicas *I Disappear* knallte aus dem modifizierten Galaxy *Note*. „Hey, hey, hey! / Here I go now / Here I go into new days!"

Der HD-Bildschirm zeigte eine Autobahn mit schnellfahrenden Autos. Die linke Seite meiner Suzuki Hayabusa war rechts im Bild. Ein Landespolizist erschien, die Seite des Crown Victoria wurde rasch größer. Eine Hand mit Handschuh schoss aus der Kamera raus und zerschnitt den Hinterreifen des Polizisten. Die Sicht wechselte zu der Hinterkamera des Motorrads, zeigte den Cruiser schwankend, in einen Stopp schlitternd im Median. Das donnernde Schlagzeug kam perfekt beim nächsten Bildwechsel. Die Vorderkamera von 'Zuki zeigte Shockers El Camino und Blondies Ford durch den Verkehr schlängelnd und wegrasend.

„Hey, hey hey! / Ain't no mercy / Ain't no mercy there for me!"

„Darf ich sie fahren?" fragte mich Patty. Bevor ich antworten konnte, drehte sie sich um und sagte meinem Mädchen, „Sie ist so schön. Ich meine, wie konkurrierst du mit ihr?"

„Krass was?" Blondie schmiss ihre goldenen Locken von ihrer Schulter. Sie trug eine enge, dunkellila Jacke (die Ärmel akribisch an den Gips angepasst) über einer grauen Tunika. Sie legte meine Hand von ihrer schwarzen Leggings runter und stirnrunzelte 'Zuki spielvoll auf dem Tablet an. „Sie ist jünger, hübscher..."

„Und asiatisch." Pattys gummielastischen Körperteile tänzelten.

Als wir *Kriminelle* produzierten, kam fast unser ganzes Videomaterial von der DVR und vier kleinen Kameras auf 'Zuki. Blondie schoss den Rest mit einer Handkamera und hackte sich manchmal in Verkehrsüberwachungssysteme und den gelegentlichen Walmart oder Supermarktkameras ein, die uns beim Fahren einfingen. Wir haben unsere Verbrechen wie Drehbücher vorgeschrieben. Blondie kümmerte sich um die Übertragung. Ich war der Enabler.

Die nächste Szene auf dem Tablet ließ meine Augen weit aufgehen. Es war Material von den Polizeiwagen-Dashboardkameras, die Broncostein verfolgt hatten.

„Do you bury me when I'm gone? / Do you teach me while I'm here? / Just as soon as I belong / Then it's time I disappear!"

Die Videomontage wechselte zwischen mehreren Ansichten, als Einkaufsmeilen-, Autobahnen- und Streifenwagenkameras abwechselnd die unterhaltsame Zerstörung, die vom Monster-Bronco angerichtet wurde, zeigten. Gitarren platzten hohe Riffs heraus, die von Bildern von Faustkämpfen begleitet wurden: Shocker, wie sie sich ihren Weg durch eine Menge 211-Typen beim Hundekampf prügelte; ein Zeitlupenbild meines Hakens, der in jemandes Bauch sank; Blondie, wie sie den Cop am Industriekomplex schlug; Bobby, wie er den Gangster aus dem Acura zerrte und ihn durch das Restaurantfenster schmiss.

Die Musik spielte schneller. Zwei schwarze Kinder, die auf dem Rücksitz des Polizeiwagens rappten, brachten alle zum Lachen. Bilder von zerschmetternden Autos, einem Boot und Anhänger, die auf ein Polizeiwagen flippte, kitzelte ein kollektives „Ooh" heraus, das verschwand, als ich gezeigt wurde, wie ich eine schwerverletzte Blondie von unserem Unfall wegtrug. Gelächter brach wieder aus, als ein Clip in Zeitraffer ge-

zeigt wurde, der jedermanns Musikknochen sti-
mulierte: Eine vietnamesische Dame beugte sich
über einen Tisch, während Hochachtungsvoll
sie berauscht trockenfickte.

Ich schaute mich um. Ms. Nguyen musste
das nicht unbedingt sehen...

Ace hatte Clips von den Satelliten mit rein-
geschnitten sowie welche vom Reaper. Wir
schauten in begeisterter Stille zu. Metallica erreichte eine dramatische Stelle, wodurch wir die
Szene wirklich fühlen konnten.

„I'm pain, I'm hope, I'm suffer / Hey, hey,
hey! / Yeah and went on / And I went on down
that road...“

Die Raketen, Granaten, Kugeln und ster-
benden Männer auf solch detailreiche Art war
viel zu schlucken. Pearl umarmte Bobby und
flüsterte durchgehend, „Mein Gott...Mein
Gott...“ Hong sagte etwas ähnliches auf vietnamesisch mit einer Hand auf meiner Schulter.

Die nächste Szene zeigte die Vans vor dem
Ocean Springs Hospital (die Gefangenen
wollten aus Louisiana flüchten). Perrys robuste
Form war im Fokus. Er kümmerte sich um die
Kinder und zwei Frauen und regelte immer noch
ihre Bedürfnisse.

Pearl und Hong klatschten, als das medizinische Personal aus der Notaufnahme eilte, um die

Kinder reinzubringen. Ich schaute mich um. Die Mädchen weinten. Selbst Bobby und Hong waren zu Tränen gerührt. Ich drehte mich wieder zum Tablet und brach in Gelächter aus.

Special Agent Thomas schaute böse auf den Bildschirm. Es war eine Karikatur, ein Cartoonbild mit einem riesigen Kopf. Sein Gesicht wurde rot wie Beete, Dampf pfiff schrill aus seinen Ohren. Neben seinen schäumenden Lippen erschien eine Blase mit dem Text, „Du verschwindest einfach nicht!"

Schnüffelartiges Kichern brachte mein Mädchen zum Lächeln. Ihre Bearbeitungskünste versetzten unsere Zuschauer in eine emotionale Achterbahn. Das Ziel der Geschichte war erreicht! Ich kann es kaum erwarten, die Kommentare nach dem Uploaden zu lesen.

Der letzte Clip war von Aces unsichtbarem Scion. Bobby und Patty von den Agenten in einer Wolke von Reifenrauch wegfahrend, den Ford und El Camino zurückerobert. Ace vermittelte einen Deal: Daten über Dieps kriminelle Unternehmen, einschließlich riesiger Involvierung in Unternehmen, gegen die Fahrzeuge und strafrechtliche Immunität. Das FBI fand den Deal klasse. Da sind wir also.

„Do you bury me when I'm gone? / Do you

teach me while I'm here? / Just as soon as I belong / Then it's time I disappear!"

Ace steckte das Tablet ein. Shocker gab ihm Caroline, schnüffelte und stand auf, mehrere Kinder anschauend, die um einen Tisch voller Essen spielten. Sie war ganz aufgebrezelt. Langes, braunes Haar in glänzenden Ringellöckchen. Ein figurbetonendes Kleid und Mantel passten zu ihrem weißen Gips. Ihre Louboutin Riesenhighheels machten es unmöglich, ihre dicken Wadenmuskeln nicht wahrzunehmen.

„Diese kranken Menschen haben diese Kinder verhungern lassen," sagte sie. „Sie ließen sie zusehen, wie andere gefoltert und ermordet wurden."

„Mein Gott," stöhnte Pearl, die Augen fest zusammengekniffen.

Ace stellte Caroline auf ihre Beine und stand auf, sein Arm umkreiste die Hüfte seiner Frau. Von all unseren Verletzungen war ihre Erfahrung bei weitem am schlimmsten. Aber sie nahm es wie der Champ, der sie war. Während der Heimfahrt aus Louisiana erzählte sie uns, dass es das wert gewesen sei. Sie würde alles durchstehen, um das, was wir erreicht hatten, zu schaffen. Ihre Haltung ließ all unsere weinerlichen Wehwehchen abschwächen, welche durch tiefen STOLZ ersetzt wurden. Wir, unsere Werte, unser Team. Fucking *badass*.

„Ich liebe euch, Leute," schwärmte Patty. Sie umarmte uns alle abwechselnd, vorsichtig, um keine Brüche oder Fleischwunden zu drücken.

„Ich will eins davon," sagte eine Frau hinter uns.

Jeder drehte sich um und wir sahen ein Paar mittleren Alters näherkommen mit Nolan und Jasmine vor ihnen laufend. Das kleine Mädchen rannte in die Arme ihrer Mutter. Patty hob sie hoch, umarmte sie fest und drehte sich kichernd. Nolan quälte sich durch Umarmungen von Shocker und Ace und schaute mich peinlich berührt an.

„Hi Mom, Dad," sagte Shocker. Das Paar tauschte ein paar Umarmungen mit ihr und Patty aus, Vorstellungen und Nettigkeiten mit allen anderen.

Ich schaute die Frau an. Jade war vielleicht sechzig, sah aber viel jünger aus. Ich konnte die Ähnlichkeit zu Shocker sehen. Nase, Kiefer. Das Haar war kurzgeschnitten, ein Mix aus blond und grau. Großartiges Make-Up. Sie trug einen dunkelgrauen Krokodil-Hosenanzug mit langer, schwarzer Jacke und Stiefel mit niedrigem Absatz. Sie hatte eine weise, geradlinige Aura. Ihre hellgrünen Augen wandten sich mir zu und vergrößerten sich.

Oh-oh.

Kennt sie mich? Ich zappelte herum in der Hoffnung, dass ich sie nicht früher abgezockt hatte oder sowas.

Ich schaute mich um, unbehaglich unter ihrem prüfenden Blick. Ich bemerkte, dass die Mädchen zwischen mir und Shockers Vater hin- und herschauten. Ich schaute ihn verwirrt an. Danny Ares war etwa so groß wie ich, auch wenn er offenbar etwas zu viel Essen genoss und etwas zu wenig Bewegung. Er trug eine Jeans und einen Marineblazer. Es gab etwas verstörend bekanntes an ihm... Sein schroffes Gesicht grinste in meine Richtung, seine mittsechziger braunen Augen nahmen mein Unwohlsein mit funkelndem Vergnügen wahr. Er schritt in meine Richtung und gab mir die Hand.

„Du bist also der Mann," sagte er warm.

„Sieht so aus." Ich stirnrunzelte stark in Richtung der Mädchen.

Danny lächelte seine Frau an und machte einen Schritt zurück, der Mund offen. Tränen liefen über Jades Make-Up. Ihre großen Augen waren immer noch intensiv auf mich fokussiert.

„Was Mom?" Shocker blickte mich finster

an, die Augen etwas sanfter, als sie sie wieder anschaute. „Was ist los?"

„Schatz?" Danny war so verwundert wie ich.

„Er ist es," flüsterte Jade. „Ich fühle es. Ich *weiß* es."

„Ja Mom. Das ist der Mann, von dem ich dir erzählt habe." Shocker starrte ihren Vater vorwurfsvoll an. „Ich dachte, sie hat aufgehört, so viel Wein zu trinken."

Danny runzelte die Stirn. „Hat sie." Er zuckte die Achseln, *Keine Ahnung...*

„Nein. Nein!" Jade lief zu mir und griff meine Hände. „*Er* ist es."

„Sieht so aus?" sagte ich. Ich schaute Blondie an, *Hilfe, verdammt!*

Mein Mädchen zuckte die Achseln grinsend. Ihr gefiel das hier.

Wunder dich nicht, wenn sie gleich mit einer Tüte Popcorn ankommt, grunzte mein Unterbewusstsein.

„Mom! Worüber redest du?" Shocker war mehr als außer sich.

Jade räusperte und beruhigte sich. Sie nahm ein Taschentuch von Shocker an und tupfte ihre Augen ab. „Es ist James."

„Hmm?!" Danny blinzelte mich heftig an.

„Wer ist James?" wollte ich wissen. Das hier machte mir echt Angst.

Shocker hatte aufgehört, zu atmen. Sie starrte mich an, als sähe sie mich zum ersten Mal und ich wäre eine physikalische Unmöglichkeit. „Mein Bruder," murmelte sie.

„Bruder," sagte ich, als wären sie alle blöd. Ich schaute Danny und Jade an. „Ich bin nicht der Mann." Ich fing an, rückwärts zu laufen.

„Babe," sagte Blondie leise. Ich blieb stehen und hörte zu. „Ich denke, das sind deine Eltern. Shock ist deine Sis'."

Patty gluckste. „Das erklärt einiges."

„James!" Jade drückte mich fest. Die Kraft, die von ihrem zierlichen Körper kam, war erstaunlich.

Ich wurde genauso rot wie Nolan. Ich klopfte ihren Rücken, weil ich dachte, dass jenes das war, was ich tun musste. *Ich habe eine Mutter und einen Vater? Eine Schwester???* Ich schaute Shocker an und knieerzitternde Erleuchtung kam über mich.

Eddy! Er hat uns zusammengetan...

Unser Coach. Er wusste es. Ich wusste nicht wie, aber ich war sicher, dass er es gewusst hatte. *Der alte Mann hat immer über Genetik gesprochen...*

Shocker reichte es. „Mom!" Sie riss ihren Arm von mir weg. „Was sagst du da? Das ist Ja-

mes, mein Bruder, der von den Bikern weggenommen wurde?"

„Biker," sagte Blondie. Sie schaute mich an.
„Du hast immer gesagt, dass du nicht glaubst,
dass Roxanne deine echte Mutter ist."

„Roxanne?" schnüffelte Jade und tupfte sich
die Augen ab.

„Ähm, äh, die EV, die mich großgezogen
hat," stotterte ich.

„EV?"

„Eigentum Von. Äh, Biker Chick?" Ich
schaute Blondie wieder direkt ins Gesicht, *Hilfe,
du blöde Hure!*

„Du wurdest uns weggenommen,"
schluchzte Jade. Danny legte einen Arm um sie,
mich immer noch ungläubig anschauend. „Eine
Bikergang belästigte uns auf einem Rastplatz,
eine Woche nach deiner Geburt." Ein quälendes
Weinen über die traumatische Erinnerung überflutete sie. „Sie haben dich *weggenommen...*" Sie
drückte mich wieder fest. „Oh, mein lieber
kleiner Junge!"

~

Der ganze Familienwiedervereinigungsscheiß
letzte Nacht war heftig. Neue Erkenntnisse
kamen immer wieder auf und ließen mich wegen

der Konsequenzen taumeln. Selbst Blondies Eltern tauchten auf und erschreckten jeden. Sie haben sie nicht mehr gesehen, seit sie als Teenagerin weggerannt war. Mein Mädchen ging mit der Situation um, als wären sie niemals getrennt gewesen.

Wir lagen eine Weile im Bett und redeten darüber, was es bedeutete, Familie zu haben, und wie es (lästigerweise) unsere Pläne beeinflussen würde. Sie fing wieder mit dem Babythema an.

„Ich weiß nicht," sagte ich. „Kinder sind unordentlich. Babys hilfsbedürftig." Ich grunzte. „Ich mag nicht mal Haustiere."

„Aber das ist doch das Tolle an Kindern! Man muss sich um sie kümmern." Sie kuschelte sich an mich ran und drückte ihre warmen, weichen Brüste gegen meinen Arm.

Mein Schwanz wachte auf, streckte sich und gähnte, *Du hast mich gerufen?*

„Du magst Herausforderungen. Das hier ist eine Langzeitherausforderung," Sie schnurrte, dann fing sie an, meinen Brustkorb zu küssen.

„Heh. Manipulierst du mich?" Ich küsste ihr Haar.

„Also." Sie setzte sich auf und warf ihren Gips in meinen Schritt. Mein Schwanz flüchtete und schrie aufgebend. Ich seufzte, sauste das

Bett runter und begann, ihren Fuß zu reiben (Teil meiner Strafe, dafür dass ich die Regeln gebrochen habe. Ich werde erst gar nicht anbringen, was ich sonst noch durchstehen musste). Sie sagte, „Willst du einen Jungen oder ein Mädchen?"

„Einen Jungen." Ich konnte nicht fassen, dass ich hierüber redete.

Sie runzelte hübsch die Stirn. „Warum wollen alle Männer Jungs?"

Ich dachte wieder an die Party letzte Nacht, als Pearl Nolan, Carl und Tho neckte. Die Jungs versuchten die ganze Nacht, Marianne zu beeindrucken. Ich sagte Blondie, „Mit einem Jungen, muss man sich nur um einen Penis Sorgen machen." Ich nuckelte an ihren Zehen. „Mit einem Mädchen, musst du dir um *alle* Penisse Sorgen machen."

Sie fiel kichernd zurück.

„Was?" Ich lächelte.

Sie brach in Gelächter aus. „Fucking *James!*" Riesiges, kreischendes Gelächter. „James *Junior!*"

Ich blickte finster und bschloss, dass sie etwas Haue brauchte.

Sehr geehrter Leser,

Entdecken Sie mehr Bücher von Henry Roi auf

https://www.nextchapter.pub/authors/henry-roi

Mit freundlichen Grüßen,

Henry Roi und das Next Chapter Team

CPSIA information can be obtained
at www.ICGtesting.com
Printed in the USA
LVHW031431231220
674968LV00006B/184

9 781034 093688